U0097434

古典詩歌研究彙刊

第十五輯

龔鵬程 主編

第7冊

宋代詠史詩研究

吳德崗 著

國家圖書館出版品預行編目資料

宋代詠史詩研究／吳德崗 著 — 初版 — 新北市：花木蘭文化出版社，2014〔民 103〕

目 2+204 面；17×24 公分

（古典詩歌研究彙刊 第十五輯：第 7 冊）

ISBN 978-986-322-595-9（精裝）

1. 宋詩 2. 詠史詩 3. 詩評

820.91 103001196

古典詩歌研究彙刊

第十五輯 第七冊 ISBN：978-986-322-595-9

宋代詠史詩研究

作　　者 吳德崗
主　　編 龔鵬程
總 編 輯 杜潔祥
副總編輯 楊嘉樂
編　　輯 許郁翎
出　　版 花木蘭文化出版社
社　　長 高小娟
聯絡地址 235 新北市中和區中安街七二號十三樓
電話：02-2923-1455／傳眞：02-2923-1452
網　　址 http://www.huamulan.tw 信箱 hml 810518@gmail.com
印　　刷 普羅文化出版廣告事業
初　　版 2014 年 3 月
定　　價 第十五輯 20 冊（精裝）新台幣 30,000 元

宋代詠史詩研究

吳德崗 著

作者簡介

吳德崗，男，1971 年生，文學博士，現任南京信息工程大學圖書館副館長。

提　要

本撰以專題個案的方式對宋代詠史詩進行剖析。

西崑詩人在宋初詠史詩的創作上具有代表性，宋初的政治文化環境，使得胡曾等晚唐詠史組詩作家成爲大多數宋初詩人在詠史詩創作中的學習樣板。

王安石的《明妃曲》不但改變了傳統昭君題材詩歌的寫作模式，並且在以議論爲詩等方面，成爲詩文革新時期詠史詩創作的一面旗幟。

三蘇與蘇門詩人的詠史詩在藝術上是宋代詠史詩創作的高峰，「奇」、「雅」、「通」是他們詠史作品相互關聯又互爲補充的三個特徵。

南渡時期，弔古傷今、諷時刺世的題材內容，雄渾豪壯、悲慨深沉的藝術風格，成爲這一時期詠史詩創作的醒目標誌。

南宋的詠史組詩空前興盛，王十朋、劉克莊、徐鈞等人是其中有代表性的作家。受詠史組詩的影響，詠地方風物和先賢以及詠經子、詠孝的大型組詩也蓬勃發展。

鄭思肖《一百二十圖詩集》的題材指向和主題意蘊，以及作品中表現出來的故事性和戲劇性，與宋元通俗文藝有許多共同點和一致性。

宋代文人眾多的詠曹娥詩，弘揚了「孝」的主題，同時在詩人們擴大主題內涵、挖掘思想深度的努力中，移孝爲忠成爲宋代詠曹娥詩的主題中另一個重要指向。

在宋代的詠史詩中，東漢隱士嚴光是最常出現的形象之一，他也成爲隱逸文化的象徵與符號。

以詠《大唐中興頌》爲中心的浯溪題詠，在宋代詠史詩政治主題的表現上具有典型性。

目次

前　言

一、詠史詩及宋代詠史詩

詠史詩是中國古代重要的詩歌類型之一，其內容主要是對歷史興衰的感喟，對歷史人物事件的理性思考和道德評判，從中寄寓詩人自身的懷抱和理想。詠史詩所反映出來的史學觀念、道德標準和人生旨趣，對於我們發掘和揭示古人的思想脈動與精神風貌，理解中國古代文化的本質有著重要的價值。同時，作爲中國古代一種重要的詩歌類型，詠史詩有著特定的美學風格和美學傳統。對這一美學風格和美學傳統進行考察分析，在文學史研究中有重要的意義。

宋代詠史詩在中國詩歌史上有著特殊而重要的地位。

宋朝是中國封建文化高度繁榮的時期，哲學、史學、文學、藝術等都取得了高度的成就。同時，宋代作爲我國古代歷史由中古向近古轉折的關捩，有著承上啓下的關鍵意義。兩宋三百年間，一個大趨勢是民族精神的深度融合、民族共同性的自覺、民族歷史意識和道德意識的深入人心。此前思想界是多元的、分裂的、矛盾的，有關朝代與歷史人物的評價也是如此。宋代由於思想界的深刻融鑄，我國文化的主體部分基本成了一種民族共識，如儒釋道融合了，有關歷史的統緒命脈、忠奸是非也有了更一致的認識。兩宋詠史詩作爲文人們積極思考感悟認識的記錄，正是這一民族歷史文化意識的反映。反過來，在這一民族文化、民族精神的深刻變化轉折中，詠史詩也扮演了重要的角色。

然而，在中國古代詩歌研究中，宋代詠史詩並沒有引起學者足夠的關注。這主要表現在三個方面：一是對宋代詠史詩的發展還缺乏全面、系統、準確的描述，二是對詠史詩的美學傳統以及宋代詠史詩對此傳統的繼承與創新還缺乏深入細緻的探討研究，三是對宋代社會文化與宋代詠史詩的關聯還缺乏立體有機的論述。因此，從這三個向度展開對宋代詠史詩的研究，無疑是一件有意義的工作。

二、宋代詠史詩的研究現狀

對詠史詩的研究，前人時賢已取得了不少成績。古代詩話中對詠史詩的特徵、創作技巧、歷代詠史詩人的創作得失，常有精闢的論述。近人張政烺先生所作《講史與詠史詩》一文，論述晚唐詠史組詩對中國文學的影響，考證詠史詩與中國俗文學的淵源和聯繫，論點新穎，材料紮實，即使從今天的學術眼光去看，也不失爲詠史詩研究的經典。但從總體面貌來看，直到大約上世紀九十年代，詠史詩研究才告別感悟式的、散碎的批評模式，湧現出一批成體系的研究成果。近二十年來，大陸重要的學術專著與學位論文包括：

《晚唐詠史詩研究》，金昌慶撰，北京大學博士學位論文，1998 年。

《唐代詠史詩研究》，李曉明撰，華中師範大學博士學位論文，2000 年。

《晚唐詠史詩》，張豔撰，河北大學碩士學位論文，2000 年。

《唐代詠史懷古詩研究》，張潤靜撰，哈爾濱師範大學博士學位論文，2002 年。

《漢魏六朝詠史詩試論》，韋春喜撰，山東師範大學碩士學位論文，2002 年。

《論唐代詠史詩》，馮傲雪撰，四川師範學院碩士學位論文，2002 年。

《評唐代詠史詩人的歷史觀》，李霞撰，陝西師範大學碩士學位論文，2002 年。

《唐代詠史組詩研究》，趙望秦撰，南京師範大學博士學位論文，2002 年。

《論中晚唐詠史詩》，毛德勝撰，華中師範大學碩士學位論文，2003 年。

《唐代詠史詩研究》，李世忠撰，蘭州大學碩士學位論文，2003 年。

《李商隱詠史詩研究》，王娟撰，陝西師範大學碩士學位論文，2003 年。

《唐代詠史詩簡論》，高利撰，浙江大學碩士學位論文，2004 年。

《漢魏六朝詠史詩研究》，劉傑撰，西南師範大學碩士學位論文，2004 年。

《臨江吟逝水　幽夢付古今——杜牧與李商隱詠史詩創作研究》，邱文瑛撰，福建師範大學碩士學位論文，2004 年。

《宋本周曇〈詠史詩〉研究》，趙望秦著，中國社會科學出版社，2005 年。

《論唐代詠史詩藝術新變》，冷紀平撰，青島大學碩士學位論文，2005 年。

《謝啓昆〈樹經堂詠史詩〉校注》，曾志東撰，廣西大學碩士學位論文，2005 年。

《宋前詠史詩史》，韋春喜撰，山東大學博士學位論文，2005 年。

《漢魏盛唐詠史詩研究：「言志」之詩學傳統及士人思想的考察》，李翰著，廣西師範大學出版社，2006 年。

《宋代詠史詩研究》，張小麗撰，陝西師範大學博士學位論文，2006 年。

同一時期，臺灣地區較重要的學術專著與學位論文包括：

《晚唐詠史詩研究》，李宜涯撰，中國文化大學博士學位論文，1989 年。

《李商隱的詠史詩》，方瑜著，新文豐出版公司，1992年。

《北宋詠史詩探論》，陳吉山撰，國立成功大學碩士學位論文，1993年。

《詠史詩與中國泛歷史主義》，許鋼著，水牛圖書出版公司，1997年。

《南宋詠史詩研究》，季明華著，文津出版社，1997年。

《晚唐詠史詩與平話演義之關係》，李宜涯著，文史哲出版社，2002年。

《晚唐五代詠史詩之美學意識》，賴玉樹著，秀威信息科技股份有限公司，2005年。

可以看到，當詠史詩逐漸進入研究者的視野之後，研究探索的重心主要在漢魏六朝和唐代詠史詩領域，而對宋代詠史詩的研究，則顯得較爲薄弱。較爲系統的宋代詠史詩專題研究論著僅有臺灣陳吉山的《北宋詠史詩探論》（碩士論文）、季明華的《南宋詠史詩研究》（碩士論文，後由臺北文津出版社出版）和大陸張小麗的《宋代詠史詩研究》（博士論文）。

陳吉山、季明華均受業於張高評先生，二文的寫作思路有不少類似的地方。陳吉山《北宋詠史詩探論》第一章爲緒論；第二章爲「北宋詠史詩形成之因緣」，論北宋詠史詩形成的背景；第三章爲「北宋詠史詩之內容層面」，「就所論及之歷史人物分類闡述之，以見其內容層面，涵蓋之廣」，分爲「聖賢」、「帝王」、「王侯將相」、「隱士」、「仕女」以及「其他」六節；第四章是「北宋詠史詩所表現之思想內涵」，分「經世致用思想」、「隱逸思想」、「攘夷思想」、「疑古思想」、「提升士節」五個方面；第五章是「北宋詠史詩技巧之探究」；第六章爲結論，「總論北宋詠史詩之價值」。季明華《南宋詠史詩研究》第一章爲緒論；第二章爲「宋以前詠史詩的淵源與發展」；第三章爲「南宋詠史詩發展的背景」；第四章爲「南宋詠史詩所展現之歷史哲思」，分爲

「南宋詠史詩內容表現之層面」與「南宋詠史詩的主題哲思」兩個方面；第五章為「南宋詠史詩的表現類型與主要寫作技巧」；第六章為結論。二文以平實的文筆第一次對兩宋詠史詩的社會思想背景、思想內涵以及藝術技巧進行了系統的論述，雖然對宋代詠史詩的發展歷程缺少清晰的梳理，且僅從宏觀著眼缺乏有代表性的個案研究使論文論述稍欠細密，然蓽路藍縷之功，實不可沒。

張小麗的《宋代詠史詩研究》分為五章，第一章為「宋前詠史詩的淵源和發展」；第二章「宋代詠史詩概觀」，將宋代詠史詩的發展概括為承襲（北宋前期的詠史詩）、自立（北宋中後期的詠史詩）、深化（南宋前期的詠史詩）、繁盛（南宋中後期的詠史詩）四個階段；第三章「宋代詠史詩藝術論」，分別探討了宋代詠史詩的題材特徵、體式特徵與藝術技巧；第四章「宋代詠史詩人論」，分六節論述了王安石、蘇軾、陸游、宋代女詩人（李清照、朱淑眞、張玉孃）、宋代理學家（邵雍、劉子翬）、宋代僧人（釋智圓、釋居簡、釋文珦、釋行海）的詠史詩創作；第五章「宋代政治思想文化與宋代詠史詩」，分四節探討了宋代政治環境、宋代學風、宋代詠史詞與史論散文、宋代繪畫與宋代詠史詩的關係。可以說，這是目前最為全面細密的宋代詠史詩專題研究，對宋代詠史詩的縱向發展以及詠史詩與宋代文化的橫向關係都有許多精彩的論述。然而，宋代詠史詩複雜的發展歷程是否可以用四個階段簡單涵蓋，兩宋三百餘年的詠史詩創作其藝術特徵是否可以僅作共時性的描述，當還可作更深入的思考。另外，宋代詠史詩與宋代文化全方位、多層次的關聯也還需要更深入地去挖掘和補充。

有關宋代詠史詩研究的單篇學術論文同樣稀少，主要的有：

《試論王安石的詠史懷古詩》（楊有山撰，《信陽師院學報》1986 年第 2 期）。

《略談王安石的詠史詩》（李有明撰，《廣西師大學報》1989 年第 1 期）。

《試論王安石的詠史詩》（胡守仁撰，《江西師大學報》1994年第1期）。

《論秦觀詠史詩》（徐培均撰，《吉安師專學報》1994年第1期）。

《爲王安石的〈明妃曲〉辯誣》（鄧廣銘撰，《文學遺產》1996年3期）。

《王安石的〈明妃曲〉》（漆俠撰，《中國文化研究》1999年春之卷（總第23期））。

《從陸游的詠史詩看其愛國主義思想》（李永紅撰，《邯鄲職業技術學院學報》2002年第9期）。

《論李覯的詠史詩》（王春庭撰，《江西社會科學》2003年第11期）。

《後村詠史詩述略》（王述堯撰，《河北大學學報》2004年第2期）。

《以史爲鑒與道德評判——論司馬光的詠史詩》（王德保等撰，《南昌大學學報》2004年第9期）。

《王安石的詠史懷古詩》（羅家坤撰，《晉陽學刊》2005年第4期）。

《論王安石議政的詠史懷古詩》（李唐撰，《學術交流》2005年第7期）。

這是一份相對「寒磣」的目錄，除了王安石由於在詠史詩創作上的貢獻引起了一些研究者的關注，宋代著名詩人如蘇軾、黃庭堅、楊萬里等人，宋代詠史詩創作數量最多的如王十朋、徐鈞、陳普等人，都沒有論文去做細緻的討論。宋代詠史詩的發展歷程、藝術特徵以及與宋代文化的密切聯繫，更缺少論文去做相應的分析。這在當代宋詩研究領域，不能不說是一個缺憾。

三、本撰的目的任務以及結構

宋代詠史詩研究成果的稀少，使這一領域的研究擁有比較廣闊的空間。本撰的目的和任務，主要在於闡述宋代詠史詩的發展嬗變歷程以及宋代詠史詩與宋代文化的廣泛聯繫。由於筆者的愚鈍，才、學、識三方面都深感不足，缺乏駕馭材料進行宏觀論述的能力，因而本撰以分專題進行個案研究的方式，對宋代詠史詩進行解讀與分析。全文由十章構成。

第一章《緒論》，主要辨析詠史詩的概念，對本撰的術語進行必要的約定，並對宋代詠史詩創作的文學淵源、文化背景以及發展歷程進行一些簡單的分析與歸納。

第二章《西崑體的歷史命運和宋初詠史詩創作的取徑》，第三章《從〈明妃曲〉看詠史詩的新變》，第四章《論三蘇與蘇門詩人詠史詩的文化品位》，第五章《滄桑之感與豪放之聲——論南渡時期的詠史詩》，第六章《宋代的詠史組詩——以南宋為中心》，第七章《詠史詩與文藝世俗化的潮流——從另一個角度看鄭思肖的〈一百二十圖詩集〉》，側重於縱向的文學史梳理，擇取宋代詠史詩發展的幾個關鍵環節，展示宋代詠史詩發展的線索和脈絡，同時力圖把握詠史詩創作與宋代政治、思想、學術、社會普遍心理以及文化情趣嬗變演進之間的關係。

第八章《宋代詠曹娥詩》，第九章《宋代詠嚴光詩》，第十章《浯溪題詠與宋代詠史詩的政治主題》，通過對宋代詠史詩中一些重大題材的個案研究，力圖展示宋代詠史詩道德主題、隱逸主題、政治主題等幾個主要的主題指向，以及宋代文化與詠史詩創作的關聯，從而進一步揭示宋代詠史詩的時代特徵。

第一章　緒　論

一、詠史詩的概念

詠史詩是中國古代詩歌創作中重要的一類，現存古代總集、別集中這一類詩歌的保存是極爲豐富的。詠史詩與其他詩歌類型（如山水詩、田園詩、邊塞詩等）的區別，首先在於題材的不同，它的歌詠對象是歷史上的人物或事件。過去人們對詠史詩的概念進行界定，多以題材的差異作爲切入點，以下是幾個有代表性的定義：

> 詠史詩不是一種特定形式的詩，而是一種特定題材的詩。凡是歌詠某一歷史人物或歷史事實的詩，都是詠史詩〔註1〕。
>
> 詠史詩可簡要定義爲：直接截取史傳上的人物、事件作爲題材而賦詩以歌詠之、歎美之、感慨之的詩歌作品〔註2〕。
>
> 所謂詠史詩，就是指在中國古典詩歌中，以某一（或某幾個）歷史人物或事件爲題材內容，對之進行歌詠、評論，藉以抒寫情感發表見解的詩歌〔註3〕。

均以題材作爲定義的標準和依據。

〔註1〕施蟄存《唐詩百話》，上海古籍出版社，1987年，第680頁。

〔註2〕趙望秦《唐代詠史組詩考論》，三秦出版社，2003年，第2、3頁。

〔註3〕韋春喜《漢魏六朝詠史詩試論》，山東師範大學碩士論文，2002年，第1頁。

在闡發詠史這一概念的同時，學者們往往特別注意區分「詠史」與「懷古」的不同。施蟄存先生曾論詠史、懷古、詠懷的區別道：

> 詠史詩是有感於某一歷史事實，懷古詩是有感於某一歷史遺迹。但歷史事實或歷史遺迹如果在詩中不占主要地位，只是用作比喻，那就是詠懷詩了〔註4〕。

持相同相近觀點的學者數量相當多。如降大任先生認爲，詠史與懷古「只有很細微但又很明顯的一點，即歌詠的觸發點不同。此外，二者以正式名目出現在詩題上，時代亦有先後，相距幾乎有四百年光景……詠史詩是直接由古人古事的材料發端來創作的，懷古詩則需有歷史遺迹、遺址，或某一地點、地域爲依託，連及吟詠與之相關的歷史題材」〔註5〕。劉學鍇先生認爲：「懷古詩多因景生情，撫迹寄慨，所抒者多爲今昔盛衰，人事滄桑之慨；而詠史詩多因事興感，撫事寄慨，所寓者多爲對歷史人物的見解態度或歷史鑒戒」〔註6〕。袁行霈主編《中國文學史》則認爲：「懷古詩和詠史詩是有區分而又很接近的兩類詩。大體上說，懷古詩是就能夠引起古今相接情緒的時地與事物興發感慨。詠史詩則無須實際事物作媒介，以史事爲對象撫事寄慨」〔註7〕。趙望秦除有前引詠史詩的定義之外，還論及懷古詩的概念：「懷古詩可簡要定義爲：登臨目睹古代舊址、古人遺迹而賦詩以追懷往事、寄興感慨的詩歌作品」〔註8〕。在他看來，詠史與懷古，還是各有畛域的。

這些觀點，在廓清詠史詩概念的內涵與外延、幫助我們理解詠史詩的特質方面，無疑是極有價值的。但面對中國古代詩人豐富多彩的

〔註 4〕施蟄存《唐詩百話》，上海古籍出版社，1987 年，第 239 頁。

〔註 5〕降大任、張仁健《詠史詩注析》附錄《試論我國古代詠史詩》，山西人民出版社，1985 年。

〔註 6〕劉學鍇《李商隱詠史詩的主要特徵及其對古代詠史詩的發展》，《文學遺產》，1993 年第 1 期。

〔註 7〕袁行霈主編《中國文學史》第二卷，高等教育出版社，1999 年，第 421 頁。

〔註 8〕趙望秦《唐代詠史組詩考論》，三秦出版社，2003 年，第 5 頁。

創作時，我們卻發現，詠史與懷古之間的界限，實際上是非常模糊的。如宋人所編《唐文粹》之卷一五，有「懷古」一類，卻選入了不少當今學者定義爲詠史詩的作品，元代方回《瀛奎律髓》有「懷古」、「感舊」類，而無「詠史」類目，但入選的作品卻不乏典型的詠史詩。古人云：「詠史者，讀史見古人成敗，感而作之」〔註 9〕，「懷古者，見古迹，思古人，其事無他，興亡賢愚而已」〔註 10〕，兩者的內核與實質並無二致。從古人的創作實踐來看，常常有這樣的現象：以詠史名篇的作品，常爲詠懷；以懷古名篇的作品，實則詠史。在文學史中，這樣的實例實在是不勝枚舉。有鑒於此，不少學者們在明確詠史與懷古的概念之後，不免要進行一些補充。如施蟄存先生也承認：「……詠史詩，也還很難與詠懷或懷古分清界限」〔註 11〕。袁行霈主編的《中國文學史》中講完詠史與懷古的區別，又說：「由於兩者都是詠『古』，又時有交叉，界限並不很嚴」〔註 12〕。

因此，本撰在論及詠史這一概念時採取了比較寬泛的標準，即把懷古詩包含在詠史詩這一概念之中。一方面，這是由於中國古代詩歌作品中詠史與懷古在許多時候難以區分這一事實。另一方面，筆者還有以下一些考慮和想法。

筆者以爲，詠史詩是一種文學類型或詩歌類型。在文學史研究中，文學類型概念應是描述性與解釋性的，而不是規則性和命令性的。對於詠史詩的概念，應更多地做歷時性的考察。要準確把握這個概念，不僅需要靜態地去「界定」，更需要動態地去「描述」。詠史詩與其他詩歌類型的區別，固然首先在於題材，但更重要、更本質的是：詠史詩這個概念還包含了某種特定的美學風格和文學傳統。一方面，這種美學風格和文學傳統，在經過早期作家的開拓與創造逐漸成熟之

〔註 9〕崔融《唐朝新定詩格》。

〔註 10〕方回《瀛奎律髓》卷三。

〔註 11〕施蟄存《唐詩百話》，上海古籍出版社，1987 年，第 681 頁。

〔註 12〕袁行霈主編《中國文學史》第二卷，高等教育出版社，1999 年，第 421 頁。

後，對後代作家的創作進行著約束。另一方面，美學風格和文學傳統並非一成不變，隨著文學史的發展，它也時有變異，因爲創作的過程往往是追求突破的過程，「尊體」與「破體」是對立統一的兩面，這使得每一種詩歌類型的發展均呈現出非常複雜的面貌，詠史詩也不例外。

有學者將詠史詩分爲史傳型、詠懷型、史論型三類〔註 13〕，這說明依據敘事、抒情、議論在作品中的不同側重，詠史詩還可細分爲更小的子類型。但如果從歷史的角度去看，這反映了同一詩歌類型的創作傳統在不同歷史時期的變化和發展。「詠史」產生於東漢，最初是以敘述爲主，可稱之爲「史傳型」的詠史詩。到晉代左思的《詠史》八首，強化了詠史詩的抒情功能，使「詠懷型」的詠史詩逐漸成爲詠史詩的主流。唐代無論是詠史詩還是懷古詩，其借史詠懷的創作手法，都是左思的延續。唐代最爲人稱道的詠史大家，如劉禹錫、杜牧、李商隱等人，他們創作的詠史懷古作品，從創作淵源上都可上溯至左思。從中唐開始，在詠史詩借古抒懷、以抒情爲中心的主流之外，議論風氣也開始興盛，最典型的例子莫過於晚唐大型詠史組詩的出現，胡曾、周曇、汪遵等人的詠史詩，借詩歌形式評騭歷史、褒貶人物的意味已相當明顯，正式確立了「史論型」詠史詩的歷史地位，開後人風氣。這種「史論型」詠史詩經過宋人的發展，逐漸成爲詠史詩的主流和正宗。在詠史詩的發展歷程中，文學傳統代代相承又不斷地突破發展，其間延展關聯的線索，歷歷可尋。

有鑒於此，本撰在論述「詠史」這一概念時，也包含「懷古」在內，因爲它與詠史實屬同源，是詠史詩發展中的變體。在絕大多數情況下，詠史與懷古的創作遵守著共同的「慣例性」規則。唐代產生的懷古詩不但不能與詠史詩截然分離，相反地，它借古抒情詠懷的手法和技巧還代表了唐代詠史詩的主要創作方向和基本特徵。

〔註 13〕齊益壽《談六朝詠史詩的類型》，《中華文化復興月刊》，1977 年第四期。

同理，覽古、詠古、感古、讀史、覽史等不同名目，在本撰中也都統攝在「詠史」這一概念之下。因爲在筆者看來，它們都是同一種詩歌類型在不同的歷史時期和文化環境下的變形，它們的發展是同一詩歌創作傳統的延續。它們的概念在外延上或許有些微小的差別，但內涵並沒有本質的不同。

二、宋代詠史詩的文學淵源

早在周代，《詩經》中便已有了以歷史人物或事件作爲吟詠對象的作品，如《大雅》中的《生民》、《公劉》、《綿》、《皇矣》、《大明》等，記載了后稷降生到武王伐紂的歷程，是周部族起源、發展和立國的歷史敘事詩。雖與後代的詠史詩大不相同，但不妨看作是後代詠史詩的的濫觴肇迹。

現存最早的文人五言詩，一般認爲是東漢班固的《詠史》。這也許是一個偶然的巧合，但也帶有某種象徵意味，暗示了古代中國文學與史學緊密聯繫的強大傳統。由於班固的《詠史》僅僅是對緹縈救父故事的流水敘述，缺少橫生側出、搖曳多姿的文學技巧，很早就落得個「質木無文」〔註14〕的評價。然而，班固《詠史》有著重大的文學史意義。它不僅標誌著文人五言詩創作熱潮的發端，也是詠史詩這一詩歌類型的正式的起點，所以明代胡應麟《詩藪》云：「詠史之名，起自孟堅」〔註15〕。同時，班固以賦法入詩，以敘述爲主但不乏「感歎之詞」〔註16〕的創作手法，也一直爲後人所借鑒。

班固之後，詠史詩的創作，代不乏人。梁代蕭統《文選》特立「詠史」一門，收錄王粲、曹植、左思等九人詠史詩作二十一首。可以看出，至南朝，詠史詩作爲一種特定的詩歌類型已經被人們所認同。在這期間，對後世影響最大的當屬晉代的左思。左思的《詠史》八首，「或先述己意，而以史事證之。或先述史事，而以己斷之。或止述己

〔註14〕鍾嶸《詩品・序》。
〔註15〕胡應麟《詩藪》外編卷二。
〔註16〕鍾嶸《詩品》卷下。

意旨而史事暗合。或止述史事，而己意默寓」〔註17〕，名爲詠史，實則詠懷，所詠史事實際上是他抒發不平之氣的媒介和載體。這是詠史詩發展歷程中的重大變化。清代學者曾說：「詠史者不過美其事而詠歎之，檃括本傳，不加藻飾，此正體也。太沖多自攄胸臆，乃又其變」〔註18〕。視左思《詠史》爲詠史的「變體」。左思《詠史》八首具有非凡的辭采，鍾嶸稱之爲「五言之警策者也，所以謂篇章之珠澤，文采之鄧林」〔註19〕。正因爲此，左思的詠史「變體」影響力遠遠超越了「檃括本傳」的「正體」，一躍成爲詠史的主流，所謂「創成一體，垂式千秋」〔註20〕。這種「文典以怨」、「得諷諭之致」〔註21〕、借詠史來抒情感懷的創作模式，多被後代文學批評目之爲詠史的正宗嫡傳。朱自清曾說：「後世的比體詩可以說有四大類，詠史、遊仙、豔情、詠物」〔註22〕。所謂比體詩，即非徑言直語，而是託諸他物以言情。朱氏將詠史歸爲比體詩，實際上談的僅僅是左思以及受其創作影響的詠史類作品，並將這類詠史看成是詠史詩的典型和代表。

唐代是中國詩歌史上的黃金時代，詠史詩在這一時期也得到了長足的發展。唐代的詠史詩創作，有兩個大的趨向最值得關注。

一是在左思的基礎之上進一步強化了以抒情爲主導的寫作模式。一個典型的例子是懷古詩的流行以及與詠史的合流。初唐時期出現了一批以「懷古」名篇的作品，如李百藥《郢城懷古》、張九齡《商洛山行懷古》、劉希夷《巫山懷古》《蜀城懷古》《洛川懷古》、陳子昂《白帝城懷古》《峴山懷古》等，終唐一代創作相當繁榮。這類詩歌的創作模式往往是登臨或經過古代歷史遺址，繼而追懷前人往事，主題和藝術技巧上借鑒了魏晉南北朝登臨類詩賦的成功經驗。但懷古詩

〔註17〕張玉穀《古詩賞析》，上海古籍出版社，2000年，第251頁。
〔註18〕何焯《義門讀書記》卷四六。
〔註19〕鍾嶸《詩品·序》。
〔註20〕陳祚明《採菽堂古詩選》卷一一。
〔註21〕鍾嶸《詩品》卷上。
〔註22〕朱自清《詩言志辨》，《朱自清全集》第六卷，江蘇教育出版社，1990年，第214頁。

多借詠古而抒情，其重心和落腳點是作家主體情感的抒發，從創作傳統上看，依舊在左思《詠史》的延長線上。因此懷古、詠史兩類詩歌很快交織融合，難分彼此。詠史懷古詩中以抒情爲主導的寫作模式最成功的運用是中晚唐時期的劉禹錫、杜牧、李商隱等人的創作，他們的詠史懷古作品或寄託諷諭，或感慨盛衰，善於突破史的局限，構建詩的意境，在左思的基礎上，進一步確立了詩人主觀情感的抒發在詩歌創作中的核心地位。這是中國古代詠史詩中最富詩情和藝術魅力的一類，歷來爲人所稱道。

二是中晚唐以後的詠史詩開始出現重議論的傾向。中唐以後，詠史詩創作在以抒情爲主導的寫作模式之外，出現了另一條並行不悖的線索，那就是以議論爲主的新型詠史詩的大量出現。白居易《讀史五首》、《歎魯二首》等作品已帶有這樣的傾向。晚唐胡曾、周曇、汪遵、孫玄晏等人的詠史組詩中，這一發展趨勢表現得更爲明顯。晚唐詠史組詩是中國文學史上的新鮮事物，張政烺先生曾說它們「前無所承，與漢魏人之詠史絕無關係」〔註 23〕，可謂獨具隻眼的見解。這並不是要斬斷晚唐詠史組詩與文學傳統的聯繫，而是指出了這樣一個文學史事實：班固《詠史》、左思《詠史》以及晚唐詠史組詩，是中國詠史詩發展歷程中最具原創意味的里程碑，指出了胡曾、周曇、汪遵、孫玄晏等人的組詩創作在詠史詩發展過程中劃時代的意義。清代沈德潛曾說：

> 太沖詠史，不必專詠一人，專詠一事，己有懷抱，借古人事以抒寫之，斯爲千秋絕唱。後人黏著一事，明白斷案。此史論，非詩格也。至胡曾絕句百篇，尤爲墮入惡道〔註 24〕。

這段批判性的話語如果換一個角度去看，可以幫助我們理解胡曾等晚唐詠史組詩作家的創作特點。胡曾等人的詠史詩往往是一人一詠或一

〔註 23〕張政烺《講史與詠史詩》，國立中央研究院《歷史語言研究所集刊》第十本，民國三十七年，第 645 頁。

〔註 24〕沈德潛《說詩晬語》卷下。

事一詠，這種寫作模式胡曾等人並非始作俑者，只不過晚唐詠史組詩專題聯章的形式使這一模式的特殊性被進一步凸顯出來。一人一詠或一事一詠有助於強化詠史詩中「史」的因素和議論成分。憑藉著巨大的數量，這種「黏著一事，明白斷案」的史論型詠史詩成爲改變詠史詩創作格局的重要力量。在晚唐詠史組詩作家中，胡曾水平最高，影響最大，但他的作品在藝術上與劉禹錫、杜牧、李商隱的詠史詩相較，也有很大的差距，因而往往成爲後人批判的對象。明代楊愼《升菴詩話》卷七載：

> 愼少侍先師李文正公，公曰：「近日兒童村學教以胡曾《詠史詩》，入門先壞了聲口矣。」愼曰：「如《詠蘇武》一首亦好。」公曰：「全是偷杜牧之《聞胡笳》詩。」退而閱之，誠然。曾之詩，此外無留良者。

謝榛也批評其詩「百篇一律」〔註 25〕。清人基本持同一論調，認爲胡詩「淺直可厭」〔註 26〕、「竟墜塵溷」〔註 27〕，「俗下令人不耐讀」〔註 28〕，四庫館臣稱爲「其詩興寄頗淺，格調亦卑」〔註 29〕。然而，胡曾等人詠史詩的影響並沒有因爲這些批評而稍減。胡曾詠史詩在元代「庸夫孺子亦知傳誦」〔註 30〕，宋代講史話本和元代以後的歷史演義小說中，常稱引其詩。莫礪鋒先生在評價晚唐詠史組詩時說：「由於它們通俗易懂，所以流傳很廣，並通過通俗文學的途徑而獲得了進一步的傳播。它們所擁有的讀者群反而比杜牧、李商隱更爲眾多」〔註 31〕。不管胡曾、周曇、汪遵、孫玄晏等人的作品在藝術價值上如何評判，他們在文學史上的影響是不容忽視的。

　　我們可以看到，詠史詩在宋代以前，已經經過了長時期的發展，

〔註 25〕謝榛《四溟詩話》卷一。
〔註 26〕賀裳《載酒園詩話・又編》。
〔註 27〕毛先舒《詩辯坻》卷三。
〔註 28〕翁方綱《石洲詩話》卷二。
〔註 29〕《四庫全書總目》卷一五一。
〔註 30〕辛文房《唐才子傳》卷八。
〔註 31〕莫礪鋒《論晚唐的詠史組詩》，《社會科學戰線》，2000 年第 4 期。

並積累了豐富的創作經驗，這是一筆寶貴的文學遺產。然而，這種遺產往往是一把雙刃劍，它既可以提供豐富的可資借鑒的資源，也容易成爲一種負擔和桎梏。面對唐代詩歌發展的高峰，宋人已有「世間好語言，已被老杜道盡；世間俗語言，已被樂天道盡」〔註32〕的感慨，清人也有「宋人生唐後，開闢眞難爲」〔註33〕的同情。宋人正是在這種富有挑戰性的文學環境中，進行著詠史詩的創作。無論是班固開闢的檃括本傳、懷弔古人的寫作手法，還是左思的開闢的借古詠懷、抒情言志的創作模式，還是胡曾、汪遵等人開闢的評事論人、以定褒貶的創作風氣，宋人都進行了更爲深入的拓展，並最終在詠史詩創作領域形成了迥異於前代具有鮮明時代特徵的創作風貌。

其中最令人矚目的現象是，晚唐大量出現的帶有較強議論色彩的詠史類型在宋代得到了最充分的發展。胡曾、周曇、汪遵、孫玄晏等人的詠史組詩，雖有褒貶之義，但不少詩篇也多撫今思昔、感慨興亡之語，詩中的抒情成分依然佔有相當大的比重，不脫唐人風氣。宋人在他們的基礎上，「以才學爲詩，以議論爲詩」〔註34〕，用詠史詩這種藝術形式去評價歷史事件和歷史人物，詩歌中的議論成分極大地加強了，許多詠史詩成爲詩化的史論。兩宋時期，學術上義理化和倫理化成爲趨勢，史學上以新的標準重構歷史，文學上「文以載道」觀念逐漸深入人心，詠史詩的變化正是在這種背景下產生的，它反映了新的歷史時期的文化訴求。史論型詠史詩的大發展，並不是宋代詠史詩創作的唯一趨向，但毋庸置疑地構成了宋代詠史詩發展的主流。

三、宋代詠史詩創作的文化背景

宋代的詠史詩創作，有其獨特的文化環境與深刻的時代背景。陳寅恪先生的一句話常爲人所引用：「華夏民族之文化，歷數千載之演

〔註32〕胡仔《苕溪漁隱叢話・前集》卷一四引《陳輔之詩話》。
〔註33〕蔣士銓《辨詩》，《忠雅堂詩集》卷一三。
〔註34〕嚴羽《滄浪詩話・詩辯》。

進，造極於趙宋之世」〔註35〕。王國維也說：「天水一朝人智之活動，與文化之多方面，前之漢唐，後之元明，勢所不逮也」〔註36〕。宋代是中國古代思想文化發生重大變化和轉折的時期。從經學上看，漢學頹廢，宋學興起；從史學上看，注疏性史學衰退，義理性史學崛起；從三教關係上看，「三教鼎立」逐漸走向「三教合流」，這是宋代思想文化發展的大勢。下面進行一些簡要的論述，所談的幾個方面，僅舉與詠史詩創作關係最爲密切而直接者，在邏輯上並不一定具有並列的意義。

1、道德思潮的高漲

宋代是道德思潮高漲的時代。面對五代時期崇尚武力、道德倫理被無情踐踏的歷史，宋人感歎道：「甚矣，五代之際，君君、臣臣、父父、子子之道乖，而宗廟、朝廷、人鬼皆失其序，斯可謂亂世者歟！自古未之有也」〔註37〕。宋朝建國後，思想界面臨的重大任務，便是確立倫理準則和道德標準，並以此爲基點重整社會秩序。雖然宋代學派林立，各說雜陳，出現了周敦頤「濂溪學」、邵雍「象數學」、張載「關學」、二程「理學」、王安石「新學」、司馬光「朔學」、蘇軾「蜀學」、朱熹「理學」、陸九淵「心學」等各種思想流派，對宇宙本體和社會人生進行了廣泛的探討，但確立道德評價的標準、構建道德規範體系、強調道德修養的意義是各個學派的基本命題。

在宋代，宗教也改變了與世俗對立的態度。例如北宋末年著名的道教文獻《太上感應篇》宣揚「積功累德，慈心於物；忠孝友悌，正己化人」；北宋名僧智圓說儒、釋其言雖異，其理相通，而主張「修身以儒，治心以釋」，他說「夫儒、釋者，言異而理貫也，莫不化民，

〔註35〕陳寅恪《鄧廣銘〈宋史職官志〉考證》，《金明館叢稿二編》，上海古籍出版社，1980年，第245頁。

〔註36〕王國維《宋代之金石學》，《王國維遺書》第五冊《靜安文集續編》，上海古籍書店，1983年，第70頁。

〔註37〕歐陽修《新五代史》卷一六。

俾遷善遠惡也。……儒乎，釋乎，其共爲表裏乎」〔註38〕。儒家最重要的道德標準取得了道家與釋家的認同，反映了儒學復興運動之後儒家在思想界的強勢。可以說，宋代以後「三教合一」的一個重要表現就是儒、道、釋三家在諸如孝悌忠義等核心價值觀念上取得了一致。

宋代道德思潮的高漲不但反映在思想家的學術思辨上，也反映在整個社會各個階級階層對儒家道德原則的認同上。在宋代，通過統治者「一道德，同風俗」〔註39〕的努力，許多道德要求有了制度的保障。例如拒不贍養父母，強行與父母析財分居等不「孝」的行爲，均爲官方所禁止〔註40〕。在政治與文化的雙重推動下，忠、孝、節、義等道德範疇在全社會範圍內獲得了肯定和認同。

道德思潮的高漲對詠史詩創作的影響是深遠的。歷史事件的曲直、歷史人物的功過，都需要在道德的天平上重新進行評判和審視。宋人喜歡以道德原則作爲評判歷史的標準，多談是非而不談利害。正如南宋史學家胡寅說：「苟不以成敗得失論事，一以義理斷之，則千古是非，如指諸掌，而所去取矣」〔註41〕。這種史學批評標準的確立，指明了宋代史學的基本走向，也對詠史詩的思想內容產生了決定性的影響。

2、史學的繁榮

宋代是中國封建時期史學的鼎盛期。宋初，薛居正等仿《三國志》體例，編成《五代史》（即《舊五代史》）。宋仁宗時，歐陽修成《新唐書》，以別於五代後晉劉昫《唐書》（即《舊唐書》）。歐陽修不滿薛居正《五代史》，重撰《五代史記》（即《新五代史》）。宋代編修的前代史還有多種，傳世的有《唐會要》、《五代會要》、《西漢會要》、《東漢會要》以及《九國志》、《南唐書》等。司馬光主編的《資治通鑒》，

〔註38〕釋智圓《閒居編》卷一九《中庸子傳》上。

〔註39〕呂公著《上神宗答詔論學校貢舉之法》，《宋名臣奏議》卷七八。

〔註40〕《宋會要輯稿》165冊《刑法二》，第6496頁。

〔註41〕胡寅《晉紀・安帝》，《致堂讀史管見》卷九，《宛委別藏》第五七冊，第601頁。

是中國第一部編年體通史。這種編年史體，稱爲《通鑒》體，成爲後來編年史的通用體裁。南宋袁樞撰成《通鑒紀事本末》，開創了紀事本末體。南宋李燾編撰《續資治通鑒長編》，是《通鑒》之後第一部出色的當代編年通史，亦是中國古代卷帙最龐大的私修編年史。宋人編撰的當代史，還有《三朝北盟會編》和《建炎以來繫年要錄》。兩宋之際鄭樵修撰紀傳體通史《通志》，宋元之際馬端臨修撰《文獻通考》，《通考》與《通典》、《通志》，並稱三通。宋代方志的著述達到了前所未有的水平，如《太平寰宇記》、《元豐九域志》、《東京夢華錄》、《武林舊事》、《夢粱錄》等。金石學是中國考古學的前身，是宋代史學領域新開闢的園地。北宋歐陽修《集古錄》，是現存最早研究石刻文字的專書。南宋洪适《隸釋》和《隸續》，爲傳世最早的集錄漢魏石刻文字專書。

史學著述的活躍與史學思想在宋代得到重大突破有關。宋代學術突破了漢唐時期學者研治經史固守注疏藩籬思維模式的局限，逐漸形成一股疑經惑古的辨僞思潮。在破前人舊說的同時，宋人逐漸架構起一個以「天理倫常」爲核心的歷史評價體系，並以此爲依據，對中國的歷史進行了重新書寫。在這個大框架下，宋人對史學的基本問題進行了深入的思考，諸如天人之理問題、正統問題、盛衰之道問題、隨時變易問題、性命與史學關係問題、三代前後歷史之變問題、王霸義利問題、春秋褒貶義例問題以及具體的歷史事件與歷史人物評價問題等等，都引起宋人的極度關注和廣泛熱烈的討論。

作爲詩與史的結合，宋代詠史詩受到史學的強烈影響。宋代詠史詩數量多，與史學的繁榮直接相關。很多情況下，宋代的詠史詩就是詩化的歷史批評與史學批評，它是史學滲入文學領域最直觀的反映。眾多的史學成果，爲詠史詩提供了豐富的寫作內容。宋代詠史詩對歷史事件和歷史人物的評價，也常常建立在史學批評所取得的成果之上。宋代詩人用大型組詩的形式，對歷史進行總結，也與史學領域試圖以新的倫理價值體系重構歷史的努力方向相一致。

3、蒙學的普及與講史的興盛

張政烺先生曾有一個大膽的推論：「講史一藝蓋出於晚唐之詠史詩，初由童蒙諷誦，既而宮廷進講，以至於走上十字街頭」〔註42〕。雖然我們還難以找到特別過硬的材料佐證，但考慮到晚唐至宋末存在著大量粗淺直白、帶有普及歷史知識意味的詠史作品，對照當時流行的諸如《蒙求》《十七史蒙求》等蒙學教材，再結合殘存的講史話本的特徵，我們感覺詠史詩與蒙學、講史之間，確實存在著千絲萬縷的聯繫。

蒙學是中國古代的兒童教育。在宋代，隨著文化的發展，教育對象的範圍也日漸擴大。在蒙養教材方面，除了著名的《三字經》、《百家姓》、《千字文》而外，傳授歷史知識的教材也相當流行，比較重要的有唐代李瀚的《蒙求》、宋代王令的《十七史蒙求》、胡寅的《敘千古文》、黃繼善的《史學提要》等。在內容上，這些教材多「聖君、賢相、忠臣、義士、文人、武夫、孝子、烈婦功業事實，以類纂集」〔註43〕，注重思想道德教育的功能，所謂「興君昏主之理亂，哲佐悖臣之功罪，吾道異端之正偏，一字森嚴，百世確論，不但可以習童稚而已」〔註44〕；在形式上，多「參以對偶，聯以音韻」〔註45〕，以便於蒙童諷詠記誦。

詠史詩也具有蒙學教育的功能。前引楊慎《升菴詩話》卷七有「近日兒童村學教以胡曾《詠史詩》」之語，又卷一有許渾《淩歊臺》「村學究又誦以教蒙童」的記載，說明在明代詠史詩是蒙學教育的內容之一。其實，以詠史詩教育兒童的風氣很早就有，如五代時張昭「始七歲，能誦古樂府、詠史詩百餘篇」〔註46〕。黃溍《史詠集》序中曾抱

〔註42〕張政烺《講史與詠史詩》，國立中央研究院《歷史語言研究所集刊》第十本，民國三十七年，第602頁。

〔註43〕王令《十七史蒙求》序。

〔註44〕李昴英《書胡致堂敍古千文後》，《文溪集》卷四。

〔註45〕王令《十七史蒙求》序。

〔註46〕《宋史》卷二六三。

怨說：「唐之詩人間有興懷陳迹，章聯句續至於累百而止，顧其言多卑近，徒以資兒童之口耳，於名教何預乎？」《史詠集》是宋末徐鈞所作，這段序文說明在宋代晚唐詠史組詩是兒童經常誦讀的教學內容，但由於思想品德教育的主題不夠深切突出引起了許多人的不滿。既然有蒙學教育的需要，前代詠史詩又不能充分地滿足教育的需要，宋人作詠史詩來供兒童學習之用，就是自然而然的事了。宋代存在大量流水帳般詠歷朝史事、帶有普及歷史知識性質而且語言淺近通俗的詠史作品，當是蒙學教育的產物。

講史是宋元間「說話」四家之一，這一民間藝術形式在宋代相當流行，《東京夢華錄．京瓦伎藝》載：「崇觀以來，在京瓦肆伎藝……孫寬、孫十五、曾無黨、高恕、李孝祥，講史。」《醉翁談錄．小說開闢》載：「說征戰有劉項爭雄，論機謀有孫龐鬥智。新話說張韓劉岳，史書講晉宋齊梁。」不難想見講史的內容，主要是講說歷代興亡和戰爭故事。而在演述歷史故事的同時，講史還貫串著儒家歷史觀和道德觀。蘇軾《東坡志林》卷一載：「王彭嘗云：塗巷中小兒薄劣，其家所厭苦，輒與錢令聚坐聽說古話。至說三國事，聞劉玄德敗，顰蹙有出涕者；聞曹操敗，即喜唱快。以是知君子小人之澤，百世不斬。」講史話本在敷衍史事時，每至關節處，常常引用詠史詩「以詩爲證」，其中稱引最多的是唐代胡曾的作品〔註 47〕。雖然宋代詠史作品在講史話本中被稱引的數量很少，目前還看不出宋代講史與詠史詩之間的直接聯繫，但社會上講史等通俗文藝的興盛，風氣所及，對宋代詠史詩的創作應也有不小的影響。

歷史蒙學教育和講史的共同之處，在於它們在宋代文化下移的過程中都扮演了重要的角色，它們宣講的歷史知識與那些深藏秘府的高文大策相比，對世道人心的影響更爲直接。普通民眾心目中歷史世界的形成，對歷史事件和歷史人物的價值評判，離不開蒙學與講史對歷史知識的普及。憑藉它們在世俗社會強大的影響力，宋代蒙學與講史

〔註 47〕參見趙望秦《唐代詠史組詩考論》，三秦出版社，2003 年，第 118 頁。

大力宣講的道德觀念，也有助於使忠孝節義之類的道德準則成爲整個社會範圍內認同的基本規範。大量的宋代詠史詩有強烈的世俗化傾向，宋代蒙學的普及與講史的興盛則構成了這種傾向的重要文化環境。

4、文人的生活形態

宋人云：「不行一萬里，不讀萬卷書，不可以觀杜詩」〔註 48〕。讀萬卷書與行萬里路，成爲宋人心目中提高文學素養的理想途徑，而宋代士人的生活形態似乎也在實踐著這一理想，讀書與宦遊成爲宋代士人生活的兩個重要層面。

印刷術的進步爲宋代文化大繁榮提供了重要的物質條件。宋代刻書業極其繁盛，官私刻書機構，遍佈全國。刻版的書籍，涉及各個領域，例如儒、釋、道各家的經典，歷史、天文、地理、農工、醫學以及前代和當代名家的文集、詩集等等。這使書籍成爲社會上普遍而易得的物品。眞宗景德年間，國子監祭酒邢昺曾說：「臣少時業儒，觀學徒能具經疏者，百無一二，蓋傳寫不給。今板大備，士庶家皆有之，斯乃儒者逢時之幸也」〔註 49〕。蘇軾也說：「余猶及見老儒先生，自言其少時欲求《史記》《漢書》而不可得。幸而得之，皆手自書，日夜誦讀，惟恐不及。近歲市人轉相摹刻，諸子百家之書，日傳萬紙，學者之於書多且易致如此」〔註 50〕。與此相應，讀書成爲宋代文人最重要的生活內容之一。宋代的學者詩人，多有刻苦讀書至老不倦的記載。

宋代文人的讀書生活對詠史詩創作的影響，表現在宋人讀史類作品數量的急劇增長。一方面讀史類詩作是文人閱讀史籍後有所感悟形諸詩詠的自然結果，另一方面讀史類詩歌的創作還有磨煉詩藝、提高學識的動機。清代潘德輿曾說：「今人好作詩，一年可抵淵明一生，

〔註 48〕宋黃希《補注杜詩》董居誼序。

〔註 49〕李燾《續資治通鑒長編》卷六〇。

〔註 50〕蘇軾《李氏山房藏書記》，《蘇軾文集》卷一一，中華書局，1986 年，第 359 頁。

自以爲求益，不知不苟作乃有益，常作轉有損也。世之好作者多，必不得已，余請進一策焉：只取詠古迹及詠史兩種題目爲之，此非讀書而有識力者不敢操管，即成亦不敢輕易示人，如此雖日作一詩，亦能爲學識助」〔註 51〕。這是對一些人作詩太多太濫表示不滿，但潘德輿認爲若以詠史等題目日課一詩則頗有益處。這種心得體會恐怕不會是到了清代才有。宋代日課一詩者大有人在，如梅堯臣、陸游等，都是作詩成癖的典型〔註 52〕。陸游晚年閒居時曰「老人無日課，有興即題詩」〔註 53〕，而他大量的讀史類詩歌就創作於這一時期。

唐代文人，尤其是初盛唐時期的文人，許多有漫遊的經歷。到了宋代，唐人這種帶有明顯任俠色彩的舉動慢慢絕迹。作爲宋詩創作的主體的宋代文人，往往具有詩人和政府官員的雙重身份，四處爲官的宦遊行役成爲他們生活內容的重要組成部分。宋代任用官員有地區迴避的原則，「宋太宗朝，江南廣大地區的知州、通判等主要官員曾一度迴避在本路任官，迴避的區域相當於今天的省還稍大些。後來才逐步規定只迴避本州縣，而監司依然迴避在本路任職。宋神宗以後，又逐步推行了地方官對田產所在地和長期居住地（即所謂寄居州縣）實行迴避的制度，使地區迴避法日益完備」〔註 54〕。官員的定期輪任也是宋朝任用官員的重要原則，「宋代地方官的任期，在神宗朝以前，普遍以三年爲一任，哲宗朝以後，幕職州縣官、京朝官任知縣者仍以三年爲任，而京朝官出常調者，則以滿二年爲任」，這是制度上的規定，在實際操作中，「宋代地方長官以三年或二年爲一任的制度在神宗朝以前還能遵守。但是，自哲宗朝以後，知州在任的時間以一年或不足一年爲主，很少任滿兩年者。此外，監司在任的時間往往比知州

〔註 51〕潘德輿《養一齋詩話》。

〔註 52〕魏慶之《詩人玉屑》引劉克莊語：「昔梅聖俞日課一詩，……陸之日課尤勤於梅。」

〔註 53〕陸游《悶極有作》，《劍南詩稿》卷三〇。

〔註 54〕苗書梅《宋代官員選任和管理制度》，河南大學出版社，1996 年，第 320 頁。

還要短。州縣長官調動頻繁」〔註55〕，筆者不想從政治層面評價這些問題，只是想說明，官員任用地區迴避和定期輪任原則的執行，使得大量文人輾轉於全國各地，這豐富了宋代文人的生活閱歷，宋代詩人筆下大量對各地世俗民生、風土人情的描繪，也與此有關。宋代文人在宦遊生活中遊歷各地名勝古迹，訪求各地前人先賢，刺激了相關詠史作品的大量產生。宋人宦遊與唐人漫遊不同。唐人的漫遊，裘馬清狂、張揚個性的特點十分突出。而宋人在各地爲官，則注重政治清名和實際政績。反映在詠史詩的創作上，宋人詠史作品中多對各地名儒先賢的禮贊，帶有很強的道德弘揚的意味，可以看出以文學淳民風、移風俗的努力。

文人讀書與宦遊這兩個層面的生活內容在很大程度上決定了宋代詠史詩的題材指向。以陸游爲例，其詠史詩主要有兩類，一類是讀史，如《讀李泌事偶書》、《讀後漢書二首》、《讀袁公路傳》、《讀史有感》「英雄自古埋秋草」、《讀史》「南言蓴菜似羊酪」、《讀史有感三首》、《讀史》「青燈耿耿夜沉沉」、《讀史》「民間斗米兩三錢」、《讀劉蕡策》、《讀史》「夜對遺編歎復驚」、《冬夜讀史有感》、《雨夜觀史》、《讀陳蕃傳》、《讀唐書忠義傳》、《讀唐書》、《讀史二首》「人間著腳盡危機」、《讀史》「馬周浪迹新豐市」、《讀史四首》、《讀史二首》「蕭相守關成漢業」、《讀華佗傳》等；另一類是其宦遊時憑弔古迹所作，如《弔李翰林墓》、《謁巫山廟兩廡碑版甚眾皆言神佐禹開峽之功而詆宋玉高唐賦之妄予亦賦詩一首》、《先主廟次唐貞元中張儼詩韻三首》、《斷碑歎（興元姚節度園以折碑爲石筍，文猶可識，蓋梁蕭懿墓碑，簡文爲太子時撰，書法遒美可愛）》、《謁漢昭烈惠陵及諸葛公祠宇》、《草堂拜少陵遺像》、《眉州披風榭拜東坡先生遺像》、《訪青神尉廨借景亭蓋山谷先生舊遊也》、《屈平廟》等。這兩類詠史詩基本包括了其詠史創作的大部。

〔註55〕苗書梅《宋代官員選任和管理制度》，河南大學出版社，1996年，第259、261頁。

5、各門類藝術的全面繁榮

宋代是文化藝術全面繁榮的時代，這一時期的繪畫、書法、雕塑、音樂、舞蹈等等，在中國歷史上都有著舉足輕重的地位。各門類藝術的浸染和相互影響，促進了自身的發展。宋代文學所取得的巨大成就也受惠於其他藝術的發展。就詠史詩而言，與繪畫、書法金石的關係頗爲密切。

宋代是中國繪畫史上的重要時期，在其延續的三百多年間，繪畫在隋唐五代的基礎上繼續得以發展，民間繪畫、宮廷繪畫、士大夫繪畫自成體系，彼此間又互相影響滲透，最終構成宋代繪畫豐富多彩的面貌。總體而言，宋代的山水畫、花鳥畫最爲興盛，人物畫的地位相對要次要一些，但也不乏名家名作。宋代人物畫與唐代相比，宗教的影響力減弱了，道釋人物畫的比重相對降低，而歷史人物畫數量有增多的趨勢。李公麟的《歸去來兮圖》、《王維看雲圖》、《免冑圖》，李唐的《晉文公復國圖》、《采薇圖》，蕭照的《光武渡河圖》、《中興瑞應圖》，劉松年的《中興四將圖》，陳居中的《文姬歸漢圖》、梁楷的減筆人物畫《太白行吟圖》，佚名的《折檻圖》、《卻坐圖》等，就是這樣的作品。文學藝術與繪畫藝術聯姻最直接的果實就是宋代題畫詩的繁榮。「題畫詩三唐間見，入宋寖多」〔註56〕，唐代杜甫等人的題畫作品雖然因高超的藝術技巧爲後人所師法，但題畫詩還是在宋代才開始風行。南宋孫紹遠有《聲畫集》八卷，錄唐宋間題畫詩，大部分是宋人的作品，可一窺宋代題畫之風的繁盛狀況。由於歷史人物畫的流行，宋代出現了大量的歷史人物畫的題詠作品。題畫詩的創作，「其法全在不黏畫上發論」，「如題畫山水，有地名可按者，必寫出登臨憑弔之意；題畫人物，有事實可拈者，必發出知人論世之意」〔註57〕，因此歷史人物畫的題詠是宋代詠史詩不可或缺的一個組成部分。

〔註56〕喬億《劍溪說詩》卷下。
〔註57〕沈德潛《說詩晬語》卷下。

宋代也是中國書法史上的重要時期。北宋蘇黃米蔡四家，徽宗的瘦金體，在歷史上都有著顯赫的名聲，南宋文人如陸游、張孝祥、文天祥等，在書法上也有著極高的造詣。宋代在中國書法史上的地位，不僅體現在書法創作實績上，也體現在對書法的著錄品評和理論研究上。宋代士人對古代銅器、碑刻、法帖的癡迷愛好是普遍的風氣，在廣泛搜集、系統研究的基礎上形成了金石學。《四庫全書》收錄的宋人金石目錄著作就有歐陽修《集古錄》、趙明誠《金石錄》、黃伯思《法帖刊誤》、劉次莊《法帖釋文》、翟耆年《籀史》、洪適《隸釋》、《隸續》、姜夔《絳帖平》、曾宏父《石刻鋪敘》、曹士冕《法帖譜系》、桑世昌《蘭亭考》、俞松《蘭亭續考》、陳思《寶刻叢編》、王象之《輿地碑記目》、佚名《寶刻類編》，此外呂大臨《考古圖》、王黼《宣和博古圖》、薛尚功《歷代鍾鼎彝器款式法帖》等，記錄古器物形制、銘文並進行考證，也是金石學方面的重要著作。這種風氣滲入到詠史詩創作領域，使許多詠史詩增添了書法、考古等藝術和學術內容。

四、宋代詠史詩創作的繁榮與發展歷程

1、繁榮概況

有宋一代，詠史詩創作非常繁榮。這首先反映在詠史詩的總體數量上，《全宋詩》中詠史懷古類作品約有 7700 首，這是一個相當龐大的數字。《先秦漢魏晉南北朝詩》收詠史詩約 200 首，《全唐詩》收詠史懷古詩約 2000 首，宋代與前代相比，詠史詩的創作數量有較大幅度的增長。另外，宋代最富盛名的幾位詩人，如王安石、蘇軾、黃庭堅、陸游、楊萬里等，集中都有數量可觀的詠史作品。

宋代詠史詩創作繁榮的另一個表現就是大型的詠史組詩創作比唐代更爲突出，尤其是在南宋。王十朋、劉克莊，宋末元初徐鈞、陳普等，都有大型詠史組詩傳世，動輒「百詠」，以詩歌聯章的形式對中國歷史進行梳理總結。如徐鈞據《資治通鑒》所記事實，爲史詠一千五百三十首，數量之多令人驚歎。

宋代詠史詩不但數量多，名家名作也不少。如王安石的詠史詩以議論精警、善於翻案著稱，他在詠史詩中對歷史人物和歷史事件表達的新穎看法，是後人經常討論辯難的話題。他的《明妃曲》是中國詠史詩發展歷程中的重要篇章，所引發的對夷夏問題、君臣問題、文人出處進退問題的思考與論戰，是中國文學史與文化史中不可忽視的重要現象。蘇軾、黃庭堅、陸游等詩人也有不少詠史佳作傳世。而王十朋、劉克莊等人的詠史詩雖然在藝術成就上稍遜，但他們以組詩形式系統細密地歌詠歷史人物的藝術方法，不但在文學史上具有重大意義，在研究古代的文人的生活形態、瞭解古代社會思想變遷方面也具有重要的價值。

2、發展歷程

宋朝建國之初，文學上還未形成一代新風，當時的詩人僅僅滿足於對唐人的模擬與因襲。無論是「白體」、「晚唐體」還是「西崑體」，詩人均以唐人作爲自己學習的模板。詠史詩創作領域也是如此，缺乏新意是一大通病。宋初三朝，詠史詩創作數量較多的詩人有朱存、徐鉉、王禹偁、梅詢、釋智圓以及西崑詩人楊億等。其中「西崑體」詩人學習李商隱，善對偶、用典故、尚辭藻，雖傷於雕琢堆砌，但部分詠史作品很有水準，可謂窺義山之堂廡者。只不過由於都是模仿之作，內容不免空洞乏味，情感表達上也缺乏力度，加之西崑體只注重詩藝追求的創作態度與宋代文化發展大勢相悖，所以很快便被唾棄和遺忘。

北宋仁宗朝以後，隨著詩文革新的進展，宋詩眞正走上獨具時代特色的發展道路，詠史詩的創作也日漸繁盛，並呈現出新的面貌。這一時期詠史詩的顯著特點，便是詩歌中議論的成分極大地增強了。在夏竦、范仲淹、胡宿、宋庠、宋祁、文彥博等名臣詩人手中，詠史詩往往成爲折射其政治主張的文體；石介、李覯、邵雍等道學家也喜用詠史詩表達自己的歷史觀與價值觀；以文學見稱的梅堯臣、歐陽修、張方平、張俞、張伯玉、曾鞏、劉敞、鮮于侁、強至、楊傑、韋驤、郭祥正等人，創作中新變與自立的意識非常強烈，以文爲詩、以議論入詩不僅是文學技巧的更新，更是他們突破前人藩籬努力的體現。這樣，宋代詠史詩逐漸告別了唐人重抒情、講興象的傳統，成爲闡明政治見解、史學觀念和道德意識的理論武器。隨著熙寧變法的開始，士人分裂爲舊黨和新黨兩大陣營，互相攻訐不休。由於對古代人物事件的評價直接牽涉到國家政策的走向，借古論今成爲文學的一時風尚，因而詠史詩創作相當繁榮，而且議論之風更盛。舊黨中司馬光、韓維、劉攽、鄭獬、劉摯等，新黨中王安石以及與王安石關係密切的王令，詠史詩的數量較多。司馬光、劉攽等人是傑出的歷史學家，他們的詠史詩常常是史學成果的發明。王安石無疑是北宋時期最值得關注的詠史詩人，他以政治家的胸懷氣魄和銳利獨到的眼光評價歷史，善作翻案文章，在詠史詩方面取得了極高的成就。他的詩歌多標舉法家和周代禮制，與其體制改革的思想有關，使得他的詠史詩帶有很強的政治性。

隨著蘇軾領袖文壇，北宋文學的發展進入了巔峰時期。除蘇軾、蘇轍二人之外，蘇門詩人中的孔武仲、孔平仲、李之儀、秦觀、張耒、李廌，江西詩派中的黃庭堅、謝薖、李彭等人，是創作詠史詩數量較多的詩人。與詩文革新初起時極端強調文學的政教功能不同，蘇門詩人、江西詩人在肯定作家人格修養重要性的同時，在文學上較爲重視個人性靈與藝術情趣的表達。因此這一時期的詠史詩創作講究主旨論點的尖新深刻，風格的奇特不凡，同時唱和、題畫、觀碑帖、賞古玩等文化生活內容也在詠史詩中得到了反映，使詠史詩体現出一种前所未有的藝術審美品位。蘇門詩人和江西詩人在詩歌創作上是時代的代表，影響力也是巨大的，同一時期彭汝礪、呂南公、米芾、華鎮、李复、晁說之等人，時代稍後的賀鑄、鄒浩、釋德洪以及女詩人朱淑眞、李清照等人，詠史詩的創作較多，他們詠史詩的創作方向与蘇門詩人、江西詩人是一致的，從他們的詠史作品中都能看到北宋文化鼎盛期的文人意趣。

靖康之變，政治格局發生重大變化，李綱、胡寅、李清照、劉子翬等人的詠史作品，題材上多弔古傷今、諷時刺世的內容，風格多雄渾豪壯、悲慨深沉的特徵。他們的詠史詩是時代的心聲，具有很強的藝術感染力。南宋初年，葛勝仲、王庭珪、呂本中、王洋、張嵲、朱翌、曹勳、葛立方等人，現存詠史詩數量較多，由於這些作家大多早年生活在北宋文化極盛之時，受蘇黃一派的影響較深，因而詠史詩的創作很多情況下依舊是北宋詩風的延續。而從周紫芝等人的作品來看，詠史詩中道德主題有不斷加強的趨勢，詠史詩的創作旨趣已經開始有了新的變化。

南宋中期，隨著宋金對峙局面的形成，政局相對穩定，思想界也進入一個集成和總結的時期。這對詠史詩的創作也產生了一定的影響，比如帶有歷史總結意味的大型詠史組詩開始大量出現。這一時期最有代表性的作家是王十朋，其《梅溪集》卷一〇題「詠史詩」，共一百餘首，詠歷代帝王和賢人，在歌詠對象的分類以及功過是非的評價上，表現了自己對歷史嚴密系統的思考。終南宋之世，深沉的憂患意識和高揚的愛國主題始終是文學的主旋律之一，陸游、范成大、張孝祥等人的詠史作品，恢復意識和希望國家振作中興的願望表達的最爲充分。值得注意的是，朱熹、張栻和薛季宣等理學家的也創作了不少詠史作品，這些詩歌大多是以理學家的道德原則對歷史進行評價論斷，也有一小部分反映了他們讀史而有所感悟之後澄淨沖淡的情懷。

南宋晚期，詠史詩的創作進入了一個蓬勃發展的新時期。從數量上看，南宋寧宗朝至元初近百年間現存的作品，佔了全部宋代詠史詩的一半左右。南宋晚期詠史詩創作較多的詩人我們可以列出一個長長的名單：江湖詩人包括徐照、劉克莊、劉過、戴復古、周文璞、趙汝鐩、葉紹翁、林希逸、周弼、葉茵、蕭澥、胡仲弓、曾極、高翥、林同、方岳、樂雷發、陳允平、鄧林等，江湖派以外的詩人包括許及之、袁說友、楊簡、趙蕃、王阮、陳藻、張鎡、金朋說、周南、陳淳、韓淲、程珌、劉宰、蘇泂、陳宓、王遂、羅必元、華嶽、洪咨夔、方信孺、張堯同、岳珂、白玉蟾、羅大經、孫因、趙希逢等，另外，釋居簡、釋善珍、釋文珦三位僧人也有數量眾多的詠史詩傳世。參與創作的詩人增多，使得這一時期的詠史詩在題材、體裁、風格上趨向多元化。然而，當時許多文人以詩爲工具，遊食江湖，乃至成爲一時風氣，一些詩人缺少必要的人格獨立性，創作上又草率容易，因此這一時期的詠史作品往往格調卑淺，粗疏瑣碎，在宋代詠史詩中並不具有很高的價值。畢竟，作家在文學史上的地位不是僅僅依靠作品數量來確立的。這一時期最重要的詩人當屬劉克莊，他是兩宋間詠史詩創作數量最多的詩人之一。除了兩卷多達二百首的詠史組詩之外，劉克莊還有其他詠史作品近二百首，這些詩歌大風格上大多平易而明快。但劉克莊作詩貪多務得，率爾成章，許多詠史作品不免粗濫而且缺少藝術上的創新，作爲江湖詩派的代表作家，他的缺點也是具有代表性的。

宋元易代，產生了一大批遺民詩人。這些人中，衛宗武、柴望、王奕、舒岳祥、陳傑、方一夔、周密、董嗣杲、錢選、吳龍翰、方鳳、連文鳳、鄭思肖、林景熙、黃庚、汪元量、於石、謝翱、羅公升、陸文圭、宋無等人的詠史詩較多。遺民詩人的詠史作品多借歌詠歷史來抒發自己的易代之悲和故國之思，或通過歌詠逸民遺賢來凸現自己的品格氣節，風格以悲慨蒼涼爲主。除上述遺民詩人外，這一時期最值得關注的詠史作家是徐鈞和陳普，他們創作有大型詠史組詩，是南宋王十朋、劉克莊的同調，在創作手法和藝術風格上與王、劉二人十分類似。值得一提的是，宋末元初的一些詠史詩表現出較強的世俗化傾向，與當時通俗文藝的發展潮流相一致，比如鄭思肖的《一百二十圖詩集》，以組詩的形式詠歷史上著名的故事，在題材選取、主題類型，以及強調故事性和戲劇性的寫作技巧方面，與宋元雜劇和南戲都有許多共同的特點，這是中國文學史上值得關注的現象。

第二章　西崑體的歷史命運與宋初詠史詩創作的取徑

唐朝是中國詩歌發展的黃金時代，唐詩中種種成功的範型成爲後代詩歌創作的參照與坐標。宋詩的發展也是從學習唐詩入手的。宋初三朝，詩歌並沒有能夠形成自立的面目，所謂「三體」（白體、晚唐體、西崑體）均是規撫前人的模擬和學習。在詠史詩創作方面也是如此，宋初詩人對唐代詠史詩不同的創作模式和風格進行了多樣性的學習和嘗試。但從眞宗朝後期開始至仁宗朝，詠史詩的創作發生了顯著的變化。在探求盛衰之理與資治之道的歷史反思中，在逐漸高漲的復古思潮與道德思潮的背景下，詠史詩落實了自己的學習樣板，晚唐胡曾等人開闢的偏重評騭議論的詠史詩樣式獲得了最爲充分的發展，宋代詠史詩最基本的風格類型也藉此得以確立。西崑詩人師學唐人在宋初詩壇具有典型性，西崑體及其詠史風格的歷史命運，可以看作是這種歷史變化的一個注腳和縮影。

一、宋初詠史詩作家對唐人的學習和模擬

蘇軾在《六一居士集敘》中說：「宋興七十餘年，民不知兵，富而教之，至天聖、景祐極矣。而斯文終有愧於古。」宋初三朝以及仁宗朝的早期，文壇相對比較寂寥，而且文學上尚未形成一代新風，詩

人們大多只能規法遺編，踵武前人。但就詠史詩創作而言，詩人們在學習前人的創作經驗時，取徑還是比較廣闊的。

宋初詠史詩作家有效初唐體格的。初唐四傑的詩歌詞藻富贍，語言穠豔，貫注著一股俊逸拔俗之氣。嚴羽《滄浪詩話·詩體》有「王楊盧駱體」，杜甫《戲為六絕句》也有「王楊盧駱當時體」之語。宋初詠史作品也有沾染其風氣者，如徐鉉的《詠史》可為一例：

> 京洛多權豪，游服相追隨。青牛中甸車，白馬連環羈。珩佩競照耀，紳組舊參差。騶鳴行人駐，倏若流風馳。名園不問主，下輦輒失嬉。秦官錫雕盤，光祿假羽卮。侏儒善為優，邯鄲有名姬。坐客應餘論，雇眄成恩私。鹵簿留國門，誰何不敢譏。歸業臥華堂，瑣窗承文楣。武夫瑩庭階，壁璫攢榮題。列燭正晶熒，噴香常逶迤。明朝入君門，密侍白玉墀。開言迎合旨，群公默無為。乍請考工地，亦拜床下兒。吹嘘枯稊生，指雇千鈞移。回瞻狗名士，猿介爾何施。朱雲折檻去，梅福棄官歸。寂寞揚子雲，口吃不能辭。著書述聖道，徒許俗人嗤。漢室已久壞，往事垂於茲。眇然千載下，慷慨有餘悲。

此詩見《騎省集》卷二一，《直齋書錄解題》卷一七以為「其二十卷仕河南所作，餘十卷歸朝後所作也」，則此詩創作時間當在入宋以後。徐鉉「文章淹雅，亦冠一時」，「蓋其才高而學博，故振筆而成，時出名雋也。」《四庫全書總目》還引《讀書志》稱其「文思敏速，凡有撰述，常不喜豫作。有欲從其求文者，必戒臨事即來請，往往執筆立就，未嘗沉思。常曰文速則意思敏壯，緩則體勢疏慢，故其詩流易有餘而深警不足」〔註 1〕。徐鉉的這首《詠史》就充分反映了其詩歌雋秀流暢的風格特徵，全詩渲染京洛城中各色人等的風流生活，卻以隱士寒士對這種生活的背棄作結，使詩歌帶上了不少蕭疏凄清的意味，結構章法帶有唐人盧照鄰《長安古意》與駱賓王《帝京篇》的遺風。徐鉉曾誇讚別人的作品「名理則師荀孟之流，其文

〔註 1〕《四庫全書總目》卷一五二。

訓得四傑之體」〔註2〕，可見其美學意識和文學風格上的嗜好。

有仿傚中唐劉禹錫等人融情入景的詠史寫作模式的。如王禹偁的《過鴻溝》：

> 侯公緩頰太公歸，項籍何曾會戰機。只見源溝分兩處，不知垓下有重圍。危橋帶雨無人過，敗葉隨風傍馬飛。半日垂鞭念前事，露莎霜樹映斜暉。

此詩總結歷史成敗教訓，並以眼前蕭瑟的景色，襯托憑弔古迹的心境。在創作手法上與中唐劉禹錫等詠史名家的作品相似，只不過描寫與議論截然分離，缺少唐人的渾厚之氣而已。

如寇準《楚江有弔》：

> 悲風颯颯起長洲，獨弔靈均恨莫收。深岸自隨浮世變，遺魂不逐大江流。霜淒極浦幽蘭暮，波動寒沙宿雁愁。月落煙沉無處泊，數聲猿叫楚山秋。

此詩爲弔屈原而作，寫法上以景寄情，風格上蘊藉深婉，司馬光稱其詩「才思融遠」〔註3〕，指的就是這一特徵。

唐人融情入景的詠史寫作模式，多登臨懷古之作，往往通過對客觀景物的描繪，引導和展示出主觀情感世界，使詠史詩既具有外在鮮明生動的藝術形象，同時具有內在的興味神韻，與唐詩的總體特質相一致。在唐人詠史中，是最富於藝術魅力的一類。但一種模式寫的人多了，也會使詩歌喪失藝術上的新鮮感。元代楊載《詩法家數》說：

> 登臨之詩，不過感今懷古，寫景歎時，思國懷鄉，瀟灑遊適，或譏刺歸美，有一定之法律也。中間宜寫四面所見山川之景，庶幾移不動。第一聯指所題之處，宜敘說起。第二聯合用景物實說。第三聯合說人事，或感歎古今，或議論，卻不可用硬事。或前聯先說事感歎，則此聯寫景亦可，但不可兩聯相同。第四聯就題生意發感歎，繳前二句，或說何時再來。

〔註2〕徐鉉《進士廖生集序》，《騎省集》卷二三。
〔註3〕司馬光《溫公續詩話》。

可見這類感今懷古之作在模仿學習唐人成功經驗時已經形成了固定的套路。清代楊際昌《國朝詩話》批評後人作懷古詩「不論何地，略切一二語，即倚殘山剩水、蔓草荒煙爲活計」，對後人陳套機械的寫作方式深表不滿。這種不滿不是到了清代才有，宋人隨著詩文革新的進程文學上創新和自立意識越來越強，在詩歌創作中力圖擺脫唐人藩籬，因此這類唐代最成功的詠史創作模式，後來逐漸式微。

也有不少人學晚唐胡曾等人詠史組詩那種平白淺近的風格。其中朱存的《金陵覽古詩》十分典型。朱存，金陵（今江蘇南京）人。《宋史·藝文志》稱作有《金陵覽古詩》二卷。《十國春秋》卷二九載其「保大時常取吳大帝及六朝興亡成敗之迹作覽古詩二百章，章四句，地志家多援以爲證。」宋王象之《輿地紀勝》卷一七引其詩，稱「本朝人詩」，則朱存入宋後仍在世，其《金陵覽古詩》今僅存十六首，茲錄其中四章如下：

> 一氣東南王斗牛，祖龍潛爲子孫憂。金陵地脈何曾斷，不覺眞人已姓劉。(《秦淮》)
>
> 孫吳紀德舊刊碑，草沒蟠螭與伏龜。惆悵岡頭三段石，至今猶似鼎分時。(《段石岡》)
>
> 滿目江山異洛陽，昔人何必重悲傷。倘能戮力扶王室，當自新亭復故鄉。(《新亭》)
>
> 鎮物高情濟世才，欲隨猿鶴老岩隈。山花處處紅妝面，髣髴如初擁妓來。(《東山》)

上引《秦淮》詠秦始皇斷金陵地脈故事，胡曾《詠史詩·東海》亦有「自是祖龍先下世，不關無路到蓬萊」句。《段石岡》詠三段碑，名「天發神讖碑」，又名「天璽記功碑」，內容爲稱頌吳之功德，乃東吳末帝孫皓於天璽元年（276）所建，碑文相傳爲書法家皇象所書，後斷爲三截，俗稱三段碑。《新亭》詠「新亭對泣」故事，典出《世說新語·言語》。《東山》詠東晉謝安隱居東山、攜技遊賞故事。四首詩有的抒發歷史滄桑感，有的對歷史進行淺顯的論斷。可以看出，朱存的《金陵覽古詩》，一是以大型組詩構建全篇，二是風格的平易粗豪，繼承的均是唐代胡曾的傳統。

宋初此類作品數量不少，如李昉《題岱宗無字碑》:「巨石來從十八盤，離宮複道滿千山。不因封禪窮民力，漢祖何緣便入關。」王禹偁也有《讀史記列傳》:「西山薇蕨蜀山銅，可見夷齊與鄧通。佞倖聖賢俱餓死，若無史筆等頭空。」這些詩歌明白曉暢卻了無餘味，走的都是胡曾等人的路子。

宋初詠史詩作家對唐人的學習和模擬，最典型的當屬西崑詩人。

二、義山詠史與西崑詠史

《西崑酬唱集》的成書，在大中祥符元年（1008），收錄的是景德二年（1005）以來參與編撰《歷代君臣事迹》（後定名爲《冊府元龜》）的秘閣文臣的唱酬詩作。西崑體學李商隱，這是大家都知道的事實。宋人就說「楊文公、劉中山學李商隱」〔註4〕，甚至有優人「撏扯」之笑談〔註5〕。尤袤《全唐詩話》卷四載：

> 楊大年云:「義山詩，陳恕酷愛一絕云:『珠箔輕明覆玉墀，披香新殿鬥腰肢。不須看盡魚龍戲，終遣君王怒偃師。』歎曰:『古人措詞寓意，如此深妙，令人感慨不已。』」大年又曰:「鄧帥錢若水，舉《賈生》兩句云:『可憐半夜虛前席，不問蒼生問鬼神。』錢云:『措意如此，後人何以企及？』」

葛立方《韻語陽秋》卷二載：

> 咸平景德中，錢惟演劉筠首變詩格，而楊文公與王鼎王綽號「江東三虎」，詩格與錢劉亦絕相類，謂之「西崑體」。大率效李義山之爲豐富藻麗，不作枯瘠語，故楊文公在至道中得義山詩百餘篇，至於愛慕而不能釋手。公嘗論義山詩，以謂包蘊密緻，演繹平暢，味無窮而炙愈出，鎖彌堅而酌不竭，使學者少窺其一斑，若滌腸而洗骨。是知文公之詩，有得於義山者爲多矣。

〔註 4〕嚴羽《滄浪詩話．詩辯》。
〔註 5〕劉攽《中山詩話》。

陳振孫《直齋書錄解題》卷二二載：

《楊氏筆苑句圖》一卷續一卷，黃鑒編，蓋楊億大年之所嘗舉者，皆時賢佳句。續者不知何人，亦大年所書唐人句也，所錄李義山、唐彥謙之句爲多，西崑體蓋出二家。

曾慥《類說》卷五六載：

子儀畫義山像寫其詩列左右，貴重之如此。

從詠史詩創作的角度看，西崑詩人學李尤爲典型。如李商隱有詠史詩《南朝》、《宋玉》，楊億、劉筠、錢惟演等也曾以此爲題，題材、主題與藝術手法均有明顯的模仿痕迹。李商隱《南朝》云：

玄武湖中玉漏催，雞鳴埭口繡襦回。誰言瓊樹朝朝見，不及金蓮步步來。敵國軍營漂木柹，前朝神廟鎖煙煤。滿宮學士皆顏色，江令當年只費才。

楊億《南朝》云：

五鼓端門漏滴稀，夜簽聲斷翠華飛。繁星曉埭聞雞度，細雨春場射雉歸。步試金蓮波濺襪，歌翻玉樹涕沾衣。龍盤王氣終三百，猶得澄瀾對敞扉。

錢惟演《南朝》云：

結綺臨春映夕霏，景陽鐘動曙星稀。潘妃寶釧光如晝，江令花箋落似飛。舴艋凌波朱火度，罘罳拂漢紫煙微。自從飲馬秦淮水，蜀柳無因對殿幃。

劉筠《南朝》云：

華林酒滿勸長星，青漆樓高未稱情。麝壁燈回偏照晝，雀航波漲欲浮城。鐘聲但恐嚴妝晚，衣帶那知敵國輕。千古風流佳麗地，盡供哀思與蘭成。

李宗諤《南朝》云：

仙華玉壽夜沉沉，三閣齊雲複道深。平昔金鋪空廢苑，於今瓊樹有遺音。珠簾映寢方成夢，麝壁飄香未稱心。惆悵雷塘都幾日，吟魂醉魄已相尋。

從這些詩作我們可以看出西崑詩人「研味前作」、「挹其芳潤」〔註6〕、師法李商隱的努力。一是詩歌主題的因襲。在詩歌的主題凝練上，李商隱詩旨在諷刺南朝君主荒淫失政，王壽昌《小清華園詩談》卷下論其詩云：「其淒惻既足以動人，其抑揚復足以懲勸。」西崑詩人諸作在題旨上沒有動什麼腦筋，都是對李詩的直接套用。二是意象的因襲。比如李詩寫玄武湖、雞鳴埭等南朝名勝，這是南朝貴族奢侈生活的生動注腳，以此為背景展開的場景描寫，為詩歌平添許多富麗綺媚的情調。於是西崑詩人便寫景陽宮、華林園、仙華殿、玉壽殿、三閣（臨春、結綺、望仙三閣）、雷塘，意圖取得同樣的藝術效果。三是藝術手法與技巧的模擬。比如學李商隱羅列典故，尤其是帶有香豔意味的典故。清沉厚塽輯《李義山詩集輯評》墨批：「羅列故實，無他命意，此義山獨創之格。西崑祖之，遂成堆金砌玉，繁碎不堪。」錢良擇《唐音審體》批語曰：「羅列故實，其意蓋本《玉臺》豔體，作詠史詩也，義山創此格，遂為西崑諸公之祖」〔註7〕。南朝潘妃為齊東昏侯之妃，小字玉兒，有姿色，性淫侈。《南史》卷五載：「（東昏侯蕭寶卷）鑿金為蓮華以帖地，令潘妃行其上，曰：『此步步生蓮華也。』」這個香豔味道濃鬱的故事李商隱以及楊億、錢惟演均不曾放過。再比如詞藻的華美密麗。「繡襦」、「瓊樹」、「翠華」、「玉樹」、「澄瀾」、「寶釧」、「紫煙」、「麝壁」、「珠簾」等穠豔語詞的頻繁出現，是李商隱與西崑詩人詩作的共同特徵，從中可見西崑詩人的創作取向。方回《瀛奎律髓》云：「凡崑體必於一物之上入金玉錦繡等字以實之」，四庫館臣云「詞取妍華」、「練詞精整」〔註8〕，便是指這一特徵。

觀西崑詩人其它詠史篇章，如《漢武》、《宣曲二十二韻》、《明皇》、《成都》、《始皇》、《宋玉》等，莫不表現出與《南朝》相同的特點，處處可以看到對李商隱詠史詩的繼承與借鑒。

〔註6〕楊億《西崑酬唱集序》。

〔註7〕劉學鍇、余恕誠《李商隱詩歌集解》第三冊，中華書局，1998年，第1374頁。

〔註8〕《四庫全書總目》卷一八六。

然而，題旨、意象的因襲意味著詩歌思想力度的弱化與感情強度的稀釋，藝術手法的模擬則進一步強化了義山體風格華彩豔麗的一面，雕繢堆砌的弱點由於缺乏眞情實感的支撐顯得越發突出。清何焯《義門讀書記》卷五七評價西崑體時說：「熟觀義山詩，兼悟西崑之失，西崑只是雕飾字句，無論義山之高情遠識，即文從字順猶有間也」，「流麗圓美，西崑一世所效，義山高處不在此」，即是此意。西崑詩人的詠史並非沒有一點諷諭和現實指向。楊億、劉筠、錢惟演之《明皇》，詠唐玄宗弘農得寶，東封泰山，極聲色之娛，寵惑貴妃，以致安史之亂，馬嵬兵諫，西狩南劍，結合西崑詩人所處的時代，應有諷切時事的旨趣；《成都》詠歷代蜀事，聯想太宗淳化四年的王小波、李順之亂，當是結合現實有感而發的作品；《始皇》詠始皇暴政與秦祚短暫的關聯，隱隱有《過秦論》的遺風。但在凝練主題時，西崑詩人都是承前人舊說，題旨未能跌入一層，缺乏有效的拓展與深化，李商隱詠史中蘊藏的諷諭與批判的力度被極大地削弱了。另外，李商隱的詠史詩常有自傷身世的意味，而情感是難以模仿的。拿李商隱與西崑諸詩人均有創作的《宋玉》相較，可以看得很清楚。李商隱《宋玉》結句云：「可憐庾信尋荒徑，猶得三朝託後車」，楊億《宋玉》之結句云「獨有江南哀句在，更傳餘恨到黃旗」，劉筠《宋玉》結句云「潘郎千載聞遺韻，又說經秋思不任」，錢惟演《宋玉》之結句云「祇有大言君自許，景差無計上蘭臺」，均是同一手法。李商隱詩既以宋玉才華自比，又借宋玉反襯己之不遇，何焯云：「此作者自謂」，「落句以歷事文、武、宣三朝皆不得志也」，而西崑詩人的作品僅形似而已，詩歌缺少了一份感動人心的力量。

總體說來，西崑詩人的創作尤其是詠史詩的創作，頗入義山之堂奧，清代四庫館臣說他們「取材博贍，練詞精整，非學有根柢，亦不能鎔鑄變化，自名一家，固亦未可輕詆」，評價是客觀和準確的。僅就藝術而言，西崑詩人在當時的詩壇是相當出色的。但是宋代的文學文化思潮的走向很快便使西崑體從輝煌走向了沒落。

三、西崑體的歷史命運

從一些材料來看，西崑作家的詠史詩觸犯文網似乎是導致這一體派衰落消歇的一個重要因素。《續資治通鑑長編》卷七一載：

> 御史中丞王嗣宗言：「翰林學士楊億、知制誥錢惟演、秘閣校理劉筠，唱和宣曲詩，述前代掖庭事，詞涉浮靡。」上曰：「詞臣，學者宗師也，安可不戒其流宕！」乃下詔風勵學者：「自今有屬詞浮靡，不遵典式者，當加嚴譴。其雕印文集，令轉運使擇部內官看詳，以可者錄奏。」（江休復云：上在南衙，嘗召散樂伶丁香畫承恩倖，楊、劉在禁林作《宣曲》詩。王欽若密奏以爲寓諷，遂著令戒僻文字。今但從國史。）

陸游《渭南文集》卷三一《跋西崑酬唱集》載：

> 祥符中，嘗下詔禁文體浮豔。議者謂是時館中作《宣曲》詩，宣曲見《東方朔傳》。其詩盛傳都下，而劉楊方幸，或謂頗指宮掖，又二妃皆蜀人，詩中有「取酒臨邛遠」之句。賴天子愛才士，皆置而不問，獨下詔諷切而已，不然亦殆哉。

《續資治通鑑長編》引江休復所述，以爲《宣曲》詠散樂伶丁香，陸游以爲《宣曲》所詠爲楊、劉二妃，二說不盡相同。從楊億、劉筠、錢惟演所作《宣曲》的內容以及所用典故來看，《宣曲》一詩絕非詠楊、劉二妃的作品，這一點當代學者已有確論〔註9〕。關於丁香的生平，現存史料沒有太多的記載，至於《宣曲》一詩是否詠爲詠丁香而作，目前僅存《續資治通鑑長編》所引一條孤證，論據似也不太充分。

西崑體的衰落，其實有更爲深刻的文學文化背景。西崑體從流行到爲人詬病甚至被後人大加撻伐，也有一個相當長的過程。

西崑體是宋初館閣文臣唱酬賡和的產物，其作者的身份以及博贍典麗的文風均是時人仰慕的對象，這是促使崑體流行的重要因素。北宋吳處厚總結宋初詩文創作時提出，文有「朝廷館閣之文」和「山林

〔註9〕王仲犖《西崑酬唱集注》，上海書店出版社，2001年，第78頁。

草野之文」的區分，其論前者云：「朝廷館閣之文，則其氣溫潤豐縟，乃得位於時，演綸視草者之所尚也。故本朝楊大年、宋宣獻、宋莒公、胡武平所撰制詔，皆婉美淳厚，過於前世燕、許、常、楊遠甚，而其爲人，亦各類其文章敘」〔註10〕眞宗本人對楊億的文學讚賞有加，《名臣碑傳琬琰之集》下卷七載：

> 眞宗嘗謂王旦：(楊) 億詞學無比，後學多所法則，如劉筠、宋綬、晏殊而下，比比相繼，文章有貞元元和風格，自億始也。旦曰後：後進皆師慕億，惟李宗諤久與之遊，終不能得其鱗甲，蓋李昉詞體弱，不宗尚經典故也。

楊億以「西崑」命名唱和詩集，並在序中對「歷覽遺編，研味前作，挹其芳潤，發於希慕，更迭唱和，互相切劘」生活狀態的描繪，充滿了標榜與自賞之意。這些材料都可以使我們想見一時的風氣。

作爲晚輩後生，北宋詩文革新的領袖歐陽修並不像後人所描繪的那樣，對西崑體充滿了敵意。歐陽修早年在洛陽任推官時與錢惟演相處甚歡，兩人關係親密。從歐陽修留下的文字看，他對西崑詩人存有相當多的景仰之情與惺惺相惜之意，其《六一詩話》中有言：

> 楊大年與錢、劉數公唱和，自《西崑集》出，時人爭傚之，詩體一變。而先生老輩患其多用故事，至於語僻難曉，殊不知自是學者之弊。如子儀《新蟬》云：「風來玉宇烏先轉，露下金莖鶴未知。」雖用故事，何害爲佳句也。又如「峭帆橫渡官橋柳，疊鼓驚飛海岸鷗。」其不用故事，又豈不佳乎？蓋其雄文博學，筆力有餘，故無施而不可，非如前世號詩人者，區區於風雲草木之類，爲許洞所困者也。

歐陽修的態度，在當時是具有普遍性的。也正是因爲如此，西崑體的出現，使得婉麗、穠豔、典雅的詩風成爲一時風尚，文彥博、趙抃、甚至司馬光等朝廷重臣都受到了影響。清代王士禎敏銳地發現：「文潞公身都將相，功名蓋世，而其詩婉麗濃嫵，絕似西崑」〔註11〕，「文

〔註10〕吳處厚《青箱雜記》卷五。

〔註11〕王士禎《居易錄》卷一二。

潞公承楊劉之後，詩學西崑，其妙處不減溫李」〔註 12〕，「宋初諸公競尚西崑體，世但知楊劉錢思公耳，如文忠烈、趙清獻詩最工此體，人多不知」〔註 13〕，「司馬文正公五字詩云：『煙曲香尋篆，杯深酒過花。』可謂工麗，此與文忠烈、趙清獻詩擬西崑相似也」〔註 14〕。

當然，面對西崑體的流行，反對的聲音還是有的。田況《儒林公議》載：「陳從易者，頗好古，深擯（楊）億之文章，億亦陋之。天禧中，從易試別頭進士，策問時文之弊，曰：『或下俚如皇誇，或叢脞如急就。』億黨見者深嫉之。」反對者中，北宋道學的先驅石介是其中最著名的一位，他在《怪說》中對西崑體進行了猛烈的抨擊：

> 今楊憶窮研極態，綴風月，弄花草，淫巧侈麗，浮華纂組，刓鏤聖人之經，破碎聖人之言，離析聖人之意，蠹傷聖人之道，使天下人不爲《書》之《典》、《謨》、《禹貢》、《洪範》，《詩》之《雅》、《頌》，《春秋》之經，《易》之繇、爻、十翼，而爲楊億之窮妍極態，綴風月，弄花草，淫巧侈麗，浮華纂組。其爲怪大矣!〔註 15〕

石介等人反對西崑的聲音起初並沒有太大的影響，但它標誌著對文學史的反省與重構的開始。隨著宋代倫理道德思潮的逐漸高漲，文道貫通、文以載道等思路確立爲正統文學觀念，杜甫成爲詩歌史中不可動搖的光輝典範，渾厚淳樸成爲詩歌最高層次的審美境界，文學史被重新書寫了。這種重新書寫的過程是觀念至上的過程，在這個過程中許多基本的事實都被有意無意地忽略了。

南宋張鎡《仕學規範》卷三六云：「篇章以含蓄天成爲上，破碎雕鎪爲下。如楊大年西崑體非不佳也，而弄斤操斧太甚，所謂七日而混沌死也。」這還僅僅是從美學範型上對西崑體下按語。而後世的大部分評價就並沒有這麼客氣了。張元幹《蘆川歸來集》卷九《亦樂居

〔註 12〕王士禎《池北偶談》卷一四。
〔註 13〕王士禎《香祖筆記》卷六。
〔註 14〕王士禎《居易錄》卷二五。
〔註 15〕石介《怪說》，《徂徠集》卷五。

士文集序》云：

> 國初儒宗楊劉數公沿襲五代衰陋，號西崑體，未能超詣。廬陵歐陽文忠公初得退之詩文於漢東弊篋故書中，愛其言辨意深，已而官於洛，乃與尹師魯講習，文風丕變寖近古矣。

程珌《洺水集》卷七《賜名清湘書院記》在頌揚柳開的文學文化貢獻時稱：

> ……韓之道始發於公（按，指柳開），而尹公、穆公、歐陽公皆繼公之緒亡疑也。夫如是，則洗西崑之陋而上承六藝之統，使我宋文體陶育大醇，公之功實在諸儒之先。

魏了翁《鶴山集》卷四八《眉州㮛貢院記》云：

> 國初之文宗尚西崑，至於仁祖之季，詭異日甚。嘉祐二年，貢舉士所推許者，詭異之尤也，而歐公所取乃皆平澹爾雅之文。

劉克莊《後村集》卷一八《詩話下》云：

> 若《西崑酬唱集》，對偶字面雖工，而佳句可錄者殊少，宜爲歐公所厭也。

王應麟《玉海》卷一一六云：

> 嘉祐間，尚西崑體，而歐陽修典舉，首取古文。

宋末劉塤《隱居通議》卷一三「半山總評」云：

> 我宋盛時，首以文章著者，楊億、劉筠，學者宗之，號楊劉體，然其承襲晚唐五代之染習，以雕鐫偶儷爲工，又號曰西崑體。歐陽公惡之，嘉祐中知貢舉，思革宿弊，故文涉浮靡者，一皆黜落，獨取深醇渾厚之作。一時士論雖嘩，而文體自是一變，漸復古雅。

可以看到，南宋時期諸儒對北宋初年這一段文學史的敘述已經統一：西崑體是「古學」「經術」的對立面〔註 16〕，是被歐陽修等擊敗的對手，是儒學復興與詩文革新成功跨越的障礙。這種敘述在宋代以後更是被不停地重複著。明代宋濂說：「歐陽永叔痛矯西崑，以退之爲宗」

〔註 16〕魏了翁《裴夢得注歐陽公詩集序》，《鶴山集》卷五四。

〔註 17〕。吳訥說：「宋初崇尚晚唐之習，歐陽永叔痛矯西崑陋體而變之」〔註 18〕。清代姜宸英說：「宋初西崑之體盛行，而王元之、歐陽永叔歸諸大雅」〔註 19〕。明清時，西崑體已成爲一個抽象的反面典型，成爲堆砌典故詞藻形式主義文風的代名詞。如明代王禕曾說：「大雅既遠，詩歌日變，玉臺、西崑其流也」〔註 20〕，還作詩道：「文從東漢言辭陋，詩到西崑體氣衰」〔註 21〕。

在不青睞李商隱詩風的人們那裡，西崑體常常成爲直接的「受害者」，西崑體常常與李商隱被混爲一談，這種張冠李戴的誤讀也算是中國文學批評史的一景。宋時就有人開始犯這個錯誤，釋惠洪《冷齋夜話》卷四「西崑體」云：「詩到李義山，謂之文章一厄，以其用事僻澀，時稱西崑體。」明代不少文人學問空疏，如前述王禕曾道：「宋初仍晚唐之習。天聖以來，晏同叔、錢希聖、楊大年、劉子儀皆將易其習而莫之革，及歐陽永叔乃痛矯西崑之弊，而蘇子美、梅聖俞、王禹玉、石延年、王介甫競以古學相尚」〔註 22〕，又說：「詩莫盛於唐，而唐之詩始終蓋凡三變焉。其始也，承陳隋之餘風，尚浮靡而寡理；至開元以後，久於治平，其言始一於雅正，唐之詩於斯爲盛；及其末也，世治既衰，日趨於卑弱，以至西崑之體作而變極矣」〔註 23〕。至清代，吳喬作《西崑發微》三卷，評論對象卻是李商隱詩。這種失考的狀況，甚至使得嚴謹的學者不得不進行大量辨正的工作〔註 24〕。

西崑體的歷史地位被重新評估的過程，正是封建社會中文學價值觀念被逐漸廓清的過程。在越來越統一的意識形態領域，用事的技巧

〔註 17〕宋濂《答董秀才論詩書》，《文憲集》卷二八。
〔註 18〕吳訥《文章辨體二十四論》，明唐順之《稗編》卷七三。
〔註 19〕姜宸英《史蕉飲燕城詩集序》，《湛園集》卷一。
〔註 20〕王禕《文訓》，《王忠文集》卷一九。
〔註 21〕王禕《讀書有感》，《王忠文集》卷二。
〔註 22〕王禕《練伯上詩序》，《王忠文集》卷五。
〔註 23〕王禕《張仲簡詩序》，《王忠文集》卷五。
〔註 24〕參見清代馮班《鈍吟雜錄》卷五，《四庫全書總目》卷一七四「《西崑發微》」條。

與華麗的風格至少在理論層面不再被正統的文學價值觀念所認同。在文道關係的處理上，道越來越被凸顯和強調，這是一個歷史的大趨勢。

四、眞宗、仁宗朝的詠史詩及創作取徑

宋朝建國之初，便實行崇文抑武的基本國策，隨著士人隊伍的不斷壯大，社會地位的日益提高，社會風氣也逐漸醞釀著重大變化。在文學領域，中唐文人提出的加強詩文政治教化功能的口號在宋初得到激賞和響應。韓愈說「思修其辭，以明其道」〔註25〕，白居易說詩歌應「爲君、爲臣、爲民、爲物、爲事而作，不爲文而作也」〔註26〕，這些論調被宋初士人所繼承，並進行了進一步的展開和深化。柳開、石介、邵雍等道學人士與范仲淹、宋庠、宋祁等政治家、文學家，雖然對文學的認識不盡相同，但在強調文學干預政治、裨補人心的社會功能方面是一致的。從詠史詩的發展來看，眞宗至仁宗朝，詠史詩中總結歷史的成敗經驗，以道德標準評判歷史人物，成爲最重要的主題。這一時期釋智圓、范仲淹、宋庠、宋祁、石介、李覯、邵雍等人詠史詩創作較多，他們的作品莫不反映出這一特點。

與楊億基本同時的釋智圓（976～1022），是宋初融儒入佛的代表人物，也是著名的詩僧。其詩足以使人忘卻他僧人的身份，其《讀史》云：

> 我愛包胥哭，一哭救楚國。事君儘其忠，垂名千世則。我愛魯連笑，一笑卻秦軍。折衝罇俎間，流芳至今聞。我愛伯夷仁，揖讓持其身。餓死首陽下，恥事干戈君。後世窺竊輩，故非姬發倫。內藏篡弒謀，外躡武王塵。伯夷若不去，名教胡以伸。後人非三賢，細碎何足云。哭歎祿位卑，笑喜膏粱珍。山林亦寒餓，行怪非求仁。留心寡兼濟，所謀惟一身。撫書想三賢，清風千古振。

此詩讚頌申包胥之忠，魯仲連之義，伯夷之仁，而「三賢」所表現出

〔註25〕韓愈《爭臣論》，《韓昌黎全集》卷一四。
〔註26〕白居易《新樂府序》，《白居易集》卷三。

來的忠、義、仁，恰是宋代以來道德體系的主要內涵。智圓認爲儒、釋其言雖異，其理相通，主張「修身以儒，治心以釋」〔註27〕。在三教關係上，他認爲「三教者，本同而末異，其於訓民治世，豈不共爲表裏」〔註28〕。可以看出，三教合一的文化整合，依舊是以儒家的道德觀和價值觀爲核心的。

范仲淹是一名代名臣，他從政治家的角度出發，認爲「國之文章應於風化，風化厚薄見乎文章」，希望朝廷「敦諭詞臣，興復古道」〔註29〕，所謂「復古」是儒學復興和文學復古的雙重命題，以恢復和紹述儒家文化爲明確的主題。范仲淹的詠史詩多討論三皇五帝，如《詠史五首》分詠陶唐氏、有虞氏、夏后氏、商人、周人，實與當時強烈的復古思潮有關。

二宋雖被方回認定爲「崑體」〔註30〕，但二人的詠史詩大多爲不事雕琢，樸實明快的評騭史事之作，也有不少歌頌古代忠臣烈士的作品，如宋庠《讀史二首》：

孝武威靈動百蠻，將軍辛苦到闐顏。儒生未必無長策，枉使匈奴害狄山。

賈傅感傷論表餌，董生推本對春秋。蹶張抵幾能爲相，誰序儒家冠九流。

狄山主張和親得罪武帝而遇害，事見《史記》卷一二二；蹶張指申屠嘉，早年「以材官蹶張從高帝擊項籍」〔註31〕，抵幾指漢代朱博，《漢書》卷八三有其「奮髯抵幾」的記載，二人均爲武人，卻位極人臣。這兩首小詩均是寫書生薄命，但不是單純的感慨古今，而是包含了作者的政治見解，有經世致用的含義在。

宋祁《讀張巡故事》：

〔註27〕釋智圓《中庸子傳》上，《閒居編》卷一九。

〔註28〕釋智圓《謝吳寺丞撰親居編序書》，《閒居編》卷二二。

〔註29〕范仲淹《奏上時務書》，《范文正集》卷七。

〔註30〕方回《送羅壽可詩序》，《桐江續集》卷三二。

〔註31〕司馬遷《史記·張丞相列傳》。

叛將窺華日，英臣死節年。城當勁兵處，人甚綴旒然。直木摧貪隧，長堤制盜泉。羯塵雖覆馬，不污沛南天。

則是對唐代張巡功績和品節的頌揚。

石介、李覯、邵雍等人是道學的先驅者，他們的詠史作品道德主題表達得更爲明晰。如石介《過潼關》云：

昔帝御中原，守國用三策。上策以仁義，天下無能敵。其次樹屏翰，相維如磐石。最下恃險固，棄德任智力。驅馬過潼關，覽古淚潸滴。開元帝道明，百蠻奉周曆。田野富農桑，邊隅無寇賊。紫宸日視朝，潼關夜常闢。天寶君政荒，宮闈養虺蜴。恩愛成怨疾，心腹生毒螫。朝聞發漁陽，暮已卷河北。鳴鼓渡潼關，矢及乘輿側。重門徒爾設。關吏安所職。始知資形勢，不如修道德。

表達其以德治國、仁者無敵的政治理念。

又其《顏魯公太師》云：

唐家六世樹維恩，外建藩翰御不賓。二十三州同陷賊，平原猶有一忠臣。聖賢道在惟顏子，忠烈名存獨杲卿。甘向賊庭守節死，不羞吾祖與吾兄。

歌頌唐代顏眞卿的忠烈。

李覯《三賢詠》：

魯連誓蹈海，夷齊甘采薇。秦王不得帝，周武終見非。輕死議萬乘，強哉三布衣。凡人欺貧賤，貧賤豈易欺。

歌頌魯仲連、伯夷、叔齊雖身爲貧賤，卻富貴不淫、威武不屈的品質。

邵雍在道學家中以喜好作詩和風格特異著名，他的詠史作品數量不少，其《擊壤集》卷一五有《觀易吟》、《觀書吟》、《觀詩吟》、《觀春秋吟》、《觀三皇吟》、《觀五帝吟》、《觀三王吟》、《觀五伯吟》、《觀七國吟》、《觀嬴秦吟》、《觀兩漢吟》、《觀三國吟》、《觀兩晉吟》、《觀十六國吟》、《觀南北朝吟》、《觀隋朝吟》、《觀有唐吟》、《觀五代吟》、《觀盛化吟》，帶有組詩的性質。邵雍根據先天《易》學和佛教輪迴說，創立「元會運世說」，認爲人類歷史的發展是循環往復的過程，以堯至宋，風俗日衰，而宋朝是「帝道可舉」〔註32〕的時代。這些詠史詩正是邵雍歷史觀的生動注腳。王襞《擊壤集序》說：「康節之學，洗滌心源，得諸靜養，窮天地始終之變，究古今治亂之原，以經世爲治，觀於物有以自得也。」可以看出邵雍詠史的立意，依舊在窮變、究原與經世。例如他的《觀三皇吟》：「許大乾坤自我宣，乾坤之外復何言。初分大道非常道，才有先天未後天。做法極微難看迹，收功最久不知年。若教世上論勳業，料得更無人在前。」《觀五伯吟》：「刻意尊名名愈虧，人人奔命不勝疲。生靈劍戟林中活，公道貨財心裏歸。雖則餼羊能愛禮，奈何鳴鳳未來儀。東周五百餘年內，歎息唯聞一仲尼。」《觀隋朝吟》：「始謀當日已非臧，又更相承或自戕。蟻螻人民貪土地，泥沙金帛悅姬姜。征遼意思糜荒服，泛汴情懷厭未央。三十六年都掃地，不然天下未歸唐。」從這些詩歌我們都不難看出其中的經世與資治之意，表達的是德化四海、仁惠蒼生的政治理想。

從詩歌藝術上的取徑來看同，真宗朝以後的詠史詩多取法晚唐胡曾等重議論且淺近流易的創作路數。詠史詩中的議論風氣，並不是到了晚唐胡曾等人那裡才有，中唐白居易《讀史五首》、《歎魯二首》等詠史作品已有這種傾向，晚唐李商隱的詠史詩中也多諷時刺世的內容，清人說：「義山七絕，使事尖新，設色濃至，亦是能手。間作議論處，似胡曾《詠史》之類，開宋惡道」〔註33〕，雖是批評，但已指出李商隱與胡曾的共通之處和對宋人的共同影響。詠史詩中議論成分的增多，有助於表達道德主題，顯然與宋初以來不斷升溫的道德思潮相適應。詠史詩創作師法胡曾平易樸素的風格也是文風上自覺的選擇。柳開說：「文惡辭之華於理，不惡理之華於辭也」〔註34〕，石介對

〔註32〕邵雍《觀物篇六十》，《皇極經世書》卷一二。《邵氏聞見錄》卷一八亦載：「康節先公謂本朝五事自唐虞而下所未有者：一、革命之日市不易肆；二、克服天下在即位後；三、未嘗殺一無罪；四、百年方四葉；五、百年無心腹患。」

〔註33〕毛先舒《詩辯坻》卷三。

〔註34〕柳開《上王學士第三書》，《河東集》卷五。

西崑體的激烈批判，范仲淹批評當時「文章柔靡，風俗巧僞」〔註35〕，都可以看出宋初以來一以貫之的重質輕文，尊道卑文的理念以及對樸實無華文風的提倡。因此，這一時期的詠史作品最多的就是那些與胡曾等的作品類似的七言絕句，如石介《讀魯晉二公傳》：

節似魯公猶被陷，忠如裴度亦遭讒。上無明主姦邪勝，我讀遺篇淚滿衫。

范仲淹《釣臺詩》：

漢包六合罔英豪，一個冥鴻惜羽毛。世祖功臣三十六，雲臺爭似釣臺高。

宋庠《讀黨人篇》：

陳蕃推席偏憂國，孟國囊頭不祭神。一自太官供賽具，皇天無意福忠臣。

宋祁《讀桓伊傳》：

上前奏笛串奴髯，自倚哀箏詠刺讒。太傅一聞流涕久，使君於此信非凡。

邵雍《商君吟》：

商鞅得君持法處，趙良終日正言時。當其命令炎如火，車裂如何都不知。

均是順流而下、不見波瀾的寫法，藝術表達上直白而坦率，沒有含蓄與餘味，唐代詠史詩中占主流地位的情景交融、以景寫心的傳統在這裡已經看不見了。

宋初詠史詩的發展，與唐代的胡曾等晚唐詠史作家有著密切的關係，它的主流是對胡曾等人所開創的創作範式的一種延續。胡曾的詠史詩雖然辭意鄙俚，爲許多品位高雅的文人所厭，但它以議論爲中心的結構模式、質樸單純的美學風格，都契合了宋代逐漸興起的道德思潮與文學復古的背景。宋初詠史詩從各有所師到風格逐漸趨同，正反映了道德思潮興起的文化發展步調。

〔註35〕范仲淹《上時相議制舉書》，《范文正集》卷九。

在這一歷史進程中，西崑體的際遇具有典型性。在宋初詩壇，西崑體猶如一現曇花，開得絢爛，凋謝得也迅速。《西崑酬唱集》成書不久，「後進學者爭倣之，風雅一變」〔註 36〕，形成「楊劉風采，聳動天下」〔註 37〕的極盛局面，然而這一局面維持的時間相當短暫。崑體流行之初，便招致道學士人的攻擊，剛開始這種反對的聲音也許是微弱的，但漸漸地微弱的聲音彙成了巨大的聲浪，隨著時代的推移西崑體逐漸被淹沒在口誅筆伐的洪流之中，成爲文學史中的反面典型。確如錢鍾書先生所說「從北宋詩歌的整個發展來看，西崑體的詩不過像一薄層、一小圈的油花，浮在水面上，沒有在水裏滲入得透，溶解得勻；它只有極局限、極短促的影響，立刻給大家瞧不起」〔註 38〕。西崑體所承繼的李商隱的詠史風格，也隨著其體派本身的影響力的削弱而被不斷地邊緣化，直至宋末，這種風格在詠史詩中所佔比重也微乎其微。

值得注意的是，西崑體的出現，有楊億等人「刻意爲之」的濃重痕迹，不但廁身於西崑體行列的張詠等人詩歌創作的總體風貌與西崑體華麗典贍的風格全不相類，楊億本人的詩歌也不能簡單地用「西崑」來籠罩和涵蓋。現存《武夷新集》就有不少作品與《西崑酬唱集》的風格截然不同。雖然文學史研究要努力避免輕率的價值判斷，避免個人對美學風格的好惡影響對文學史的準確描述，但看到宋初詠史逐漸遠離李商隱等人詩歌意境深遠、興象玲瓏的風範，還是不禁使人唏噓。茲舉楊億的兩首詩作結，其《漢武》云：

> 蓬萊銀闕浪漫漫，弱水回風欲到難。光照竹宮勞夜拜，露金掌費朝餐。力通青海求龍種，死諱文成食馬肝。待詔先生齒編貝，那教索米向長安。

其《讀史學白體》云：

〔註 36〕歐陽修《六一詩話》。

〔註 37〕劉克莊《後村詩話》卷二引蔡襄語。

〔註 38〕錢鍾書《宋詩選注》，人民文學出版社，1989 年，第 43 頁。

易牙昔日曾蒸子，翁叔當年亦殺兒。史筆是非空自許，
世情眞僞後誰知。

《漢武》一詩見《西崑酬唱集》卷上，是典型的崑體；《讀史學白體》一詩見《武夷新集》卷四，雖曰學白體，但粗豪流易卻是胡曾的路子。宋初詠史詩的創作取徑，很大程度決定了未來詠史創作的格局，使今天《全宋詩》中充斥了大量類似後者的詠史作品，這當然有其歷史的必然性，但若從文學的眼光看，幸耶？不幸耶？

第三章　從《明妃曲》看詠史詩的新變

王安石的《明妃曲》是宋詩中的名作，其深刻的主題以及精湛的詩歌藝術爲後人所傳頌，歷來評價極高，黃庭堅曾跋此詩云：「荊公作此篇，可與李翰林、王右丞並驅爭先矣」〔註1〕。從詠史的角度看，《明妃曲》也是劃時代的作品，它不但改變了傳統昭君題材詩歌的寫作模式，並且在以議論爲詩等方面，也是詩文革新時期詠史詩創作的一面旗幟。

一、王安石《明妃曲》以及引發的唱和活動

王安石的《明妃曲》，清代的蔡上翔《王荊公年譜考略》繫於仁宗嘉祐四年（1059）〔註2〕。漆俠先生進一步指出，嘉祐四年王安石伴送契丹使臣至宋遼邊界，北使期間多有創作，流傳下來的就有十三篇之多，分別是《塞翁行》、《白溝行》、《河間》、《陳橋》、《澶州》、《北客置酒》、《永濟道中寄諸弟》、《道逢文通北使歸》、《將次相州》、《尹村道中》、《涿州》、《出塞》、《入塞》，《明妃曲》是「以王安石北使詩組爲基礎而創造成功的」〔註3〕。王氏《明妃曲》其一云：

〔註1〕李壁《王荊公詩注》卷六。

〔註2〕蔡上翔《王荊公年譜考略》卷七，上海人民出版社，1973年，第123頁。

〔註3〕漆俠《王安石的〈明妃曲〉》，《中國文化研究》，1999年春之卷（總第23期），第69頁。

明妃初出漢宮時，淚濕春風鬢腳垂。低徊顧影無顏色，尚得君王不自持。歸來卻怪丹青手，入眼平生幾曾有。意態由來畫不成，當時枉殺毛延壽。一去心知更不歸，可憐著盡漢宮衣。寄聲欲問塞南事，只有年年鴻雁飛。家人萬里傳消息，好在氈城莫相憶。君不見咫尺長門閉阿嬌，人生失意無南北。

其二云：

明妃初嫁與胡兒，氈車百兩皆胡姬。含情欲說獨無處，傳與琵琶心自知。黃金捍撥春風手，彈看飛鴻勸胡酒。漢宮侍女暗垂淚，沙上行人卻回首。漢恩自淺胡自深，人生樂在相知心。可憐青冢已蕪沒，尚有哀弦留至今。

王安石《明妃曲》創作完成後，引起了廣泛的共鳴，在當時引起了巨大的轟動，政壇詩壇名流如司馬光、歐陽修、梅堯臣、曾鞏、劉敞等均有和作傳世。司馬光《和王介甫明妃曲》云：

胡雛上馬唱胡歌，錦車已駕白橐駝。明妃揮淚辭漢主，漢主傷心知奈何。宮門銅環雙獸面，回首何時復來見。自嗟不若住巫山，布袖蒿簪嫁鄉縣。萬里寒沙草木稀，居延塞外使人歸。舊來相識更無物，只有雲邊秋雁飛。愁坐泠泠調四弦，曲終掩面向胡天。侍兒不解漢家語，指下哀聲猶可傳。傳遍胡人到中土，萬一他年流樂府。妾身生死知不歸，妾意終期寤人主。目前美醜良易知，咫尺掖庭猶可欺。君不見白頭蕭太傅，被讒仰藥更無疑。

歐陽修《明妃曲和王介甫作》云：

胡人以鞍馬爲家，射獵爲俗。泉甘草美無常處，鳥驚獸駭爭馳逐。誰將漢女嫁胡兒，風沙無情貌如玉。身行不遇中國人，馬上自作思歸曲。推手爲琵卻手琶，胡人共聽亦咨嗟。玉顏流落死天涯，琵琶卻傳來漢家。漢宮爭按新聲譜，遺恨已深聲更苦。纖纖女手生洞房，學得琵琶不下堂。不識黃雲出塞路，豈知此聲能斷腸。

此詩完成後，歐陽修意猶未盡，又作《再和明妃曲》云：

漢宮有佳人，天子初未識。一朝隨漢使，遠嫁單于國。絕色天下無，一失難再得。雖能殺畫工，於事竟何益。耳目所及尚如此，萬里安能制夷狄。漢計誠已拙，女色難自誇。明妃去時淚，灑向枝上花。狂風日暮起，飄泊落誰家。紅顏勝人多薄命，莫怨春風當自嗟。

梅堯臣《和介甫明妃曲》云：

明妃命薄漢計拙，憑仗丹青死誤人。一別漢宮空掩淚，便隨胡馬向胡塵。馬上山川難記憶，明明夜月如相識。月下琵琶旋製聲，手彈心苦誰知得。辭家只欲奉君王，豈意蛾眉入虎狼。男兒返覆尚不保，女子輕微何可望。青冢猶存塞路遠，長安不見舊陵荒。

曾鞏有《明妃曲二首》，其一云：

明妃未出漢宮時，秀色傾人人不知。何況一身辭漢地，驅令萬里嫁胡兒。喧喧雜虜方滿眼，皎皎丹心欲語誰。延壽爾能私好惡，令人不自保妍媸。丹青有迹尚如此，何況無形論是非。窮通豈不各有命，南北由來非爾為。黃雲塞路鄉國遠，鴻雁在天音信稀。度成新曲無人聽，彈向東風空淚垂。若道人情無感慨，何故衛女苦思歸。

其二云：

蛾眉絕世不可尋，能使花羞在上林。自信無由汙白玉，向人不肯用黃金。一辭椒屋風塵遠，去託氈廬沙磧深。漢姬尚自有妒色，胡女豈能無忌心。直欲論情通漢地，獨能將恨寄胡琴。但取當時能託意，不論何代有知音。長安美人誇富貴，未央宮殿競光陰。豈知泯泯沉煙霧，獨有明妃傳至今。

劉敞《同永叔和介甫昭君曲》云：

漢家離宮三十六，宮中美女皆勝玉。昭君更是第一人，自知等輩非其倫。恥捐黃金買圖畫，不道丹青能亂眞。別君上馬空反顧，朔風吹沙闇長路。此時一見還動人，可憐快快使之去。早知傾國難再得，不信傍人端自誤。黃河入海難卻來，昭君一去不復回。青冢消摧人迹絕，惟有琵琶聲正哀。

王安石《明妃曲》在當時所引起的震動，有多方面的原因。

首先王安石當時不斷擡升的政治地位是不可忽視的因素。慶曆二年（1042），王安石以進士第四名及第，歷任簽書淮南節度判官廳公事、知鄞縣事、舒州通判，一度調開封任群牧司判官，旋又外調知常州事、提點江南東路刑獄公事。在歷任地方官期間，頗有政績，聲譽鵲起，天下之論都以爲「介甫不起則已，起則太平可立致」〔註4〕。嘉祐四年（1059），王安石伴遼使北行。也就是這次北行，促使了《明妃曲》的產生。一般說來，有資格出使大遼的，多是北宋政府引以爲自豪的名士，當時名士如富弼，沈括，王珪，歐陽修，包拯，蘇轍等人都曾出使大遼，這些人，後來基本都成了朝廷的棟梁之臣。嘉祐五年（1060），王安石被召爲三司度支判官、知制誥，這麼一位政壇上冉冉升起的新星來到京城，奉上剛出爐的新詩，自然會引起人們別樣的重視。

另外，《明妃曲》詠夷夏關係的題材也容易觸動群臣敏感的神經。宋國建國，太祖有恢復華夏一統的豪氣與決心，軍事對北面的契丹遼朝也處於攻勢。但太宗時對遼先敗於高粱河，雍熙北征又以慘敗而告終，從此軍事上處於全面而被動的守勢。燕雲十六州始終無法克復，遼朝騎兵對中原王朝構成了揮之不去的巨大威脅。真宗時，舉全國之力頂住了契丹的攻擊，簽署了澶淵之盟。從此宋遼關係進入較穩定和平的時期，然而「城下之盟」卻成爲宋朝君臣心中的痛楚。仁宗時，西夏與宋交惡，戰事綿連，宋朝初時以爲元昊不過「蕞爾小丑」，大兵一出，即可誅滅，孰料又遭三川口、好水川、定川砦等戰役的慘敗，靠范仲淹、韓琦等名臣苦苦支撐，才勉強保持住軍事上的均勢，最後雙方議和，西夏稱臣，宋朝予以「歲賜」，實際上是以花錢的形式買到了西北的安寧。這距離《明妃曲》的創作，不過十五年。北宋時與遼、西夏三足鼎立的政治格局，深刻地影響了宋人的心理，對宋代的學術、文學都產生了重大的影響，政治上的夷夏政策的爭論，史學上

〔註4〕司馬光《與王介甫書》，《宋文鑒》卷一一五。

的正統僭竊之辯，都有其具體的歷史語境。《明妃曲》雖爲詠史，實際上寫的卻是當時社會政治的「熱點」問題。

當然，《明妃曲》文學上的魅力是引發轟動最重要的原因，尤其是其深刻的主題最能契合當時士人的心理。《明妃曲》雖然不是通篇議論，但篇末的議論點題無疑是全篇的「詩眼」：「君不見咫尺長門閉阿嬌，人生失意無南北」，「漢恩自淺胡自深，人生樂在相知心」兩句議論，借美人的生平，傷才士的遭際，深深地撥動了文人士大夫的心弦。宋朝「治獄必用士人」、「宰相必用讀書」、「典郡必儒臣」、「堂後官亦必參之以士人之任」，一言以蔽之，皇帝「左右前後，無非儒學之選」〔註 5〕。宋太宗對士大夫說：「且天下廣大，卿等與朕共理」〔註 6〕。元老重臣文彥博對宋神宗講：「爲與士大夫治天下，非與百姓治天下也」〔註 7〕。尤其是仁宗在位四十二年，史載其「恭儉仁恕，出於天性」，「君臣上下惻怛之心，忠厚之政，有以培壅宋三百餘年之基」〔註 8〕。在這種相對寬容的政治氛圍中，人才名士輩出，蘇軾說「仁宗皇帝在位四十二年，搜攬天下豪傑不可勝數，既自以爲股肱心膂，敬用其言，以致太平，而其任重道遠者，又留以爲三世子孫百年之用」〔註 9〕。王安石、司馬光等在神宗朝活躍的政治人物，實際上也是仁宗一朝培育而成。士人社會地位的提高，士人的主體意識隨之弘揚，文學作品中對士人命運的感慨也極爲深刻。《明妃曲》的議論以及它引起的共鳴，正產生在這樣的背景之下。司馬光「君不見白頭蕭太傅，被讒仰藥更無疑」，以西漢宣帝時大臣蕭望之的悲慘結局提領全詩，以士人與昭君的命運兩相對照，題旨最爲顯露。歐陽修、曾鞏「耳目所及尚如此，萬瑞安能制夷狄」，「丹青有迹尚如此，

〔註 5〕林駉《古今源流至論》前集卷八。
〔註 6〕李燾《續資治通鑒長編》卷二六。
〔註 7〕李燾《續資治通鑒長編》卷二二一。
〔註 8〕《宋史》卷一二。
〔註 9〕蘇軾《張文定公墓誌銘》，《蘇軾文集》卷一四，中華書局，1986 年，第 444 頁。

何況無形論是非」的譏刺批評，與王安石《明妃曲》中的議論，既是牢騷與自傷，更是新時代的士人在政治上、文化上地位的要求，均是一時風會所必至。

值得注意的是，中央集權、皇權至上既是原先的傳統，更是未來的方向，「與士大夫共天下」只是在特殊而短暫的歷史時期的話語。其實，《明妃曲》在流行之初便引起了人們的爭論。李壁《王荊公詩箋注》卷六「人生失意無南北」句下有注：

> 山谷跋此詩云：荊公作此篇，可與李翰林、王右丞並驅爭先矣。往歲道出潁陰，得見王深父先生，最承教愛，因語及王荊公此詩，庭堅以爲詞意深盡，無遺恨矣。深父獨曰：不然。孔子曰，夷狄之有君，不如諸夏之亡也。「人生失意無南北」非是。庭堅曰，先生發此佳音，可謂極忠孝矣。然孔子欲居九夷，曰，「君子居之，何陋之有」。恐王先生未爲失也。

黃庭堅努力爲王安石辯護，可見王詩的鋒芒在當時還是引起了許多人的不安和非議。隨著封建王朝皇權集權的進一步加強，中國封建社會文人由於科舉等制度的完善對統治者人身依附關係的進一步強化，君君臣臣倫理綱常的被一步步推向極致，王安石等人的議論越來越顯得不合時宜了。南宋李心傳《建炎以來繫年要錄》卷七九云：

> 宋高宗紹興四年八月戊寅朔，宗正少卿兼直史館范沖入見……上又論王安石之奸曰：「至今仍有說安石是者。近日有人要行安石法度，不知人情何故至直如此。」沖對曰：「昔程頤嘗問臣：『安石爲害於天下者何事？』臣對以『新法』，頤曰：『不然！新法爲害未爲甚，有一人能改之即已矣。安石心術不正，爲害最大，蓋已壞了天下人心術，將不可變。』臣初未以爲然，其後乃知安石順其利欲之心，使人迷其常性，久而不自知。且如詩人多作《明妃曲》，以失身爲無窮之恨。至於安石爲《明妃曲》，則曰：『漢恩自淺胡自深，人生樂在相知心』，然則劉豫不只罪過也，今之

背君父之恩、投拜而爲盜賊者，皆合於安石之意，此所謂壞天下人心術。」

李壁《王荊公詩箋注》中引用了范沖的這段話，並加按語曰：「（王安石）公語意固非，然詩人一時務爲新奇，求出前所未道，而不知其言之失也。然范公傳致亦深矣。」李壁雖然對范沖等人的深文周納有所不滿，但也不認爲范沖的理解是斷章取義，他是在承認王安石有言語之失的基礎上再爲其辯護的。

南宋後，歷朝歷代均有人在各種場合駁斥王安石的《明妃曲》。明人徐伯齡說：「至如王介甫則云：『漢恩自淺今自深，人生樂在相知心』，即此可見不忠甚矣」〔註10〕。清人王士禎也說：「王介甫狠戾之性見於其詩文，可望而知，如《明妃曲》等」〔註11〕。直至近代，高步瀛還在《唐宋詩舉要》中認爲王安石「持論乖戾」。

雖然後代對《明妃曲》立意的批評甚囂塵上，但也並不缺乏王安石的知音。南宋呂本中《明妃》詩中云：「人生在相合，不論越與秦。但取眼前好，莫言長苦辛。」顯然是王安石《明妃曲》主題的延續。可見在中國古代，士人擺脫奴性，正視自身人生價值的呼喊，依舊是不絕如縷的。

二、昭君題材詩歌的變化

昭君出塞的故事是中國古典詩歌中重要的題材。從晉代石崇的《王明君辭》開始，歷代詠昭君詩數量極多。王安石的《明妃曲》在此類詩歌之中，具有劃時代的意義。

從晉代到唐代，詠昭君詩的題旨一直是以塞外苦寒襯托美人閨怨，可以這麼說，宋代以前，昭君題材的詩歌就是由「雪」與「淚」組成的，主題不出苦寒和哀傷：

「塞外無春色，邊城有風霜」，（武陵王蕭紀《明君詞》）

〔註10〕徐伯齡《蟫精雋》卷一四。

〔註11〕王士禎《香祖筆記》卷一二。

「冰河牽馬渡，雪路抱鞍行。胡風入骨冷，夜月照心明」（庾信《昭君辭應詔》）

「狼山聚雲暗，龍沙飛雪輕。」（陳叔寶《昭君怨》）

「髻鬟風拂散，眉黛雪沾殘。」（董思恭《王昭君》）

「衣薄狼山雪，妝成虜塞春。」（梁氏瓊《昭君怨》）

「忽見天山雪，還疑上苑春。」（張文琮《昭君怨》）

「日暮驚沙亂雪飛，傍人相勸易羅衣。」（儲光義《明妃曲四首》之三）

「燕支長寒雪作花，蛾眉憔悴沒胡沙。」（李白《王昭君二首》之一）

「相接辭關淚，至今猶未燥。」（劉氏《昭君怨》）

「圍腰無一尺，垂淚有千行。」（庾信《王昭君》）

「片片紅顏落，雙雙淚眼生。」（庾信《昭君辭應詔》）

「淚染上春衣，憂變華年髮。」（張正見《明君詞》）

「啼妝寒葉下，愁眉塞月生。」（陳叔寶《昭君怨》）

「跨鞍今永訣，垂淚別親賓。」（陳昭《明君詞》）

「啼沾渭橋路，歎別長安城。」（薛道衡《昭君辭》）

「淚點關山月，衣銷邊塞塵。」（梁獻《王昭君》，《全唐詩》卷一九）

「玉痕垂粉淚，羅袂拂胡塵。」（張文琮《昭君怨》）

「掩淚辭丹鳳，銜悲向白龍。」（東方虯《昭君怨三首》之二）

「昭君拂玉鞍，上馬啼紅頰。」（李白《王昭君二首》之二）

「漢家宮闕夢中歸，幾度氈房淚濕衣。」（戴叔倫《昭君詞》）

「滴淚胡風起，寬心漢月圓。」（李中《王昭君》）

「淚點關山月，衣銷邊塞塵。」（梁獻《王昭君》）

「一雙淚滴黃河水，應得東流入漢家。」（王偃《明君詞》）

宋代以前的詠昭君詩多爲樂府。《樂府詩集》中「相和歌辭」有《王明君》（一作《王昭君》）〔註12〕，「琴曲歌辭」有《昭君怨》〔註13〕，彙集了大量相同題材的詩作。文人對樂府的擬寫，對同一題材反覆提煉，不斷加工深化。樂府創作前後承繼的特性，使得詩歌主題顯現出很大的相似與雷同。這時的詠昭君詩是代言體抒情性質的，描寫的功力是作家最為重視的，詩歌往往極寫塞外艱苦的環境與美人紅顏的反差，以兩者巨大的落差來取得抒情效果，而議論的尖新深刻並非作家關注的焦點。而從宋代開始，以王安石《明妃曲》的標誌，昭君題材的詩歌在主題上發生了重大的轉變，歌詠的重點開始由單純美人薄命的感慨哀怨，逐漸轉向君臣遇合、士子命運乃至外交政策、夷夏關係的思考。從司馬光、歐陽修、梅堯臣、曾鞏、劉敞等人的和詩，我們可以非常清楚地看到與魏晉至唐代詠昭君詩在旨趣上差異。在這之後，宋人進一步對詠昭君詩的主題進行深入的挖掘，從多維的視角，生發議論。如蘇軾《昭君村》「人言生女作門楣，昭君當時憂色衰。古來人事盡如此，反覆縱橫安可知」，蘇轍《昭君村》「去家離俗慕榮華，富貴終身獨可嗟。不及故鄉山上女，夜從東舍嫁西家」，周紫芝《昭君行》「世間妍醜何曾分，自古賢愚亦如此」，袁燮《昭君祠》「自古佳人多命薄，亦如才士多流落」，黃裳《昭君行》「君雖不幸功可稱，莫道佳人只傾國」，呂本中《明妃》「丈夫不任事，女子去和親」，盛世忠《王昭君》「蛾眉卻解安邦國，羞殺麒麟閣上人」，朱翌《詠昭君》「當時夫死若求歸，凜然義動單于府。不知出此更隨俗，顏色如花心糞土」，李曾伯《昭君溪》「當時本有平戎術，中國難容絕世姿」，蕭澥《昭君詞》「會得吳宮西子事，漢家此策未全疏」等等，有的借昭君生平感慨文人際遇，有的贊昭君的品格節操，有的贊昭君和戎之功，有的議論和親政策，有的置疑昭君嫁呼韓邪單于之子的舉動，對同一題材的主題進行了全方位的開拓。宋代詠昭君詩的變化影響及於後世，《甌北詩話》卷一一中有一段對歷代昭君詩的總結和評述：

〔註12〕郭茂倩《樂府詩集》卷二九。
〔註13〕郭茂倩《樂府詩集》卷五九。

……有曰：「禍胎已入虜廷去，玉關寂寞無天驕。」有曰：「妾身雖苦免主憂，猶勝專寵亡人國。」有曰：「冶容若使留漢宮，卜年未必盈四百。」此皆好爲議論，其實求深反淺也。王荊公詩「意態由來畫不成，當時枉殺毛延壽」。此但謂其色之美，非畫工所能形容，意亦自新；乃張綸《林泉隨筆》謂其與「禍胎」句同意，何耶？明人有云：「一自蛾眉別漢宮，琵琶聲斷戍樓空。金錢買取龍泉劍，寄與君王斬畫工。」此則下第舉子，藉以詈試官，非眞詠明妃也。趙秉文《題明妃出塞圖》：「無情漢月解隨人，羞向天涯照妾身。聞道將軍侯萬户，已將功業畫麒麟。」此亦詠其和戎之功，而詞旨特醞藉。至王元節云：「環佩魂歸青冢月，琵琶聲斷黑河秋。漢家多少征西將，泉下相逢也合羞。」則淺露矣。（楊一清改官後不得意，《詠昭君》云：「君王不是無恩澤，妾自無錢買畫師。」又一詩：「驪山舉火因褒氏，蜀道蒙塵爲太眞。能使明妃嫁胡虜，畫師應是漢忠臣。」此意較新。見李詡《戒庵漫筆》。）

可以看到，宋代以後，詩人們在這一題材上苦心經營所關注的焦點都是如何創造出富有新意的議論，和由晉代到唐代的偏重描寫和抒情的作品有著明顯的不同。可以說，這種變化轉折的關鍵就是王安石的《明妃曲》。

王安石《明妃曲》另一個出彩的亮點，是「意態由來畫不成，當時枉殺毛延壽」的翻案，今後的許多筆墨官司，均圍繞著此展開。關於毛延壽，《西京雜記》卷二載：

元帝後宮既多，不得常見，乃使畫工圖形，案圖召幸之。諸宮人皆賂畫工，多者十萬，少者亦不減五萬。獨王嬙不肯，遂不得見。匈奴入朝，求美人爲閼氏，於是上案圖，以昭君行。及去，召見，貌爲後宮第一，善應對，舉止閑雅。帝悔之，而名籍已定。帝重信於外國，故不復更人。乃窮案其事，畫工皆棄市，籍其家，資皆鉅萬。畫工有杜陵毛延壽，爲人形，醜好老少，必得其眞。安陵陳敞、新豐劉白、龔寬，並工為牛馬飛鳥眾勢，人形好醜，不逮延壽。下杜陽望，亦善畫，尤善布色。樊育亦善布色。同日棄市。京師畫工，於是差稀。

這一傳說使毛延壽這一人物很早便已入詩，梁代詩人沈滿願《王昭君歎二首》之一曰：「早信丹青巧，重貨洛陽師。千金買蟬鬢，百萬寫蛾眉。」唐代崔國輔《王昭君》詩曰：「一回望月一回悲，望月月移人不移。何時得見漢朝使，爲妾傳書斬畫師。」常建《昭君墓》詩曰：「漢宮豈不死，異域傷獨沒。萬里馱黃金，蛾眉爲枯骨。回車夜出塞，立馬皆不發。共恨丹青人，墳上哭明月。」都是對貪財誤國的畫師的聲討，這是最常見最正統的寫法。白居易《昭君怨》云：「自是君恩薄如紙，不須一向恨丹青」，王睿《解昭君怨》云：「莫怨工人醜畫身，莫嫌明主遣和親。當時若不嫁胡虜，只是宮中一舞人」，徐夤《明妃》云：「不用牽心恨畫工，帝家無策及邊戎」，這類感慨與譏刺，使昭君題材的詩歌中立意上出現些許新意。在此基礎上，王安石詠出「意態由來畫不成，當時枉殺毛延壽」，大作翻案文章，發前人所未發，令人耳目一新的議論成爲詩歌的點睛之筆，以致於對畫師毛延壽的評價問題成爲後代的詠昭君詩無法繞開的一大公案。王安石此說可以看作宋代以後同一議論的起點和由頭，例如曹勳《王昭君》「君王視聽能無壅，延壽何知敢妄陳」，鄭樵《昭君解》「延壽若爲公道筆，後人誰識一昭君」，姚寬《昭君曲》「昭君自恃色殊眾，畫師忍爲黃金欺」，趙蕃《王昭君》「絕代方能入漢宮，畫圖何必更求工。縱令得幸因圖畫，已落君王疑信中」，徐照《昭君詞》「畫匠枉教延壽死，相如作賦得黃金」，陳宓《和徐紹奕昭君圖》「乃知漢計自不疏，畫工憂國非奸諛」，李曾伯《昭君溪》「忍死定仇婁敬策，惜生不遇武皇時。後人卻恨毛延壽，斷送春風入遠夷」，徐鈞《王昭君》「畫工雖巧豈堪憑，妍醜何如一見真。自是君王先錯計，愛將耳目寄他人」等等，都是王安石議論的延伸或者再翻案。從前引《甌北詩話》的材料我們也可以清楚地看到這一話題在明清的繼續發展。

甚至在歷史評論與散文創作中，也可以看到《明妃曲》的巨大影響。《歷代名賢確論》卷四五載程晏所作《毛延壽自解語》寫道：

程晏設毛延壽自解語曰：帝見王嬙美，召延壽責曰：「君欺我之甚也！」延壽曰：「臣以爲宮中美者，可以亂人之國，臣欲宮中之美者遷於胡庭，是臣使亂國之物不逞於漢，而移於胡也。昔閎夭獻美女於紂而免西伯，齊遺女樂於魯而孔子行，秦遺女樂於戎而間由余，是豈曰選其惡者遺之，美者留之邪？陛下以爲美者，是能亂陛下之德也，臣欲去之，將靜我而亂彼；陛下不以爲美者，是不能亂我之德，安能亂彼謀哉？臣聞太上無亂，其次去亂，其次遷亂，今國家不能無亂，陛下不能去亂，臣爲陛下遷亂耳，惡可以彼爲美乎？」帝不能省。君子曰：「良畫工也，孰誣其貨哉？」

立論固然新鮮，但議論的源頭還是在王安石的《明妃曲》。

三、詠史詩的新變

《明妃曲》並不僅僅昭示著昭君題材詩歌的變化，它也標誌著詠史詩的創作發生了重大變化。唐代以來詩人們以抒情爲中心，借史抒懷，驅遣史事營造詩美意境的傳統受到了前所未有的挑戰。雖然宋初詠史詩中的議論之風不可謂不盛，但宋初作家文學成就普遍不高，在文學上對後世的影響也遠不能與王安石等人相提並論。這一時期，詠史詩中議論的成分較宋初進一步增加了，甚至出現了通篇議論的作品，如歐陽修《顏跖》：

顏回飲瓢水，陋巷臥曲肱。盜跖厭人肝，九州爲恣橫行。回仁而短命，跖壽死免兵。愚夫仰天呼，禍福豈足憑。跖身一腐鼠，死朽化無形。萬世尚遭戮，筆誅甚刀刑。思其生所得，豺犬飽臭腥。顏子聖人徒，生知自誠明。惟其生之樂，豈減跖所榮。死也至今在，光輝如日星。譬如埋金玉、不耗精與英。生死得失間，較量誰重輕。善惡理如此，毋尤天不平。

借回應顏夭跖壽的疑問，表述生死善惡的價值觀。宋代黃震《黃氏日抄》卷六一云：「《顏跖》總說處提顏子云：豈減跖所榮。跖本無榮，顏本不當與跖較榮辱，而歐公云爾，全用所字斡意。蓋跖自以爲榮者，若說跖之榮則非矣。初讀疑之，三味乃見。」看來，要理解這種詩化的議論，需要讀者仔細地涵詠與品味。

當時最能彰顯詠史詩議論化傾向的，無疑還是王安石。其《讀史》云：

> 自古功名亦苦辛，行藏終欲付何人。當時黯黮猶承誤，末俗紛紜更亂眞。糟粕所傳非粹美，丹青難寫是精神。區區豈盡高賢意，獨守千秋紙上塵。

這是一首著名的七律，以議論精警、哲理深刻而爲人傳唱。劉辰翁評曰：「經事方知史之不足信，經事方知史之難爲言。吾嘗持此論，未見此詩，被公道盡」〔註14〕。

這些詠史詩中的議論引發了後人許多的討論。如其《張良》云：

> 漢業存亡俯仰中，留侯於此每從容。固陵始議韓彭地，複道方圖雍齒封。

據《史記．留侯世家》所載，劉邦「戰不利而壁固陵，諸侯期不至」，張良見機勸封韓信等；在擊敗項羽後，劉邦「上在洛陽南宮，從複道望見諸將相與坐沙中語」，張良見機勸封雍齒以穩定人心。王安石此詩，正是讚賞張良「因機乘時，與之斡旋，未嘗自我發端，故消弭事變，全不費力」〔註15〕。清代賀裳《載酒園詩話》卷一評曰：「嗚呼，是徒知進言之易，不知中節之難也。隆準公雖云大度，城府實較重瞳尤甚，非沙中偶語，必不可乞雍齒之封，不至固陵，不可爲韓、彭乞地也。昔人稱留侯善藏其用，此語最當。若知無不言，臣子之義宜爾，抑知躁之與瞽，亦侍君子者之所當戒耶。」

又《邵平》云：

> 天下紛紛未一家，販繒屠狗尚雄誇。東陵豈是無能者，獨傍青門手種瓜。

〔註14〕《王荊公詩注》卷三九，巴蜀書社，2002年，第725頁。

〔註15〕羅大經《鶴林玉露》卷四。

詠漢代邵平東陵種瓜故事。賀裳《載酒園詩話》卷一評曰：「此詩乍觀則佳，細思則謬。邵平身居侯爵，不能救秦之亡，何稱能者？觀其說蕭相國，蓋一明哲保身之士耳。絳、灌與高帝同起徒步，少困閭里，自是秦之失人，反以其屠販爲笑乎？吾亦知介甫是寄託之言，終傷輕率。」後代此詩的評價，重點沒有放在意境、藝術技巧等文學層面，而是對作品提出的論點進行辨析。

詠史而以議論出之，並不起於王安石，但詠史以議論爲主卻又不傷詩美，並引起後人的廣泛關注和討論，王安石顯然是中國文學史上最有代表性的人物之一。

詠史詩的變化，不僅僅是一個簡單的文學現象，它與北宋中期的政治環境，以及北宋文人逐漸滋長的文學與學術上的自立意識密切相關。

北宋中期開始，詩歌裏議論的成份越來越多，與慶曆新政、熙寧變法中逐漸激化的政治鬥爭不無關係。改革派也好，守舊派也好，新黨也罷，舊黨也罷，均喜歡從歷史中去尋求自己觀點的論據，去解釋自身存在的合理性。王安石在其詠史詩中多標舉法家和周代禮制，顯然與其體制改革思想有關，如《商鞅》一詩：

自古驅民在信誠，一言爲重百金輕。今人未可非商鞅，商鞅能令政必行。

司馬遷稱商鞅「刻薄」「少恩」，《史記索隱》稱其「王道不用，霸術見親」，因此商鞅歷來不是歷史上的正面形象，但王安石此詩一改對商鞅的傳統評價，聯想王氏的生平行事，這顯然是有感而發的作品。明代李東陽《麓堂詩話》曾評價說：「王介甫點景處，自謂得意，然不脫宋人習氣。其詠史絕句，極有筆力，當別用一具眼觀之。若《商鞅》詩，乃發泄不平語，於理不覺有礙耳。」

再如《漢文帝》：

輕刑死人眾，喪短生者偷。仁孝自此薄，哀哉不能謀。露臺惜百金，灞陵無高丘。淺恩施一時，長患被九州。

清代賀裳《載酒園詩話》卷一評價說：「此詩亦美而未善。大抵荊公目無千古，初見神宗，問唐太宗何如主？即云：『太宗不足法，當以堯、舜爲師。』宜其並薄漢文也。究所設施，國亂民愁，神宗之世，安能及文帝萬一！」應該說評價是符合客觀實際的。漢文帝針對刑罰的苛酷而廢除肉刑，執行與民休息和輕繇薄賦政策，是中國歷史上比較開明的皇帝之一，王安石此詩卻大作翻案文章，對文帝的仁政提出了質疑，因而引起了後人的不滿。但聯繫王安石的政治主張與當時的政治環境，王安石的這些議論就不足爲怪了。

隨著宋代文人對道德義理的提倡，對性命、情欲、義利等問題的探究的深入，在學術上漢學開始向宋學轉進。荊公新學可謂北宋學術有代表性的學派。新學初步形成於宋仁宗後期，當時已有一部分青年學子從王安石遊。王安石執政後，設局修經義，不少學者參與其事，成爲其學派中人，新學遂爲官方之學。《三經新義》和《字說》等，通行於科舉考場，爲學子所宗〔註16〕。當然，北宋學術並沒有因爲新學的官方化而缺少論辯的氛圍，除新學外，當時還有以司馬光爲首的朔學，以蘇軾爲首的蜀學，以五子爲代表的道學，爭奪學術話語權的鬥爭一直沒有停止過。對歷史事件與歷史人物的評價，是各個學術派別爭論辯駁的重要陣地，這當然深刻地影響到了詠史詩的創作。王安石《讀〈漢書〉》云：

> 京房劉向各稱忠，詔獄當年迹自窮。畢竟論心異恭顯，不妨迷國略相同。

《王荊公詩注》卷四四注：

> 呂晦叔（按，呂公著字晦叔）、王荊公同爲館職，當時閣下皆知名士，每評論古今人物治亂，眾人之論，止於荊公；荊公之論，又爲晦叔止也。一日，論劉向當漢末，言天下事，反覆不休，以爲知忠義，或以爲不達時變。議未決，荊公來，眾問之，荊公卒然對曰：「劉向強聒人耳。」

〔註16〕參見晁公武《郡齋讀書志》卷一上、下。

眾意未滿，晦叔至，又問之，則曰：「同姓之卿歟？」眾乃服。

劉向爲漢皇族楚元王劉交的四世孫，曾屢次上書稱引災異，彈劾宦官外戚專權。王安石以爲「天變不足畏」，不滿劉向稱引災異。而《孟子·萬章》篇稱：異姓之卿，「君有過則諫，反覆之而不聽則去」；同姓之卿，「君有大過則諫，反覆之而不聽則易位。」呂公著引此典對劉向表示同情和理解。二人出發點不同，所得結論也各異。這一則注釋生動地描繪了當時文人評點歷史時深於思索、敢於論辨的場景。這種學術爭鳴的環境，正是史論型詠史詩大盛的溫床。

宋代文人在文學上自立與爭勝的意識也是詠史詩至此別開生面的重要原因。宋朝從五代的文化廢墟上建國，經過數十年的發展積澱，至仁宗朝各項文化事業已是滿園春色，充滿了勃勃生機。以詩歌創作來說，宋初詩壇承五代衰颯卑陋之風，充滿了模擬因襲的風氣，到此時詩人已是準備另闢蹊徑，別開宋調。葉夢得《石林詩話》卷中載：

前輩詩文，各有平生自得意處，不過數篇，然他人未必能盡知也。毘陵正素處士張子厚善書，余嘗於其家見歐陽文忠子棐以烏絲欄絹一軸，求子厚書文忠明妃曲兩篇，廬山高一篇。略云：「先公平日，未嘗矜大所爲文，一日被酒，語棐曰：『吾廬山高，今人莫能爲，惟李太白能之。明妃曲後篇，太白不能爲，惟杜子美能之；至於前篇，則子美亦不能爲，惟我能之也。』因欲別錄此三篇也。」

這一記載生動地反映了歐陽修對自己作品的自得自賞，表現出藝術上強烈的爭勝意識，也反映出一種急切地尋求自立的文化精神。

宋歐陽修《學書自成家說》云：「學書當自成一家之體，其模仿他人，謂之奴書。」學書如此，作詩自然也應當如此。同時的宋祁也說：「文章必自名一家，然後可以傳不朽，若體規畫圓，準方作矩，終爲人之臣僕」〔註17〕。這種自成一家的氣魄顯然與宋初的文壇風氣

〔註17〕宋祁《宋景文筆記》卷上。

大不相同。反映在詠史詩的創作上，這時的文人努力追求議論的新奇和藝術形式的創新，正是時代風氣的體現。

可以說，王安石是北宋時期詠史詩創作領域最值得關注的詩人，《明妃曲》的出現也是這一時期詠史詩轉型的標誌之一。錢鍾書曾說：「名家名篇，往往破體，而文體亦因以恢弘焉」〔註 18〕。王安石與《明妃曲》的意義正在於此。

〔註 18〕錢鍾書《管錐篇》第三冊，中華書局，1986 年，第 890 頁。

第四章　三蘇與蘇門詩人詠史詩的文化品位

嘉祐元年（1056），蘇洵攜子蘇軾、蘇轍出川北遊汴梁。次年，軾、轍同中進士，一時間蘇門三士名動京師。尤其是蘇軾的才華最爲歐陽修所激賞，以至於一代文壇盟主有「老夫當避路，放他出一頭地」〔註1〕的驚喜與慨歎。嘉祐至元祐的二十年裏，梅堯臣、歐陽修、曾鞏、王安石、司馬光等前輩逐一謝世，而在這期間，宋代的文學文化並未放緩前進的步伐。約神宗元祐年間，蘇軾主持風雅，蘇轍、黃庭堅、陳師道、張耒、秦觀、晁補之、李廌、三孔等人服膺於左右，形成一個影響巨大的文學集團，北宋的文學文化此時臻於極盛。

詠史詩的創作在三蘇與蘇門詩人手裏也呈現出不同於以往的風貌，無論是詩材的覓取方向，還是主題凝練的思路，以及藝術結撰的手法，均有異於前人，表現出一種自覺的創新與自立意識，體現出一種前所未有的藝術審美品位和價值理解品位。「奇」、「雅」、「通」成爲他們詠史詩創作相互關聯又互爲補充的三個特徵。這與承平時期成長起來的一代文人的文化教養、知識結構、精神氣質、個性愛好相關，也與蘇軾及蘇門詩人普遍的人生經歷相關。

〔註 1〕歐陽修《與梅聖俞書》，《歐陽修全集》卷一四九。

一、追求奇趣與新意

蘇軾評柳宗元的《漁翁》詩時說：「詩以奇趣爲宗，反常合道爲趣。熟味此詩有奇趣」〔註2〕。黃庭堅也說「文章最忌隨人後」〔註3〕。可見，追求奇趣新意，是蘇黃一派詩歌創作的自覺追求。在詠史詩創作領域，這一特徵表現得更爲明顯。

在立意上，三蘇及蘇門詩人的詠史詩最好翻空出奇，發前人所未發。清代魏禧很敏銳地發現：「有窺古人作事主意，生出見識，卻不去論古人，自己憑空發出議論，可驚可喜，只借古事作證。蓋發己論，則識愈奇；證古事，則議愈確。此翻舊爲新之法，蘇氏多用之」〔註4〕。其實，不只是蘇軾，這一派的詩人在詠史詩的創作中都將立意新奇作爲創作的關鍵環節。

蘇軾《鳳翔八觀》之《秦穆公墓》云：

> 橐泉在城東，墓在城中無百步。乃知昔未有此城，秦人以泉識公墓。昔公生不誅孟明，豈有死之日而忍用其良。乃知三子殉公意，亦如齊之二子從田橫。古人感一飯，尚能殺其身。今人不復見此等，乃以所見疑古人。古人不可望，今人益可傷。

秦穆公以三良殉葬事，見《詩．秦風．黃鳥》序：「黃鳥，哀三良也。國人刺穆公以人從死，而作是詩也。」毛傳：「三良，三善臣也。謂奄息、仲行、鍼虎也。」《黃鳥》詩中對三人死前「臨其穴，惴惴其慄」的描繪以及「彼蒼者天，殲我良人」的呼喊，表達了全詩控訴與諷刺的主題。此故事所牽涉的君臣之義與臣子的出處命運等問題引發了文人廣泛的思考，因而這個題材屢見於歷代的詠史詩中。魏時阮瑀《詠史詩二首》之一云：「誤哉秦穆公，身沒從三良。忠臣不違命，隨軀就死亡。低頭窺壙戶，仰視日月光。誰謂此可處，恩義不可忘。路人爲流涕，黃鳥鳴高桑。」曹植《三良詩》云：「功

〔註2〕惠洪《冷齋夜話》卷五。
〔註3〕黃庭堅《贈謝敞王博喻》，《山谷集》外集卷一四。
〔註4〕魏禧《雜說》，《魏叔子日錄》卷二。

名不可爲，忠義我所安。秦穆先下世，三臣皆自殘。生時等榮樂，既沒同憂患。誰言捐軀易，殺身誠獨難。攬涕登君墓，臨穴仰天歎。長夜何冥冥，一往不復還。黃鳥爲悲鳴，哀哉傷肺肝。」柳宗元《詠三良》云：「束帶值明后，顧盼流輝光。一心在陳力，鼎列誇四方。款款效忠信，恩義皎如霜。生時亮同體，死沒寧分張。壯軀閉幽隧，猛志填黃腸。殉死禮所非，況乃用其良。霸基弊不振，晉楚更張皇。疾病命固亂，魏氏言有章。從邪陷厥父，吾欲討彼狂。」阮瑀、柳宗元詩批判了穆公行爲不合於禮，曹植認爲三良之死是穆公下世後爲求「忠義」而「自殘」的結果，但全詩通過攬涕登臨、長夜冥冥、黃鳥悲鳴的描寫渲染，表達的還是悲劇性的主題。對三良與穆公的認識，顯然受到「昔者秦穆公殺三良而死……故立號曰『繆』」〔註5〕這種評價的影響。蘇軾在詩中換了一個角度看待這一歷史事件，認爲穆公不因戰敗而誅孟明，更不可能逼三良殉葬，三良之殉全因感恩之心與忠義之氣，今人因無此心此節才會對古人有相疑之意。全詩之妙，在於立意上的新意。清代劉熙載說：「東坡詩推倒扶起，無施不可，得訣只在能透過一層及善用翻案耳」〔註6〕，指的正是蘇詩的這一特點。

再如蘇軾《安期生》一詩，其序云：

> 安期生，世知其爲仙者也，然太史公曰：蒯通善齊人安期生，生嘗以策干項羽，羽不能用，羽欲封此兩人，兩人終不肯受，亡去。予每讀此，未嘗不廢書而歎，嗟乎，仙者非斯人而誰爲之。故意戰國之士，如魯連、虞卿，皆得道者歟？

其詩云：

> 安期本策士，平日交蒯通。嘗干重瞳子，不見隆準公。應如魯仲連，抵掌吐長虹。難堪踞床洗，寧挹扛鼎雄。事既兩大繆，飄然籥遺風。乃知經世士，出世或乘龍。豈比

〔註5〕司馬遷《史記・蒙恬列傳》。
〔註6〕劉熙載《藝概・詩概》。

山澤臞，忍饑啖柏松。縱使偶不死，正堪爲僕僮。茂陵秋風客，望祖猶蟻蜂。海上如瓜棗，可聞不可逢。

安期生事，見於《史記》、《列仙傳》等古籍，前代方士、道家之流均謂其爲居海上之神仙，蘇軾此詩卻以《史記·樂毅列傳》中的一小段記載爲據，生發議論，將他描繪爲魯仲連等人一樣的俠義之士，是出人意表的寫法，充分反映了「揚其異而表其奇，略其同而取其獨」〔註 7〕的寫作技巧。

其他蘇門詩人的詠史詩也往往以力去古人陳言、翻空出奇爲宗。如張耒《韓信祠》序云：

史稱信之族誅，予嘗疑之。其謂陳豨曰：三至，上必自將，予從中起。夫使高帝將精兵於外，而信欲詐驅徒奴烏合之眾於京師，雖太公、穰苴不能以成事。此猶寢然於猛虎之穴，虎歸則無事矣。信謀無遺策，豈肯爲計若是之疏哉。況蕭相國在長安，信獨不畏之耶。此殆以高帝出征，以信失職，畏其亂於內，亦若彭越，使人告之而傅致其詞如此耳。不然，信不忘漂母一飯之恩，信遇高帝，恩亦厚矣，一旦背之，豈人情哉。

其詩曰：

千金一飯恩猶報，南面稱孤豈遽忘。何待陳侯乃中起，不思蕭相在咸陽。

以當時的政治局勢推斷韓信欲謀反的不合常理，以韓信不忘漂母之恩推斷其欲背叛高祖的不近人情，立意新鮮別致，表現出張耒等人敢於離經辨志的精神。

再如唐庚《嘲陸羽》云：

陸子作茶經，竟爲茶所困。其中無所主，復著毀茶論。簡賢傲長者，彼自愚不遜。茶好固自若，於我有何恨。便當脫野服，洗琖爲一獻。飲罷挈茶去，譬彼澆畦畹。君看禰正平，意氣眞能健。達與不達人，何啻相千萬。

〔註 7〕朱庭珍《筱園詩話》卷一。

前人論陸羽者，多注重其爲人清高，淡泊功名的一面，唐庚卻從《唐才子傳》等史籍所載李季卿輕侮陸羽，羽愧之，作《毀茶論》這一故事入手，寫陸羽自取其辱，遠不如漢末禰衡之尚氣剛傲。唐庚「文采風流，人謂爲小東坡」〔註8〕，這首詠史力圖在主旨上突破和超載前人陳規，確與蘇軾有幾分相像。

蘇軾、黃庭堅等人，雖然當時以文章詩歌名滿天下，但並不是處在政治核心圈子中的士人。蘇軾雖在哲宗元祐元年（1086）遷中書舍人，改翰林學士，但在元祐四年就知杭州，離開了京城，政治生活中的黃金時期非常短暫。其他蘇門詩人在仕途上也多蹭蹬蹇厄，許多時候過著遷謫流離的生活。因此，他們的詠史詩往往缺乏政治家的穩重與踏實，卻充滿了揮斥方遒的書生意气。時代稍前的王安石作詠史詩亦好翻案，但作爲一位偉大的政治家，王安石具有博大的胸襟和敏銳的識見，他作詠史詩多借評論古人表明自己的政治見解和學術態度，這是其詠史詩創作的落腳點。蘇軾等人與王安石不同，他們是相對純粹的文學家。他們在詠史詩中標新理、立異義的目的，更多的是從文學技巧著眼，營造舒卷自如、變化莫測的詩歌境界，因而他們的詠史詩往往具有恣肆奇特的風格特徵。蘇軾應舉時作《刑賞忠厚之至論》，曾引「皐陶曰：『殺之』，三；堯曰：『宥之』，三」，人問其出處，蘇軾的回答是「想當然耳，何必須要有出處？」〔註9〕從這則故事我們可以想見蘇軾等人對待創作的一種態度。

也正因爲此，他們許多詠史詩所表達的見解有以偏概全、甚至大言欺人的弱點，這也遭到後人不少非議。如前引蘇軾《秦穆公墓》，清人賀裳評價道：「語意高妙。然細思之，終是文人翻案法。《黃鳥》之詩曰：『臨其穴，惴惴其慄。』感恩而殺身者然乎？讀者毋作癡人前說夢可也。」黃白山評曰：「子瞻好作史論，然評斷多誤，如范增、

〔註8〕《文獻通考》卷二三七引李壁語。
〔註9〕葉夢得《石林燕語》卷八。

晁錯論，皆錯斷了，此詩亦其類也」〔註10〕。

蘇轍《讀史六首》其四云：

> 桓文服荊楚，安取破國都。孔明不料敵，一世空馳驅。

賀裳評價道：「余以此言太謬，丕之於漢，豈若楚之於周哉！漢賊不兩立，鞠躬盡瘁，豈得與共主尚存者等！」〔註11〕賀裳評詩，以封建正統論作爲標杆，今天固然可以不加理會，但蘇轍以諸葛亮與齊桓公、晉文公相較，不考慮時代的發展與政治軍事格局的變化，也確是刻舟求劍之論。

其它如張耒《范增》：「君王不解據南陽，亞父徒誇計策長。畢竟亡秦安用楚，區區猶勸立懷王」，唐庚《過潼關》：「鐵衣十萬擁胡雛，手釋襟喉計亦疏。閫外不聞天子詔，將軍未甚讀兵書」等等，也可算是「看人挑擔不吃力」的書生之見。

「獨照之匠，窺意象而運斤」〔註12〕，三蘇及蘇門詩人詠史詩「奇」的特色，還表現在他們詠史詩意象的經營上。這批詩人中，蘇洵年紀最長，後代蘇門詩人的詠史作品的風格特點在蘇洵身上已見端倪，現舉其《昆陽城》一詩爲例：

> 昆陽城外土非土，戰骨多年化牆堵。當時尋邑驅市人，未必三軍皆反虜。江河塡滿道流血，始信武成眞不誤。殺人應更多長平，薄賦寬征已無補。英雄爭鬥豈得已，盜賊縱橫亦何數。御之失道誰使然，長使哀魂啼夜雨。

此詩詠新莽末年著名的昆陽之戰，但卻不僅從戰事本身著眼，努力探討戰爭背後的決定成敗的因素。《呂氏春秋·簡選》云：「驅市人而戰之，可以勝人之厚祿教卒。」王尋、王邑的失敗原因，在蘇洵看來，還是人心向背的問題。新莽政權的崩潰，是「御之失道」的政治失誤，非戰之罪也。這首詠史表現了蘇洵對歷史的積極思考，立論也注重破除舊說陳言，但全詩對戰爭故地環境氛圍的渲染與戰爭中「江河塡滿

〔註10〕賀裳《載酒園詩話》卷一。
〔註11〕賀裳《載酒園詩話》卷一。
〔註12〕劉勰《文心雕龍·神思》。

道流血」的場景描繪，給人留下了同樣深刻的印象，與純粹評論歷史的詠史作品相比，可以看出「文學性」的加強。

張耒《和陳器之詩四首》之《弔連昌》云：

> 唐日西頹半明滅，長彗掃天流戰血。六龍不復入東都，（自注：唐自安、史後至昭宗東遷，終不復幸。）連昌已有狐狸穴。宮前茫茫洛陽路，漢甲胡兵幾回度。火焚馬蹴百戰場，盡是舊時歌舞處。遊魂不歸宮樹老，茂陵金玉人間寶。春耕迆邐上空山，夜磷青熒照秋草。女幾巉巉青插天，東流洛水自潺湲。興亡一覺繁華夢，只有山川似舊年。

連昌宮爲唐朝宮殿，唐高宗顯慶三年所建，安史之亂後逐漸荒廢，唐元稹有著名的《連昌宮詞》。張耒此詩，乃接續元詩所作，但元詩的「監戒規諷之意」〔註 13〕已蕩然無存，而對戰爭血腥、宮室荒蕪的描繪卻進一步加強，以彗星、流血、狐穴、遊魂、青熒等淒涼悲哀的意象，烘托興亡無常的主題。這些相對少見的意象的運用，也使全詩帶上了瑰奇詭異的格調，可見作者不甘平庸、力求新奇的追求。

孔平仲《于將軍》云：

> 長安遣兵百勝強，意氣何有漢中王。七軍之心俱猛鷙，虎兕插羽將翱翔。睥睨荊益可席卷，白帝城高如堵牆。秣馬蓐食朝欲戰，雷聲殷殷山之陽。沉陰苦雨十餘日，漢水溢出高騰驤。蒼黃不暇治步伍，攀緣蹙踏半死傷。計窮豈不欲奔走，四望如海皆茫茫。鼉鳴魚躍尚恐懼，萬一敵至誰敢當。遙觀大船載旗鼓，聞說乃是關雲長。蒙衝直繞長堤下，勁弩強弓無敵者。雖有鐵騎何所施，排空白浪如奔馬。將軍拱手就縶縛，咋舌無聲面深赭。捷書一日到錦城，隻輪不返皆西行。將軍疇昔負朋友，若此昌豨猶得生。循環報復雖天意，壯士所惜惟功名。曹瞞相知三十年，臨危不及龐明賢。歸來頭白已顦顇，泣涕頓首尤可憐。高陵畫像何詭譎，乃令慚痛入九泉。淯水之師勇冠世，英雄成敗皆偶然。

〔註 13〕洪邁《容齋隨筆》卷一五。

此詩詠三國的于禁。于禁事迹，見《三國志》卷一七，他早年隨曹操征戰，功勳卓著，建安二十四年（219），關羽至樊城攻曹仁，破于禁、龐德軍，于禁投降，龐德不屈死。曹操哀歎道：「吾知禁三十年，何意臨危處難，反不如龐德邪！」于禁後歸，曹操命人「畫關羽戰克、龐德憤怒、禁降服之狀」，于禁「慚恚發病」而死。這段歷史爲人所熟知，孔平仲此詩也未能發明新見，但在用詩歌的形式敷衍歷史時，充分調動文學手段，以一組組富於畫面感的意象，生動地再現了當年關羽水淹七軍時「四望如海皆茫茫」、「排空白浪如奔馬」的場景，使得全詩帶上了不平凡的氣質。

三蘇及蘇門詩人的詠史詩，在藝術形式上，好用長篇大章，使詩歌充滿縱橫排奡之氣，充分體現了「以奇趣爲宗」的特色。如蘇洵的《顏書》，從觀看邠州碑開篇，寫顏眞卿和顏杲卿在安史之亂中的事迹，再寫顏眞卿的書法藝術，最後回到顏眞卿的忠義之心並以自己的慨歎作結，全詩四百言，洋洋灑灑，轉折自如；蘇軾《鳳翔八觀》之《石鼓歌》，先交待見石鼓的時間、地點，再描寫所見石鼓的情狀，繼而追敘石鼓的原始，歌頌周宣王的赫赫功業〔註 14〕，再寫石鼓在秦朝的遭遇，最後以感歎石鼓的長存作結，全詩四百二十言，氣勢雄奇。唐代韋應物、韓愈均有《石鼓歌》傳世，蘇軾此詩，古人評價爲「魄力雄大，不讓韓公，然至描寫正面處，以「古器」、「眾星」、「缺月」、「嘉禾」錯列於後，以「鬱律蛟蛇」、「指肚」、「箝口」渾舉於前，尤較韓爲斟酌動宕矣」，「末一段，用秦事，亦本韋左司詩，而魄力雄大勝之遠矣。且從鳳翔覽古意，包括秦迹，則較諸左司爲尤切實也」〔註 15〕，可見蘇詩是與古人爭奇鬥勝的產物。再如蘇軾之《荔支歎》：

〔註 14〕石鼓經近人考證，爲秦時記載國君遊獵的刻石，唐宋時人因石鼓上「我車既攻，我馬既同」與《詩·小雅·車攻》的起句相同，多附會爲周宣王時文物。

〔註 15〕翁方綱《石洲詩話》卷三。

> 十里一置飛塵灰，五里一堠兵火催。顛阬僕谷相枕藉，知是荔支龍眼來。飛車跨山鶻橫海，風枝露葉如新採。宮中美人一破顏，驚塵濺血流千載。永元荔支來交州，天寶歲貢取之涪。至今欲食林甫肉，無人舉觴酹伯遊。我願天公憐赤子，莫生尤物為瘡痏。雨順風調百穀登，民不飢寒為上瑞。君不見武夷溪邊粟粒芽，前丁後蔡相籠加。爭新買寵各出意，今年鬥品充官茶。吾君所乏豈此物，致養口體何陋耶。洛陽相君忠孝家，可憐亦進姚黃花。

同樣是以長篇體制凸顯奇特矯健的風格，清人評曰：「此詩本為荔支發，數忽說到茶，又說到牡丹，其胸中鬱勃有不可以已者。惟不可以已而言，斯至言至文也」〔註16〕。蘇門詩人中，這類作品具有相當的數量，如張耒《讀中興頌碑》、李廌《顏魯公祠堂詩》等。

二、崇雅的風氣

三蘇與蘇門詩人詠史詩的第二個特徵，可用一「雅」字來概括，其內涵，是在學問和生活兩方面戒猥瑣粗鄙，從而實現對流俗的超越。有兩點背景最值得注意：一是當時文化的繁榮與文人的讀書風氣，二是文人高雅文化生活內容的豐富。

宋朝建國後，採取崇文抑武的國策，特重科舉，諸科取士名額較前代成倍增加，文人及第後的榮寵也超過唐代。慶曆、熙寧年間，朝廷對教育體制又進行了深入的改革，廣設學校，培育人才，史載「自仁宗命郡縣建學，而熙寧以來，其法浸備，學校之設遍天下，而海內文治彬彬矣」〔註17〕。另外，印刷術的普及也為文化的繁榮創造了條件。眞宗景德年間，國子監祭酒邢昺曾說：「臣少時業儒，觀學徒能具經疏者，百無一二，蓋傳寫不給。今板大備，士庶家皆有之，斯乃儒者逢時之幸也」〔註18〕。蘇軾也說：「余猶及見老儒先生，自言其

〔註16〕《御選唐宋詩醇》卷四〇。
〔註17〕《宋史》卷一五五《選舉一》。
〔註18〕李燾《續資治通鑑長編》卷六〇。

少時欲求《史記》《漢書》而不可得。幸而得之，皆手自書，日夜誦讀，惟恐不及。近歲市人轉相摹刻，諸子百家之書，日傳萬紙，學者之於書多且易致如此」〔註19〕。教育的發達、書籍的普及爲宋代文人體味前人成果、鑽研學術提供了良好條件，也使得宋代文人對讀書予以了高度的重視，並視之爲進行創作的先決條件。孫覺就詩文創作問題請教歐陽修，歐陽修的答案是：「此無他，唯勤讀書而多爲之，自工」〔註20〕。黃庭堅也說：「詩詞高勝，要從學問中來」〔註21〕。蘇軾等人活躍在詩壇的時候，宋代文化正處於鼎盛時期，讀書風氣極爲濃厚。這種風氣對創作影響的結果，就是與詩文作品中濃鬱的書卷氣，詠史詩自然也不例外。

蘇軾及蘇門詩人的詠史詩中，讀史詩的數量顯著增加了，如蘇軾的《讀開元天寶遺事三首》、《讀晉史》、《讀王衍傳》、《讀後魏賀狄干傳》，黃庭堅的《讀曹公傳》、《讀晉史》，張耒的《讀史二首》、《讀秦紀二首》、《讀周本紀》、《讀唐書二首》，晁補之的《讀藺相如傳贈李甥師藺》，孔武仲的《讀梁武帝紀二首》等等，均是直接以讀史名篇的。其他並未以讀史名篇而是因讀史有所感悟而成爲創作觸發點的詠史作品，數量更多。

由於讀書應和古人的詠史作品數量也開始增加，其中蘇軾《和陶詠二疏》、《和陶詠三良》、《和陶詠荊軻》等和陶詩最爲出名。其《和陶詠二疏》云：

> 二疏事漢時，迹寓心已去。許侯何足道，寧識此高趣。可憐魏丞相，免冠謝陋舉。中興多名臣，有道獨兩傳。世途方轂擊，誰肯行此路。是身如委蛻，未蛻何所顧。已蛻則兩忘，身後誰毀譽。所以遺子孫，買田豈先務。我嘗遊東海，所歷若有素。神交久從君，屢夢今乃悟。淵明作詩意，妙想非俗慮。庶幾二大夫，見微而知著。

〔註19〕蘇軾《李氏山房藏書記》，《蘇軾文集》卷一一。
〔註20〕周煇《清波雜誌》卷一一。
〔註21〕胡仔《苕溪漁隱叢話》前集卷四七。

二疏指漢宣帝時名臣疏廣與兄子受。廣爲太傅，受爲少傅，同時以年老乞致仕，時人賢之。歸日，送者車數百輛，設祖道，供張東都門外，事見《漢書》卷七一。陶淵明《詠二疏》作於作者晚年，謳歌了二疏立功不居、功成歸隱的賢達事迹，主要是印證自己安貧樂道的思想。而蘇軾的和詩，師法陶詩的形式和風調，展現了自己追隨前賢、委心任天、從容淡泊的精神境界，藝術上得陶淵明「質而實綺、臞而實腴」〔註 22〕的神髓。宋代陶淵明典範地位的確立，是宋詩審美意識完成的標誌之一。而這種審美意識的演進與成熟，離不開宋人對文化遺產內涵的審視和挖掘，離不開在讀書生活中的深入思考。

三蘇與蘇門詩人詠史詩中的書卷氣，還在於對讀書情趣的展露。他們的詠史作品，常可以見到以「戲作」名篇者。如蘇軾《戲作賈梁道詩》小引云：

> 王淩謂賈充曰:「汝非賈梁道之子耶？乃欲以國與人。」由是觀之，梁道之忠於魏也久矣。司馬景王既執淩歸，過梁道廟，淩大呼曰:「我亦大魏之忠臣也。」及司馬景王病，見淩與梁道守而殺之。二人者，可謂忠義之至，精貫於神明矣，然梁道之靈，獨不能已其子充之奸，至使首發成濟之事，此又理之不可曉者也。故予戲作詩云。

其詩云：

> 嵇紹似康爲有子，郗超叛鑒是無孫。如今更恨賈梁道，不殺公閭殺子元。

賈逵（字梁道）、王淩事，見《三國志》卷一五、二八。蘇軾以「戲作」爲題，本身就說明這類詩歌並不以嚴肅的歷史批判爲宗，而是指謫史籍記載「不可曉」處，主要目的是展現聰明機辯的才情。

蘇轍《讀樂天集戲作五絕》其一云：

> 樂天夢得老相從，洛下詩流得二雄。自笑索居朋友絕，偶然得句與誰同。

〔註 22〕蘇轍《追和陶淵明詩引》，《欒城後集》卷二一。

蘇轍此詩，以白居易文集中所載的幾處故實和場景聯綴而成，表現出一種活潑詼諧的情調。在宋人對文道關係的沉重思考中，在詠史詩普遍以悲慨嚴正作爲風格主流的狀況下，這類詩歌猶如一股清風，令人耳目一新。

在三蘇與蘇門詩人的詠史詩中，歷代文人作爲歌詠對象的比例較以往有了很大的提高。如蘇軾的《阮籍嘯臺》、蘇轍的《徐孺亭》、黃庭堅的《徐孺子祠堂》《題孟浩然畫像》、張耒的《白公祠》《讀杜集》、晁補之的《採石李白墓》、秦觀的《司馬遷》《讀列子》、李廌的《孟浩然故居》《阮步兵廟》《嘯臺》《文選樓》《琴臺》、李之儀的《謁李太白祠》《李太白畫像贊》《李太白贊》、張舜民的《弔太白》、孔武仲的《韓公祠堂》《白公草堂》、孔平仲的《讀莊子》《讀江淹集》《李太白》《題老杜集》等等，反映出宋代詠史詩題材取向上的新動向，也可以看出宋代崇文風氣對文學作品的具體影響。

三蘇與蘇門詩人詠史詩之「雅」，與當時文人的生活形態密切相關。當時的士大夫們一方面力求日常生活的藝術化，使之富有一種雅趣，另一方面又力圖使高雅的藝術活動和其他文化活動如寫詩、作文、書法、金石賞玩等等日常生活化。「西園雅集」可謂這種生活形態的典型和代表：元祐年間，蘇拭、蘇撤、黃庭堅、秦観、張宋、晁補之、米芾、李公麟等十六人集會駙馬王詵的西園，李公麟爲畫《西園雅集圖》，後來米芾、鄭天民、楊士奇皆爲作記。「夫從容太乎之盛致，蓋有曠數十世而不一見者，其可爲盛也已」〔註 23〕。

這種文化繁盛時期的文人生活形態在當時詠史詩創作中烙下了深刻的印迹。首先是詠史中多唱和之作。如蘇軾作《鳳翔八觀》，蘇轍便有《和子瞻鳳翔八觀八首》，其中蘇軾《石鼓歌》、《詛楚文》、《秦穆公墓》等詠史蘇轍均有和作。蘇軾作《濠州七絕》，蘇轍亦有《和子瞻濠州七絕》，其中蘇軾《虞姬墓》云：

〔註 23〕楊士奇《西園雅集圖記》，《東里續集》卷一。

> 帳下佳人拭淚痕，門前壯士氣如雲。倉黃不負君王意，只有虞姬與鄭君。

蘇轍《虞姬墓》：

> 布叛增亡國已空，摧殘羽翮自令窮。艱難獨與虞姬共，誰使西來敵沛公。

蘇軾詩從虞姬之忠的角度構思，是頌揚古人的主題；蘇轍詩則從項羽因剛愎自用而導致覆亡的角度著眼，是歷史批判的主題。這類唱和之作，使得文人急切尋找同一題材不同的切入點，不同的表達方式，促進了詠史詩在取材、構思以及詩藝上的進步。

二是詠史詩中觀碑、題畫等富於文化內涵的內容極大地增加了。蘇軾《又書王晉卿畫四首》之《四明狂客》、蘇轍《次韻題畫卷四首》之《四明狂客》、黃庭堅《題伯時畫嚴子陵釣灘》《題伯時畫松下淵明》《題孟浩然畫像》、陳師道《題畫李白眞》、張耒《昭陵六馬唐文皇戰馬也琢石象之立昭陵前客持石本示予爲賦此》《讀中興頌碑》《讀李憕碑》、李廌《謝公定所寶蕃客入朝圖貞觀中閻立本所作筆墨奇古許贈趙德麟而未予廌作此詩取以送德麟》等詩，都是較典型的代表。

三是審美情趣的轉變引起了文人對雅俗關係更深層次的思考。「以俗爲雅」命題的提出，反映出宋人對「雅」內涵深入的拓展。蘇軾說：「詩須要有爲而作，用事當以故爲新，以俗爲雅」〔註 24〕。在詠史詩中，以前不曾入詩的一些材料開始進入詩人創作的視野，如李廌《諸葛菜》序云：

> 蜀諸葛亮每行兵處，必種此菜以志之。邑中元開州家有此種，僕求之以作羹，甚美。作詩求之。

詩云：

> 武侯戰地記他年，戰後猶當似率然。會向渭原驚仲達，尚應江磧感桓玄。背山左澤甘如彼，傍砌繞籬今可憐。莫問興亡進羹茹，書生贏取腹便便。

〔註 24〕蘇軾《東坡志林》卷九。

諸葛菜即蔓菁，唐人書中已有記載，唐韋絢《劉賓客嘉話錄》載：「三蜀之人，今呼蔓菁為諸葛菜，江陵亦然。」但以此入詩，卻是在宋代，反映了詠史詩題材範圍的擴大以及與日常生活的密切聯繫，這與宋詩總體發展方向是一致的。

三、融通的氣質

三蘇與蘇門詩人詠史詩另一重要特徵，便是「通」的氣質，主要表現在：創作中講求各門類藝術的相通以及審美風格的多樣與融通，從而拓展了詠史詩的題材，豐富了詠史詩的表現手段。

清人張道《蘇亭詩話》卷一云：「余嘗言古今文人無全才，唯東坡事事俱造第一流地步……文人之能事盡矣。」確實，蘇軾是一個天才型的藝術家，其文、詩、詞、書法、繪畫均臻於一流。蘇門詩人中，許多人也是全才型的人物，如黃庭堅不僅是一流的詩人，也是傑出的書法家。他們主張打破各門類藝術的壁壘，蘇軾說：「詩畫本一律，天工與清新」〔註 25〕，黃庭堅云：「凡書畫當觀韻，……此與文章同一關紐」〔註 26〕。在這些理論的指引下，詠史詩創作也帶上了不同於以往的特質。

蘇門詩人的詠史詩，有用詩與詞共同寫作同一題材者。如秦觀有很獨特的《調笑令》十首並詩，其一《王昭君》詩曰：

> 漢宮選女適單于，明妃斂袂登氈車。玉容寂寞花無主，顧影低回泣路隅。行行漸入陰山路，目送征鴻入雲去。獨抱琵琶恨更深，漢宮不見空回顧。

詞曰：

> 回顧，漢宮路，杆撥檀槽鸞對舞。玉容寂寞花無主，顧影偷彈玉箸。未央宮殿知何處，目送征鴻南去。

這種藝術上的創新，得益於與蘇軾等人強調打通融合的文藝理論。而對這一理論體現的最為突出的是詠史詩中的題畫詩。三蘇及蘇門詩人

〔註25〕蘇軾《書鄢陵王主簿所畫折枝》，《蘇軾詩集》卷二九。
〔註26〕黃庭堅《題摹燕郭尚父圖》，《豫章黃先生文集》卷二七。

對古代人物畫多有題詠，已見前述。值得注意的是這類詩歌破除詩畫原有界限，追求不同藝術間共有的眞味與情趣的傾向，以及這種傾向所帶來的詩歌風格上的變化。例如黃庭堅的《題伯時畫松下淵明》：

南渡誠草草，長沙慰艱難。終風霾八表，半夜失前山。遠公香火社，遺民文字禪。雖非老翁事，幽尚亦可觀。松風自度曲，我琴不須彈。客來欲開說，觴至不得言。

蘇軾說：「味摩詰之詩，詩中有畫；觀摩詰之畫，畫中有詩」〔註27〕，又說：「少陵翰墨無形畫，韓幹丹青不語詩」〔註28〕，若以這些話來評價黃庭堅此詩，也庶幾近之。此詩寫畫中陶淵明的悠然自得的神情與高遠的意趣，形象眞切，詩意盎然，使人不禁傾想李公麟畫作的風采。詩中所述陶淵明與慧遠結蓮社，彈無弦琴等典故，繪畫可能囿於藝術形式的限制無法完整地傳達描述，而繪畫中徜徉於松下的陶淵明形象散朗簡遠的風神，可能會給人更爲直觀和富於衝擊力的感受。南宋吳龍翰云：「畫難畫之景，以詩湊成；吟難吟之詩，以畫補足」〔註29〕，就是此意。

再如陳師道的《題畫李白眞》：

君不見浣花老翁醉騎驢，熊兒捉轡驥子扶。金華仙伯哦七字，好事不復千金模。青蓮居士亦其亞，斗酒百篇天所借。英姿秀骨尚可似，逸氣高懷那得畫。周郎韻勝筆有神，解衣磅礴未必眞。一朝寫此英妙質，似悔只識如花人。醉色欲盡玉色起，分明尚帶金井水。烏紗白紵眞天人，不用更著山岩裏。平生潦倒飽丘園，禁省不識將軍尊。袖手猶懷脫靴氣，豈是從來骨相屯。仰視雲空鴻鵠舉，眼前紛紛那得顧。是非榮辱不到處，只恐朝來有新句。勿言身後不要名，尚得吳侯費百金。江西勝士與長吟，後來不憂身陸沉。

〔註27〕蘇軾《書摩詰藍田煙雨圖》，《蘇軾文集》卷七〇。
〔註28〕蘇軾《韓幹馬》，《蘇軾詩集》卷四八。
〔註29〕楊公遠《野趣有聲畫》吳龍翰序。

寫李白「斗酒百篇」的才華，孤標傲世的性格以及潦倒失意的遭際。張舜民云：「詩是無形畫，畫是有形詩」〔註 30〕，陳師道此詩，詩歌的體制與藝術表達契合於繪畫中李白的形象，深得繪畫傳神之妙。詠史詩中題畫一類的發展與繁榮，借鑒了繪畫離形得似、借物傳神的技巧，無論是在題材上還是在風格上，都爲詠史詩的創作開闢了一個新的世界。

蘇軾及蘇門詩人詠史詩「通」的特質，還表現在他們詠史作品中審美風格多樣與融通。蘇軾在當時雖然是公認的文壇盟主，但卻是個「但開風氣不爲師」的人物。蘇軾門下，黃庭堅那樣各體兼擅的人並不多，而往往各有所長，如張耒長於詩，秦觀長於詞等。在詩歌創作領域，各人的風格也往往各不相同，詠史詩亦然。如張耒的詠史詩以雄渾壯闊見長，《昭陵六馬唐文皇戰馬也琢石象之立昭陵前客持石本示予爲賦此》、《讀中興頌碑》等長篇作品，有渾厚雄健之氣，《項羽》、《范增》、《蕭何》《韓信》等七絕小品，也一語破的，富有歷史批判的力度。而秦觀詩有「女郎詩」〔註 31〕之稱，雖然這種評價有以偏概全之嫌，但其《王昭君》、《樂昌公主》、《崔徽》、《無雙》、《灼灼》、《盼盼》、《崔鶯鶯》等作品，確實帶有濃重的香豔意味和婉轉嫵媚的風格特徵。

其實，詠史詩中審美風格的多樣還表現在：即使是同一個作家，不同作品的風格也往往存在著較大的差異性。蘇軾在其《論文》中提出了著名的「隨物賦形」的理念：「吾文如萬斛泉源，不擇地皆可出，在平地滔滔汩汩，雖一日千里無難。及其與石山曲折，隨物賦形而不可知也。所可知者，常行於所當行，常止於不可不止。」這種根據描寫客體以及主體感受的不同而變換技巧風格的做法，使不同題材、不同情境下創作的詠史作品呈現出不同的風貌，如《石鼓歌》，縱橫奇崛，《驪山三絕句》，明快暢達，《和陶詠二疏》之類又

〔註 30〕張舜民《跋百之詩畫》，《畫墁集》卷一。
〔註 31〕元好問《論詩三十首》，《遺山集》卷一一。

古樸高遠，風格意趣迥異。清趙翼說：「東坡隨物賦形，信筆揮灑，不拘一格」〔註 32〕，確是的評。張耒的詠史常有磅礴的氣勢，這與其平易舒坦、「自然有唐風」〔註 33〕的總體風格，以及時人「君詩容易不著意，忽似春風開百花」〔註 34〕的評價並不相埒。這些都可以使我們瞭解蘇黃一派詩人在詠史詩創作領域的著意經營和努力開拓。

蘇軾、黃庭堅等人，是站在文化巔峰上的藝術巨匠，是後代文人學子努力鑽研和學習的楷模，他們的創作上的開新對後代詠史詩的創作影響是巨大的。他們好翻案，講究立意新穎，這使得去陳言、開新意成爲後世詠史詩創作最基本的原則之一，「詩貴翻案」〔註 35〕，這是後世詠史詩創作的核心和創作成敗的關鍵，詩人們在在議論史事、評價人物時，無不注意從不同的角度切入，以求議論尖新深刻。另外，蘇黃等人重讀書，尚雅趣，使詠史詩成爲書生讀書生活的寫照和讀史感悟的記錄，唐代極其繁榮的登臨懷古類作品進一步減少並邊緣化。最後，蘇黃等人在詩藝上的不懈追求，尤其是模糊、融通各門類藝術的邊界，表達藝術眞美眞趣的努力，開拓了詠史詩的題材，豐富了詠史詩的審美風格，使得詠史與題畫、唱和、詠懷等類型雜糅，詠史詩出現了泛化的趨勢。這一定程度上改變了胡曾等人詠史詩粗鄙卑陋之氣，成爲宋代詠史詩以胡曾爲模範逐漸類型化之外的另一條發展線索，尤其是題畫詩中的詠史，成爲宋代詠史詩中相當引人注目的一類。

〔註 32〕趙翼《甌北詩話·黃山谷詩》。
〔註 33〕方回《送羅壽可詩序》，《桐江續集》卷三二。
〔註 34〕晁補之《題文潛詩冊後》，《雞肋集》卷一八。
〔註 35〕袁枚《隨園詩話》卷二。

第五章　滄桑之感與豪放之聲
——論南渡時期的詠史詩

靖康之變，改變了政治格局，也改變了文學格局。面對破碎的山河，苦難的人生，詩人們不可能無動於衷。在南渡時期，詠史詩無論是題材內容還是藝術風格都發生了重大的變化。弔古傷今、諷時刺世的題材內容，雄渾豪壯、悲慨深沉的藝術風格，是這一時期詠史詩創作的醒目標誌。南渡時期特定的歷史環境造就了這一時期詠史作品鮮明的時代特徵，值得注意的是，這一時代特徵反過來又進一步強化了詠史詩的風格類型，並對後世產生了深遠的影響。

一、滄桑之感與詠史詩中抒情因素的回歸

宋詩好議論，從宋初開始，詠史詩就以評論史事、褒貶人物作爲主要的創作方向，不少詠史詩變成了以詩歌形式出現的歷史批評。唐代劉禹錫、李商隱等人詠史詩富於詩情、意境融徹的創作模式，雖然不曾絕迹，但已慢慢邊緣化，影響力日漸式微。然而南渡時期社會的巨變，有力地改變了這一局面。詠史詩中抒情性的內容一下子多了起來，出現了大量感慨世事變遷、充滿滄桑之感的詠史詩作品。許多作品繼承了唐代劉禹錫、李商隱等人成功的創作經驗，以情感的表達作爲創作的重心，具有較強的藝術感染力。

在諸多抒發滄桑之感的詠史詩中，詠金陵詩可謂典型。金陵爲六

朝古都，既是風雲際會的所在，又多風流韻事的典故，謝朓《入朝曲》有云：「江南佳麗地，金陵帝王州。」因而金陵從來都是詠史懷古的熱門題材，多有名作傳世。如李白《月夜金陵懷古》中「蒼蒼金陵月，空懸帝王州」的蒼涼意象，多爲人傳唱；劉禹錫《金陵懷古》中「興廢由人事，山川空地形」的精闢議論，發人警省；北宋王安石也作有《金陵懷古四首》，其中「豪華盡出成功後，逸樂安知與禍雙」，「黃旗已盡年三百，紫氣空收劍一雙」等，都是膾炙人口的名句。而南渡時期的詠金陵詩，在表達興亡盛衰的感慨時，則顯得更爲沉痛和深刻。茲以李綱的《金陵懷古四首》、劉子翬的《建康六感》、汪藻的《過金陵》爲例，略作解析。

李綱，字伯紀，號梁溪居士，兩宋間的名臣，抗金將領如宗澤、韓世忠或得其扶掖，或在其麾下，是南渡時期主戰派的旗幟。他的《金陵懷古四首》云：

> 六代兵戈王氣銷，山圍故國自周遭。豪華散滅城池古，人物摧殘丘冢高。阜轉蟠龍翔寶塔，洲分白鷺湧雲濤。悠悠世事都如夢，且對金樽把蟹螯。
>
> 六代繁華三百年，我來弔古一淒然。景陽鐘斷雞空唱，玉樹歌沉月自圓。潮沒舊痕生晚浦，柳搖新色媚晴天。高樓上盡窮雙目，千里江山遶檻前。
>
> 六代興亡江上城，倦遊還向此中行。龍蟠虎踞空形勢，並廢臺荒爲戰爭。雲氣霏霏春雨急，煙波渺渺暮潮平。商人不識前朝恨，短笛還爲激烈聲。
>
> 六代當年恨最長，兵戈陵滅故城荒。非關霸氣多消歇，自是人謀未允臧。王謝風流今寂寞，江山形勝亦淒涼。我來正值興戎馬，慨念東南更慘傷。

詩中寫「我來正值興戎馬，慨念東南更慘傷」，當是南渡後所作。李綱有《梁溪集》一百八十卷，現存詩文極多，按照四庫館臣的說法，綱詩文「雄深雅健，磊落光明，非尋常文士所及」〔註1〕。其詩歌好

〔註 1〕《四庫全書總目》卷一五六。

議論，喜談國是，與其政治家的身份相符，風格上也雄健豪爽，正類其人。但這裡所引《金陵懷古四首》的調子卻比較低沉，抒發了世事如夢、淒涼慘傷的情感，這與歷史詠金陵的主題是一致的，顯示出藝術傳統強大的影響力和約束力，即使是王安石的《金陵懷古四首》，也有「黍離麥秀從來事，且置興亡近酒缸」的類似感慨。詩中情感的表達，主要是通過浸染主觀情緒的景物描繪完成的，如「豪華散滅城池古，人物摧殘丘冢高」，「景陽鐘斷雞空唱，玉樹歌沉月自圓」等句，寫歷史遺址的荒廢景象；「潮沒舊痕生晚浦，柳搖新色媚晴天」，「雲氣霏霏春雨急，煙波渺渺暮潮平」等句，寫蕭瑟冷落的自然景象。景語即是情語，這些詩句情景相觸，充分表達了作者憑弔古蹟後感慨愴然的情思。當然，作者本人並不是一個歷史虛無主義者，「短笛還爲激烈聲」，可以使我們感受到作者的激烈壯懷，「非關霸氣多消歇，自是人謀未允臧」，也可以使我們感受到作者的憤世之情與期望有爲於世的心願，這是時代在詩歌中烙下的深深印蹟。

劉子翬，字彥沖，號病翁，學者稱爲屏山先生，朱熹嘗從其問學，對南宋理學產生了很大影響。其《汴京紀事》組詩寫靖康時的社會情狀，如「輦轂繁華事可傷，師師垂老過湖湘。縷衣檀板無顏色，一曲當時動帝王」之類，可稱爲「詩史」。他作有《建康六感》，分詠在金陵建都的吳、東晉、宋、齊、梁、陳六朝史事。劉詩以建康名篇。南宋建炎三年（1129），改江寧府爲建康府，再聯繫詩中所寫情境，這一組詩當是南渡後所作無疑。其《建康六感・吳》云：

> 龍翔大耳兒，虎視捉刀人。風雲競追逐，逸軌誰能遵。大皇負英材，沉潛欻求伸。一呼定南國，再戰威強鄰。抗魏既搖岳，攘劉亦披鱗。組練繞平隰，艨艟蔽通津。偉哉人物盛，成功豈無因。代祀已飄忽，風流久彌新。停橈眺迴陸，裂蔓登層堙。臥龍昔來遊，萬古懷清塵。

寫三國史事，不僅寫孫氏在南方立國，北拒曹魏，西攘蜀漢的功業，還提到劉備與諸葛亮等那一時期的風雲人物，感慨當時人物之盛，帶有緬懷英雄的性質。全詩既有對歷史的敘述，也通過「停橈眺迴陸，裂蔓登層堙」景物描寫，形象地表達出作者跨越時空、遙想歷史、感慨今昔的情思。

《建康六感·齊》云：

堯宮不翦茨，禹室無崇壤。巍巍天步隆，萬代猶可仰。荒哉二三君，經營務華敞。落柹滿清江，飛斤殷遙響。疏淵引瀾澳，築圃邊林莽。筋九斃民軀，貲財傾國帑。雄心獨未倦，矯首生遐想。時徂陵谷變，無事猶悲曩。般憂易興懷，逸樂難終享。過客問青樓，荒畦棘花長。

與詠東吳事迹不同，這首詩歌更多地表現出歷史批判的主題，齊朝皇族不事政務、奢侈淫逸並最終導致亡國的歷史教訓是本篇的主旨之一。然而朝代更迭、往事雲煙的滄桑之感更是作者意圖表達的重點，詩中「時徂陵谷變，無事猶悲曩」，「過客問青樓，荒畦棘花長」的描繪，與唐人「猶有南朝舊碑在，敢將興廢問漁翁」〔註 2〕屬同一題旨。

汪藻，字彥章，號浮溪，又號龍溪，後人稱「學問博贍，爲南渡後詞臣冠冕」〔註 3〕。其《過金陵》一詩與前述李綱和劉子翬的作品屬於同一性質：

六代興亡迹愈陳，迹陳誰遣意如新。古今更欲悲何事，天地長留景似人。雲壓山低惟妬晚，霧蟠江闊更含春。固知到此無窮感，豈獨區區我一身。

也是將抒情寓於景物的描繪之中，以六代興亡之迹烘托自己興亡滄桑之感。

除了詠金陵的詩歌之外，南渡詩人在其他地區也留下了相當數量的詠史懷古作品，如程俱《北固懷古》云：

阿瞞長驅壓吳壘，飲馬長江投馬棰。英雄祇數大耳兒，彷彿芒碭赤龍子。幄中況有南陽客，布衣躬耕無甔石。當

〔註 2〕溫庭筠《開聖寺》，《全唐詩》卷五七八。
〔註 3〕《四庫全書總目》卷一五六。

> 時鼎足計未成，聊此一寄空赤壁。人隨流水去不還，臥羊頑石留空山。如今留石亦煨燼，山與長江相向閒。

與前述詠金陵詩無論在題材、主旨、藝術表現技巧等層面，都屬於同一類型的作品。

清代沈德潛認爲詠史詩的上乘之作，當是「己有懷抱，借古人事以抒寫之」，又說「懷古必切時地」，這本是形容漢唐時期的詠史懷古之作的，因爲晚唐胡曾以後的詠史詩只會「黏著一事，明白斷案，此史論，非詩格也」〔註4〕，不入這位主張格調說的詩人的法眼。其實，在詠史詩發展過程中，唐代流行的登臨懷古、感古今盛衰、慨歷史虛無的寫作模式，在北宋受到了抑制，但在南渡時期特殊歷史環境的刺激下，得到了重新振興。

北宋建國後，國內政治穩定，經濟也獲得了較大的發展，至北宋末年可謂「太平日久，人物繁阜」〔註5〕。靖康時，金兵鐵騎馳騁中原，北方士人大批南遷，社會上彌漫著濃鬱的鄉關之思。比如孟元老《東京夢華錄》，追憶北宋時東京的繁盛，記錄世泰民安、物阜年豐的舊日生活場景，其懷念與悵恨的遺老情調在當時的社會中相當風行。《清波雜志・別志》卷二載：「紹興初，故老閒坐必談京師風物，且喜歌曹元寵《甚時得歸京裏去》十小闋，聽之感慨有流涕者。」這些記載有助於我們理解南渡時期大量詠史詩作中滄桑之感的由來與內涵。陳與義說「欲題文字弔古昔，風壯浪湧心茫然」〔註6〕，就是當時文人創作心態的典型表露。當然，這一時期詠史懷古作品中所抒發的滄桑之感與前代同類型的作品相較，還是有所不同的。唐人句話滄桑，其指向往往是人生空幻與歷史虛無，而南渡時期的作品寫歷史的興亡變遷，更多的是指向家國之痛，即使是「悠悠世事都如夢，且對金樽把蟹螯」這樣的句子充斥在作品之中，也使人感覺是無可奈何的故作釋懷之語，因而更讓人感到刻骨銘心的沉痛和感傷。

〔註4〕沈德潛《說詩晬語》卷下。
〔註5〕孟元老《東京夢華錄》序。
〔註6〕陳與義《再登岳陽樓感慨賦詩》，《全宋詩》，卷一七五八。

二、南渡時期詠史詩的豪壯風格

南渡時期的詠史詩，不僅有愴然的低吟，更有豪放的聲音。社會巨變與人生巨變，國破與家亡的雙重悲憤，使得詩人在創作中迸發出熾熱的愛國激情。詠史詩中指點江山的激越之情，立功報國的豪邁之氣，展示了這一時期詠史詩特徵的另外一面。我們不妨從議論、抒情等藝術手法、體裁與題材擇取的新動向幾個方面，看一看南渡時期詠史詩豪壯風格的構成。

詠史詩中的議論，作爲點題之語，往往是創作的樞紐所在。這一時期詠史詩中的議論，多尚氣節、崇志操的豪邁之語。如徐俯作《詠史》曰：

> 楚漢分爭辯士憂，東歸那復割鴻溝？鄭君立義不名籍，項伯胡顏肯姓劉？

《史記．汲鄭列傳》載：「高祖令諸故項籍臣名籍，鄭君獨不奉詔。詔盡拜名籍者爲大夫，而逐鄭君。」結合南渡時期的政治現實，我們不難看出此詩推重民族氣節的寓意，也不難想見徐俯創作此詩時內心澎湃的激情。

李清照南渡時期的際遇，在她的《〈金後錄〉後序》中有極其生動形象的描繪，她的詩作流傳雖少，但全都可稱之爲精品。其詠史詩中豪邁壯闊的語言，全不類女子所言。她著名的《夏日絕句》寫道：

> 生當作人傑，死亦爲鬼雄。至今思項羽，不肯過江東。

又其《詠史》云：

> 兩漢本繼紹，新室如贅疣。所以嵇中散，至死薄殷周。〔註7〕

這些作品可以說是時代的強音！朱熹也讚歎道：「如此等語，豈女子所能！」〔註8〕

〔註7〕此詩是從不同作品抽取詩句拼接而成，還是本身就是一首完整的詩歌，有爭論，茲從徐培均說。見徐培均《李清照集箋注》，上海古籍出版社，2002年，第217頁。

〔註8〕《朱子語類》卷一四〇。

南渡時期詠史詩情感抒發的力度與強度，也非承平時期可比。如汪藻《詠古四首》之二云：

世事如大弩，人若材官然。乘勢易發機，非時勞控弦。又如大水中，置彼萬斛船。雖有帆與檣，亦須風動天。不見周公瑾，弱齡已飛騫。不見師尚父，鷹揚在華顛。彼非生而材，此豈晚乃賢。鎡基喻智慧，要必有待焉。歎息狂馳子，嘗爲愚者憐。

此詩所繼承的，當是左思《詠史》借詠古而詠懷的傳統，全詩並非就一事一人而論斷是非賢愚，而是借不同時期的歷史人物和歷史事件爲寄託作者的懷抱。《荀子．解蔽》:「經緯天地而材官萬物。」楊倞注：「材謂當其分，官謂不失其任。」《孟子．公孫丑上》:「雖有鎡基，不如待時。」這些說法引起了作者一系列的感慨，認爲世事如弩，人當乘勢，並以周瑜弱齡便功成名就、呂望晚年才仕運亨通爲證，全詩的落腳點在篇末「歎息狂馳子，嘗爲愚者憐」的感慨，給狂熱奔競鑽營之徒以辛辣的諷刺，在確定全篇基調的同時，也強化了抒情的力度。

再如王庭珪《和羅思武作子房孔明二詩見贈》:

子房夜半參黃石，手握豹韜揮八極。蒼黃忽起振長流，天地風雲皆動色。

三雄戰爭海水赤，欲攬英豪扶紫極。南陽喚起臥龍人，至今草木生顏色。

王庭珪，字民瞻，自號盧溪眞逸。高宗紹興十二年（1142），胡銓上疏斥秦檜，貶嶺南。在群臣噤聲的情況下，王庭珪獨以詩送，因而遭到貶斥，直到秦檜死後，方許自便並重新爲官。這兩首詩一詠張良，一詠諸葛亮，感情奔放熱烈，筆力剛健遒勁，雖是短小的七絕，卻貫注著一股豪放之氣。

在題材上，這一時期的詠史詩多詠歷史上的忠臣烈士。如張表臣《題睢陽雙廟二首》之二云：

漁陽突騎滿關東，百戰孤城挫賊鋒。唐室興亡繫公等，九原可作更誰從！

睢陽雙廟，題詠極多，王安石、黃庭堅之作最爲著名。張表臣此詩的創作背景，據其記載，爲「當是時，金人始去城下之役」，這是在烽火連天環境中的產物，充滿了戰鬥的豪氣，張表臣自己也「以爲無愧前人」〔註9〕。

值得注意的是，南渡時期的詠史詩中，詠本朝史事的作品數量開始增加，這是詠史詩題材的新取向。如李綱《題富鄭公畫像》云：

天驕自昔難羈縻，憑陵中夏侵北垂。秦城萬里塹山谷，漢女遠嫁爲閼氏。赫然武帝事征伐，天下騷動士馬疲。古來制御無上策，本朝鎮撫誠得宜。祖宗守邊有良將，胡騎遠遁不敢窺。澶淵之役起倉卒，當時眾議何其危。萊公庭爭乃親討，貔虎百萬從六飛。弩機暗發虜酋殞，震怖屈膝祈完歸。歡盟從此到今日，生靈休息誠賴之。中間桀驁邀歲賜，懸河之辯亦莫支。篤生鄭公爲民社，一言剖決遂不疑。萊鄭之功實終始，配入太廟銘鼎彝。我生後公不及識，再拜圖像涕泗洟。安得如公之人在廊廟，坐使德澤漸烝黎。

富弼爲北宋名臣，封鄭國公。慶曆二年（1042）爲知制誥，遼重兵壓境，富弼奉命出使遼，拒絕割地要求，以增加歲幣而還。三年，任樞密副使，上當世之務十餘條及安邊十三策，大略以進賢退不肖，止僥倖、除積弊爲本。與范仲淹等共同推行慶曆新政，後出知鄆州、青州。時河北大水，流民南至京東。富弼動員所轄地方出粟救災，山林河泊之利，任流民取以爲生，募數萬饑民爲兵。李綱此詩，歌詠的即是這些史實，顯然是具有強烈現實指向的作品。

另《謁寇忠愍祠堂六首》云：

親征決策幸澶淵，南北歡盟有本原。丞相萊公功第一，猶將孤注作讒言。

一幸江南一蜀中，奮然廷議叱群公。攙迴天步雖良策，元是眞皇聽納功。

〔註9〕張表臣《珊瑚鉤詩話》卷一。

南陽廟坐致云云，賴有嘉言爲解紛。歎息今人不如古，久無慶忌救朱雲。

平生愛看柘枝舞，賓燕多餘密炬堆。富貴在公眞末事，誰云緣此故南來。

海邦去海只十里，山路過山應萬重。詩讖告人元已久，未應馬援坐梁松。

鑿井得泉今尚美，掛錢插竹後成林。精忠感動無情物，不解潛銷讒妬心。

寇準是北宋眞宗時著名的政治家，景德元年（1004），任同中書門下平章事，其年冬，遼承天皇太后和遼聖宗耶律隆緒率大軍入侵宋境，直趨黃河沿岸的澶州，當時的大臣王欽若等多主張遷都以避敵鋒，唯寇準力排眾議，極力促成宋眞宗親臨澶州前線抗擊，宋軍士氣爲之一振，迫使遼聖宗決意同宋議和，訂立和約後撤兵，這就是歷史上有名的澶淵之盟。後因受王欽若的挑撥，寇準逐漸失去宋眞宗的信任，於景德三年罷相，到陝西等地任地方官。天禧三年（1019），因順應宋眞宗意旨，奏言天書下降，再度被起用爲宰相，不久罷爲太子太傅，封於萊，故世稱寇萊公。後遭副相丁謂誣陷，被一再貶逐，直至雷州（今屬廣東）司戶。後死於貶所。寇準早登政柄，性豪奢，喜歌舞，又好作詩，「詩讖」一事，見《青箱雜記》卷七：「寇萊公少時作詩曰：『去海止十里，過山應萬重。』及貶至雷州，吏呈州圖，問州去海幾里，對曰：『十里。』則南遷之禍，前詩已預讖也。」這一組詩寫寇準生平，牽涉的故實很多，當然澶淵之盟的歷史貢獻是作者評價寇準這位歷史人物的基礎和關注的焦點，聯想南渡初期的政治環境，這一組詩歌當然是深寓寄託的作品。

還可以程俱的《過顏幾故居有感》一詩爲例，俱字致道，南渡時諸臣中以天性伉直、氣節特立著稱，其詩云：

幽蘭忌當門，野馬難駕車。顏生跅弛士，一跌不可扶。少年豪於文，自擬靈蛇珠。生涯寄罇酒，醉目隨飛梟。興來不停筆，似覺膽力麤。開胸吐奇秀，濆湧春雲疏。嶔崎四五十，不掛薦士書。漫滅禰衡刺，佯狂阮生途。拂衣苕溪上，茅簷客東吳。懸鶉冬不完，脫粟午未餔。醉中有天地，別是仙翁壺。惜哉不羈才，白首甘窮閭。平時同袍客，半在青雲衢。音塵邈山河，豈顧莊魚枯。羈棲風塵下，日月雙馳駒。誰知聚沫身，倏去不可呼。死惟一壞土，生獨四壁居。寄骸無尺地，傳業無遺孤。詩人多命薄，此語或不誣。昊天千古月，空照酒家壚。

顏幾事，《春渚紀聞》卷七有生動的記載：「錢塘顏幾，字幾聖，俊偉不羈，性復嗜酒，無日不飲。東坡先生臨郡日，適當秋試，幾於場中潛代一豪子劉生者，遂魁，選舉子致訟，下幾吏。久不得飲，密以一詩付獄吏，選外間酒友云：『龜石靈身裀有胎，刀從林甫笑中來。憂惶囚繫二十日，辜負醺酣三百杯。病鶴雖甘低羽翼，罪龍尤欲望風雷。諸豪俱是知心友，誰遣罇罍向北開？』吏以呈坡，坡因緩其獄，至會赦得免。後數年，一日醉臨西湖寺中，起題壁間云：『白日尊中短，青山枕上高。』不數日而終。」程俱此詩，歌詠讚美一個科舉考試中的替人代考的槍手，初看頗不可解，其實是頌揚狂士的高遠志向和進取精神，《論語．子路》曰：「不得中行而與之，必也狂狷乎。狂者進取，狷者有所不爲也」，其意爲此詩之本。顏幾作爲詩歌歌詠的對象，這位特立獨行的人物本身，便爲詩歌平添了幾許雄奇之氣。

詩詠本朝史事，使得詠史詩的現實指向更加明顯。現實感的加強，使得詠史詩無論在議論還是在抒情方面的力度都極大地增強了。尤其是將宋代名臣抗擊外侮的豐功偉業納入詠史詩歌詠的範疇，使我們清晰地感受到那個時代渴望恢復、期盼中興的政治文化訴求。

南渡時期，詠史詩在體裁上與以前也有明顯的不同，雖然七言絕句還佔有非常重要的地位，篇幅較長的大製作較多，五言古詩和七言古詩數量的增長是一個很明顯的趨勢。李綱《韓賈》、《讀韓偓詩並記有感》、《次韻虢國夫人夜遊圖》、《題富鄭公畫像》、《明妃曲》、

《讀陸龜蒙散人歌三復而悲之賦詩以卒其志》、《題周孝侯廟》、《玉華宮用杜子美韻》、《章華宮用張籍韻》、《過淵明故居》、《讀留侯傳有感》、《五哀詩》(《楚三閭大夫屈原》《漢梁王太傅賈誼》《漢處士禰衡》《唐中書令褚遂良》《唐工部員外郎杜甫》)、《讀二疏傳》、《讀諸葛武侯傳》，趙鼎的《吳帝廟》，張元幹的《拜顏魯公像》等等，均為五古或七古。長篇古風尤其長篇七言古風，較宜營造雄健奇崛的風格意境，清人說「七古須於風檣陣馬中不失左規右矩之意」〔註10〕，又說「唐人七古氣勢縱橫，文情變幻，如神龍翔空，離奇夭矯，不可方物，誠為詩境奇觀」〔註11〕，其實這些評語用來形容上述南渡時期的長篇古詩，也相當合適。

《禮記．樂記》說：「治世之音安以樂，其政和；亂世之音怨以怒，其政乖；亡國之音哀以思，其民困」，告訴我們文學作品的風格具有時代性，一個時期的文學創作無法避免地會受到那個時代社會生活狀況與時代思潮的制約和影響。所謂「國家不幸詩家幸，賦到滄桑句便工」〔註12〕，靖康亡國的恥辱和南渡時期動蕩不安的社會現實，激發了詩人們的創作，其間詠史作品抒情性因素的增加，興亡滄桑主題的抒寫以及雄壯豪邁風格的追求，均具有鮮明的時代特徵。「詩之慷慨悲歌者，易見精神；其富貴頌揚及其所希冀者，往往委靡不振」〔註13〕，時代賜予的這些特徵，使得這個時期的詠史作品，帶有感人至深的力量。

南渡時期詠史詩的時代特徵又反過來進一步強化了詠史詩的美學風格。在整個南宋，憑弔古今、感慨盛衰成為詠史詩非常重要的主題，氣勢豪邁、境界雄奇的風格，成為詠史詩創作者努力追求的目標。值得一提的是，南渡時期詠史詩的題材指向多為南宋人所傚仿，如詠金陵詩，有曾極《金陵百詠》，蘇洞《金陵雜興二百首》等大型組詩；

〔註10〕吳喬《圍爐詩話》卷二。

〔註11〕王壽昌《小清華園詩談》卷上。

〔註12〕趙翼《題遺山詩》，《甌北集》卷三三。

〔註13〕王壽昌《小清華園詩談》卷上。

詠本朝歷史，有王十朋《觀國朝故事》、《會稽三賢祠詩》，陸游《太平花》、《趙將軍》，陳傅良《讀范文正公神道碑有感佚事》等等，創作也相當繁富。

第六章　宋代的詠史組詩
——以南宋爲中心

宋代詠史詩創作的繁榮，一個重要的表現就是詠史組詩數量的激增。尤其是在南宋，詠史組詩空前興盛，詩人們動輒以「百詠」聯綴爲詩，甚至出現了聯章過千篇的大製作。大型詠史組詩的出現，始於晚唐，開風氣之先，影響播於後世。宋人在繼承前人的基礎之上，對這一藝術形式又加以新的拓展，反映出在新的文化環境中新的追求。本章試就此做一梳理與分析。

一、詠史組詩的淵源與北宋的詠史組詩

大約在中唐以後，詩壇上出現了較大規模的詠史組詩。這些組詩不少今天已經失傳，現存的唐代大型詠史組詩，胡曾、汪遵、周曇以及孫元晏的作品可爲代表〔註1〕。詠史詩雖然產生得很早，但胡曾等人的詠史詩卻是中國文學史上的新鮮事物，呈現出與漢魏以來詠史詩截然不同的風貌，並且極大地影響了後人的創作，是後代詠史組詩創作之祖。雖然對胡曾等人的詠史詩的藝術價值如何評價在歷史上曾有過爭論，但胡曾等人以大型組詩梳理歷史、慨歎歷史的藝術形式卻被繼承了下來，並在宋代得到了發揚光大。

〔註1〕參見莫礪鋒《論晚唐的詠史組詩》，《社會科學戰線》，2000年4期；趙望秦《唐代詠史組詩考論》，三秦出版社，2003年。

五代時，南唐人朱存，「取吳大帝及六朝興亡成敗之迹作覽古詩二百章，章四句。地志家多援以爲證」〔註2〕。這可視作胡曾等人開創的詠史組詩形式在五代時的殿軍。

眞宗時夏竦（985～1051），創作有《奉和御製讀史記詩》等共四十三首，分詠《史記》、《前漢書》、《後漢書》、《三國志》、《晉書》、《宋書》、《陳書》、《後魏書》、《北齊書》、《後周書》、《隋書》、《唐書》、《五代梁史》、《五代後唐史》、《五代晉史》、《五代漢史》、《五代周史》等史書所載史事。夏竦於眞宗時曾「召直集賢院，編修國史」，並以「好學，自經史、百家、陰陽、律曆，外至佛老之書，無不通曉」〔註3〕聞名，四庫館臣雖鄙薄其爲人，卻也推重他「學賅洽，百家及二氏之書，皆能通貫」〔註4〕。這一詠史組詩，每首詩下皆有詳盡的注釋，疑爲宮廷進講的產物。從這些奉和之作所涉獵的內容來看，當時在宮廷內皇帝對前代史書有系統的學習，而學習的成果也往往用詠史詩的形式反映出來，並命文臣賡和。夏竦的這些詩歌，詠歷朝大事，也時有興衰之理、資治之道的解說，風格上帶有雍容典雅、平正莊重的宮廷之風。仁宗時，侍御史范師道進《詠唐史》詩五軸〔註5〕，詩已不傳，但性質和內容應與夏竦詩類似。

邵雍（1011～1077），在道學家中以喜好作詩和風格特異著名，他的詠史作品數量不少，《擊壤集》卷一五有《觀五帝吟》、《觀三王吟》、《觀五伯吟》、《觀七國吟》、《觀嬴秦吟》、《觀兩漢吟》、《觀三國吟》、《觀兩晉吟》、《觀十六國吟》、《觀南北朝吟》、《觀隋朝吟》、《觀有唐吟》、《觀五代吟》、《觀盛化吟》，帶有組詩的性質。王㬚《擊壤集序》說：「康節之學，洗滌心源，得諸靜養，窮天地始終之變，究古今治亂之原，以經世爲治，觀於物有以自得也。」而上述詠史詩，從上古寫到當代，也有窮變、究原與經世之意。

〔註2〕吳任臣《十國春秋》卷二九。
〔註3〕《宋史》卷二八三。
〔註4〕《四庫全書總目》卷一五二。
〔註5〕王應麟《玉海》卷五九。

仁宗時劉敞（1019～1068），字原父，有《詠古詩十二首》。朱熹說：「劉原父才思極多，湧將出來，每作文，多法古，絕相似」〔註6〕，又稱其文「有高古之趣」〔註7〕。其《詠古詩十二首》有明顯的模擬阮籍《詠懷詩》和左思《詠史八首》的痕迹，可見他對高雅古樸詩歌格調的追求。

同時代的楊傑，字次公，自號無爲子，仁宗嘉祐四年（1059）進士，作有《釣磯懷古十章》，分詠呂望、任公子、詹何、魯人、莊周、琴高、陵陽子明、左慈、嚴光、劉遺民。這些歷史人物都有釣磯垂釣的記載和傳說，故楊傑以「釣磯懷古」爲題。按照楊傑在詩序的說法，「呂望釣魚磻溪，有志於天下也；任公子釣於會稽，以大取其大也；詹何釣於南國，以寡獲其多也；魯人釣於洙泗，華過其實也；莊周釣於濮，靜而保眞自適也；琴高釣於涇，仙而隱也；子明釣於旋溪，愛物而有獲也；嚴光釣於東陽，退而自適也；左慈釣於魏，樂其術也；遺民釣於江東，知時也」，釣雖不同，然而古人的風采卻使人心向往之，表達了作者「出入六合，遊詠乎太和之域」的出塵之想。

韋驤（1033～1105），字子駿，作有《詠唐史》共二十九首，詠李靖、李勣等唐代著名歷史人物二十九人，全都是七言絕句，褒貶人物，明白淺切，內容章法上卻絕似晚唐胡曾詩。

華鎭（1051～？），字安仁，號雲溪居士，曾作《會稽覽古詩》一百零三篇，後來散佚，厲鶚編《宋詩記事》，僅從地志之中鈔得九首。又有《詠古十六首》，俱爲長篇五古。宋人稱華鎭「好學博古」〔註8〕，《詠古十六首》也充分體現出作者創作「才氣豐蔚」〔註9〕、筆力縱橫的特徵。

北宋晚期，葛勝仲和宋京也有規模不大的詠史組詩傳世。葛勝仲（1072～1144），字魯卿，有《讀史八首》，分詠王嘉、馬融、陳蕃、

〔註6〕《朱子語類》卷一三九。
〔註7〕朱熹《答鞏仲至》，《晦庵集》卷六四。
〔註8〕張淏《會稽續志》卷五。
〔註9〕《四庫全書總目》卷一五五。

鄧伯道、法眞、王戎、沈約和王維，這八個歷史人物並不屬於同一個時代，生平舉止也沒有太多相似的地方，這一組詩當是作者讀史心得的雜湊。宋京，字宏父，自號迂翁，徽宗崇寧五年（1106）進士，作有《武擔》、《龜化》、《禮殿》、《石室》、《玉局》、《嚴眞》、《琴臺》、《墨池》、《書臺》和《草堂》共十首，十首詩下均有原注「蜀事補亡」，詠四川歷史上蜀王妃、文翁、嚴遵、司馬相如、諸葛亮等人事迹，所詠史事並不爲人所熟知，故云「補亡」。如《武擔》一詩所詠，出自漢揚雄《蜀王本紀》:「武都丈夫化爲女子，顏色美好，蓋山之精也。蜀王娶以爲妻，不習水土，疾病欲歸。蜀王留之，無幾物故，蜀王發卒之武都擔土，於成都郭中葬之。蓋地三畝，高七丈，號曰『武擔』。以石作鏡一枚，表其墓」〔註 10〕。《述異記》等志怪小說中也有相似的記載，這是以前詠史詩較少涉獵的內容。這十首詩都以「君不見……」開頭，形式上也有一定的特點。

總體來說，北宋時期的詠史組詩規模都不算太大，組詩這種形式在詠史詩領域還沒有得到充分的發展。

二、南宋後詠史組詩的發展以及大型組詩的繁盛

南宋以後，詠史組詩形式得到長足的發展，並在南宋中期至宋末元初到達極盛。

南宋初期，小規模的詠史組詩是文人詠史創作非常常見的形式。如汪藻《詠古四首》，是借古詠懷的作品；王庭珪《讀唐遺錄六絕》（《梁祖紀》《李愚劉昫同傳》《楊師厚》《成汭》《安審信》《馮道》），詠五代史事；李綱《五哀詩》，分詠屈原、賈誼、禰衡、褚遂良、杜甫，是作者在武昌時所作，按照作者的說法，「湖湘間多古騷人逐客才士之所居，故其景物淒涼，氣俗感慨，有古之遺風」，故「慨然懷古，作五詩以哀之」〔註 11〕；劉子翬《建康六感》，分詠吳、東晉、

〔註10〕《後漢書》卷一一二上。
〔註11〕李綱《五哀詩》序。

宋、齊、梁、陳六朝史事，緬懷人物之盛，抒發興亡之感。這些詩人多是南渡作家，詩歌創作也屬於北宋詩風的延續。

紹興十一年（1141），宋金和議之後，長達十餘年的戰爭狀態結束了，形成了南北對峙的局面，很長的一段時期內，南宋政治穩定，思想文化方面也進入了一個全面總結清算的歷史時期，思想、文化、藝術等逐漸形成不同於北宋的新的歷史特徵。在詠史詩創作方面，大型詠史組詩開始出現並呈現出越來越繁榮的局面。下面就幾位有代表性的作家分而述之。

王十朋（1112～1171），字龜齡，號梅溪。其《梅溪集》有《詠史詩》一卷，詠歷代帝王、古今名賢和春秋戰國之君，凡一百一十首。詠歷代帝王者，從伏犧氏開始，止於周世宗，如《黃帝》云：

> 百年功就蛻乾坤，鼎冷壺空迹尚存。別有慶源流不盡，皇朝葉葉是神孫。

《夏禹》云：

> 洪流浩浩浸寰區，民雜蛇龍鳥獸居。長歎當時微帝力，蒼生今日盡爲魚。

《桀》云：

> 大禹辛勤造夏邦，子孫何苦事滛荒。國亡不悟生平罪，翻悔當時不殺湯。

《周文王》云：

> 民疾商辛若寇讎，三分天下二歸周。文王終世全臣節，不念前時羑里囚。

《秦始皇》云：

> 鯨吞六國帝人寰，遣使遙尋海上山。仙藥未來身已死，鑾輿空載鮑魚還。

《武帝》云：

> 武帝英雄類始皇，甘心黷武國幾亡。晚年賴有知人術，解把嬰兒付霍光。

《魏武帝》云：

董呂袁劉電掃空，阿瞞獨步騁奸雄。豈知吳蜀皆人傑，未肯全將鼎付公。

《後主》云：

臨春閣上醉流霞，狎客酣歌興未涯。江左半無陳日月，君臣猶聽後庭花。

《唐太宗》云：

仁義誰云不可行，文皇親見治功成。德彝可惜身先死，豈信人間有太平。

《周世宗》云：

高平決戰破劉旻，北取三關速若神。大業未成天命改，殿前點檢是眞人。

詠古今名賢和春秋戰國之君，起於許由，止於徐有功，如《許由》云：

肥遁箕山不可尋，高名不朽到於今。尚留昔日洗耳水，爲洗世人爭競心。

《太公》云：

隱迹蟠溪七十餘，釣灘清淺鬢蕭疏。滿懷韜略爲香餌，只釣文王不釣魚。

《齊桓公》云：

諸侯九合霸圖成，晉宋江黃盡會盟。惟有召陵功最直，包茅不貢故來征。

《吳王夫差》云：

西施未必解亡吳，祇爲讒臣害霸圖。早使夫差誅宰嚭，不應麋鹿到姑蘇

《狄仁傑》云：

武火方炎李欲灰，忠良何力可能回。斗南人有擎天手，爲向虞淵取日來。

王十朋工於詩，朱熹曾稱其詩作「渾厚質直，懇惻條暢」〔註 12〕。然而上引其詠史組詩諸作，均是取最常見史實敷衍成詩，既沒有新穎深

〔註 12〕朱熹《王梅溪文集序（代劉共父作）》，《晦庵集》卷七五。

刻的議論，也不見富於感染力的抒情，在《梅溪集》中只能算是下乘之作，因此有學者認爲「或是教育兒童之作也」〔註 13〕。

陳造（1133～1203），字唐卿，號江湖長翁。其《江湖長翁集》卷一八收錄有不少詠史詩，其中《劉向二首》、《梁元帝二首》、《管仲二首》、《孔明二首》、《東坡二首》、《王逢原二首》、《曹魏二首》、《袁本初二首》、《光武二首》、《高祖二首》、《相如二首》，體制完全相同，應是有意識的組詩創作。四庫館臣稱其文「其文則恢奇排奡，要亦陳亮、劉過之流」〔註 14〕，他的詠史組詩作品也多錚錚豪語，以氣勢見長。

楊簡（1141～1226），字敬仲，學者稱慈湖先生。其《慈湖遺書》卷六有《歷代詩》，由《三皇五帝》、《夏》、《商》、《西周》、《東周》、《秦》、《西漢（即前漢）》、《東漢（即後漢）》、《三國》、《西晉》、《東晉》、《宋》、《齊》、《梁》、《陳》、《隋》、《唐》、《五代》、《宋》諸篇構成，以詩歌形式記述中國歷史發展的歷程，語言通俗，風格卑陋，疑是爲教育童蒙所作。

劉克莊（1187～1269），字潛夫，號後村，江湖詩派的代表人物。他創作的詠史詩極多，是宋代詠史詩研究中需要特別關注的人物。《後村集》中現有《雜詠一百首》兩卷二百首，將歷史人物分爲十臣、十子、十節、十隱、十儒、十勇、十仙、十釋、十婦、十妾、十豪、十辨、十智、十貪、十儉、十嬖、十醫、十卜、十稚、十女等類別進行歌詠。如十臣之《萇弘》：

宗周危可憫，萇叔死非難。臣血三年碧，臣心一寸丹。

十子之《扶蘇》：

詔自沙丘至，如何便釋兵。君王令賜死，公子不求生。

十節之《陶淵明》：

卜築堪容膝，休官免折腰。寧書處士卒，不踐寄奴朝。

〔註 13〕張政烺《講史與詠史詩》，國立中央研究院《歷史語言研究所集刊》第十本，民國三十七年，第 635 頁。

〔註 14〕《四庫全書總目》卷一六一。

十隱之《梁鴻》：

肅宗漢明主，猶惡五噫詩。一旦拂衣去，世人那得知。

十儒之《伏生》：

偶脱驪山厄，龍鍾九十餘。誰知漢掌故，傳得不全書。

十勇之《廉頗》：

浪説三遺矢，猶堪一據鞍。君王不自試，耳目信人難。

十仙之《列子》：

肉身無羽翼，那有許神通。會得泠然意，人人可禦風。

十釋之《達摩》：

直以心爲佛，西來説最高。始知周孔外，別自有英豪。

十婦之《阿嬌》：

甫聞阿嬌進，又報衛娘留。莫倚金爲屋，重重只鎖愁。

十妾之《綠珠》：

向來金谷友，至此散如雲。卻是娉婷者，樓前不負君。

十豪之《孫策》：

魚服俄離網，龍泉忽缺鋩。卻將江左業，分付紫髯郎。

十辨之《蘇秦》：

常產常心論，平生不謂然。晚知蘇季子，佩印爲無田。

十智之《楊脩》：

老賊有肝鬲，多爲德祖窺。誰令預籌事，更與共觀碑。

十貪之《董卓》：

虎視無強對，鴟張有篡心。可憐臍裏燭，不照塢中金。

十憸之《馮道》：

坐閱數朝主，竟爲何代人。漢官揚歷遍，獨自作師臣。

十嬖之《高力士》：

五十年間事，渾如曉夢餘。三郎南內裏，何況老家奴。

十醫之《華佗》：

古來神異少，天下妄庸多。文帝能全意，曹瞞竟殺佗。

十卜之《嚴君平》：

賣卜本逃名，下簾無市聲。如何穹壤內，知世有君平。

十稚之《甘羅》：

函谷非無士，登庸乳臭兒。空令園綺輩，頭白不逢時。

十女之《緹縈》：

天子覽書悲，肉刑無復施。不惟嘉烈女，亦自活神醫。

劉克莊在創作上貪多務得，追求數量，其《八十吟十絕》中云：「誠齋僅有四千首，惟放翁幾滿萬篇。老子胸中有殘錦，問天乞與放翁年。」因而他的詩歌往往有「詞病質俚而意傷淺露」〔註15〕的弱點。看這二百首詠史，這一弱點暴露得更爲明顯。

趙㦤，字成德，號吟嘯，爲劉克莊同時代的詩人。他創作有《詠史二十二首》，全爲五言絕句，從上古時期一直寫到五代。劉克莊對趙㦤頗爲推重，稱其詩歌「宗晚唐，然稍超脫，不爲句律所縛」〔註16〕，然就這一詠史組詩而言，多淡而無味之作，如最後一首「坤輿聊底定，鼎祚又更新。五代無眞主，世宗差可人」，缺乏詩歌的意趣和興味。

徐鈞，字秉國，號見心，南宋末期詩人，宋亡不仕，以教授爲業。他曾據《資治通鑒》所記事實，爲史詠一千五百三十首。今存《史詠集》二卷，五代部分已佚失。茲摘錄數首，以窺其詠史創作風貌之一斑。

《衛鞅》：

心術刑名太刻殘，網深文峻眾心寒。倉忙客舍無歸處，始悔當年法欠寬。

《屈原》：

託興妃嬪疑褻嫚，幻言神怪似荒唐。若無一點精忠節，未必文爭日月光。

《武帝》：

一曲秋風已悔心，此機開導竟無人。後來不下輪臺詔，黷武求仙又一秦。

〔註15〕《四庫全書總目》卷一六三。

〔註16〕劉克莊《題趙㦤詩卷》，《後村集》卷三一。

《光武》：

功成論道息干戈，武將森森學問多。養得文風名節盛，自三代下莫能過。

《孔明》：

草廬初志漢重興，向洛趨秦擬策勳。芒角一星如未墜，不就天下只三分。

《後主》：

一曲庭花景未央，匆匆投井事堪傷。休言王氣東南盡，卻是君王自趣亡。

《狄仁傑》：

天理何曾一日亡，始終感悟爲存唐。平生獨有知人鑒，身後功名付老張。

《杜甫》：

萬里飄零獨此身，詩魂終蠻浣花村。寧貧寧凍寧饑死，一飯何曾忘至尊。

徐鈞《史詠集》今有《宛委別藏》本和《續金華叢書》本，集中所附黃溍與許謙二序，談《史詠集》旨趣，兼及詠史詩發展的一些情況，很值得注意。黃溍序云：

……後之君子有作，其文則史，其義則於《春秋》無取焉。仁人志士覽其事而有慨於心，莫不爲之發憤抑鬱，嗟歎而詠歌之。然或因一人，或因一事以爲言，若王仲宣、曹子建之於三良，張景賜之於二疏，謝宣遠之於張子房，盧子理之於霍將軍，是已。惟左太沖所賦頗及戰國秦漢事。未有窮搜極討上下古今備究其得失而無遺者。唐之詩人間有興懷陳迹，章聯句續至於累百而止，顧其言多卑近，徒以資兒童之口耳，於名教何預乎？金華蘭溪徐章林先生夙有聞家庭所傳先儒道德之說，而猶精於史學，凡司馬氏《資治通鑒》所記君臣事實可以寓褒貶而存勸誡者，人爲一詩，總一千五百三十首，命之曰史詠。其大義炳然一本乎聖經之旨，誠有功於名教者也。

許謙序云：

> 今觀是詩，分類立名已凜凜乎大義。如孟子、鄒衍《史記》同傳，今則別諸子於諸儒。登豫讓於義節之首。名曹丕父子無異於諸臣。又如謂漢高爲義帝發喪而宴樂於彭城，孝文惜露臺之百金而不愛銅山之鉅萬，光武之量不及伯升，昭烈之賢過於光武，邵陵厲公、高貴鄉公本非凡主，特迫於大權之已移，若此者皆顯微闡幽之意。協之於音韻，播之於聲歌，殆將使人詠史繹之，自興起其善善惡惡之意，於《詩》《書》《春秋》之遺法蓋一舉而兼得矣。

可以看出，徐鈞《史詠集》創作的宗旨，在於發揚《春秋》之義，善善惡惡，結合宋代新的史學成果，給歷史人物以符合綱常標準的評價。另外，黃序中所提到的「興懷陳迹、章聯句續至於累百而止」的「唐之詩人」，當是指胡曾、周曇等人，他們的詩歌「資兒童之口」，說明詠史詩是當時兒童諷誦的重要內容。《史詠集》等大型詠史組詩既是針對唐代作品不預名教而又多爲兒童學習諷誦的狀況而作，那麼當然與童蒙教育有著密切的聯繫。

鄭思肖（1241～1318），字憶翁，號所南，是宋元易代之際著名的遺民詩人。他創作有《一百二十圖詩集》，據其自敘，這些詩作「或遇圖而作，或遇事而作，而或者又欲俱圖之」，是典型的題畫詩，由於大多是歷史題材，因此又可目之爲詠史詩。這一百二十首詩歌均爲七言絕句，詠歷史上著名故事和富於戲劇性的場景。其中的部分作品，如《屈原餐菊圖》、《蘇李泣別圖》等，反映了作者懷念故朝的情思。但更值得注意的是，《一百二十圖詩集》在題材上與當時流行的戲文和雜劇等通俗文學有驚人的相似之處，比如《莊子夢蝴蝶圖》、《孟嘗君度關圖》、《范蠡扁舟圖》、《秋胡子圖》、《張子房遇黃石公圖》、《周亞夫細柳營圖》、《蘇武牧羊假寐圖》、《司馬相如題柱圖》、《張騫乘槎圖》、《朱買臣賣柴圖》、《西王母蟠桃宴圖》、《嚴子陵垂釣圖》、《先主三顧草廬圖》、《王祥剖冰圖》、《孫康映雪讀書圖》、《周處除三害圖》、《爛柯圖》、《唐明皇遊月宮圖》、《倩女離魂圖》、《崔智韜虎妻圖》、《陳摶睡圖》、《東坡前赤壁賦圖》等，宋元戲文或雜劇中都存在相同題材的作品。這提醒我們，在宋末元初，中國人心中的歷史世界和歷史知識在更廣泛的社會群體中有了一致性。

陳普（1244～1315），字尚德，號懼齋。宋亡後，元三次辟爲本省教授，不起。隱居授徒，四方及門者歲數百人，學者稱石堂先生。其《石堂先生遺集》有《詠史》上下兩卷，詠歷代人物，從《有虞氏》開始，止於《朱文公》，共計三百四十餘首，詩下多有其自注。如《有虞氏》云：

> 天生瞽瞍非無意，帝降娥皇更有心。萬點歷山煙雨淚，後來化作幾曾參。（自注：不瞽叟不足以教萬世父子，不像不足以教萬世兄弟，不羑里、陳蔡不足以教萬世處窮達，不顏回不足以教萬世處生死，不伯夷、叔齊不足以立天地之常經，不伊、周、泰伯不足以盡古今之通義。凡此數項大節目，若天所爲。）

《秦皇》二首云：

> �道飛翬拂若枝，東門看日浴咸池。生前有力移天地，死後無人予席帷。（自注：若木，日落處也。始皇立石東海朐界中，以爲秦東闕。）
>
> 江神返璧事何新，海若湘君亦伐秦。一炬東來燒不了，更勞墓上牧羊人。（自注：牧羊，即宮殿成墟。沉璧而江神不受，夢與海神戰而遇風，足以見鬼神之怒矣。地上宮室焚於項羽，地下百司宮觀盡於牧羊者，是造物欲滅其迹，不使留於天地間也。）

《唐太宗》云：

> 文皇仁義播敷天，李氏無倫三百年。末路荒唐如煬帝，蜀江更起度遼船。（自注：唐太宗進鋭退速，才及五伯，一退即死，又貽國家無窮之禍。由其不知正心養氣故也。）

陳普是宋末元初理學家，清代李清馥《閩中理學淵源考》卷四〇有「福寧陳石堂先生普學派」，其詠史詩是其理學思想的注解，用嚴格的道德標準來評判歷史人物，多少帶著道學家的頭巾氣。其詩中的自注，對儒家義理進行了深入的闡發，是作者讀史心得的記錄，同時也很有可能是作者講學所用的底稿。

平心而論，南宋詠史組詩在作品數量上雖然很可觀，但大多意念直露，語言拙俗，在藝術上是不高明的。但它的文學史和文化史的意義卻應當引起我們高度的重視。兩宋之際，宋學興起並最終取代了漢學成為學術發展的主流。在史學領域，「究天人之際，通古今之變」、總結前代興衰成敗的歷史經驗的修史思想受到了質疑和批判，宋代史家認為歷史不應該是史料和史事的單純記載，而應該是在儒家思想的指導下，表現褒善貶惡的「春秋」精神，並最終把儒家倫常作為評判是非得失的最高準則，胡寅強調「不以成敗得失論事，一以義理斷之」〔註17〕，朱熹批判《左傳》時說「左氏之病，是以成敗論是非，而不本於義理之正」〔註18〕，均是此意。因此，歷史人物和歷史事件都要放到儒家倫理綱常和道德準則這個天平上，重新進行價值判斷。在這個背景下，大型詠史組詩的出現，就帶有對歷史進行重新梳理和總結的意味。王十朋、徐鈞、陳普等人的大型組詩，歌詠範圍上溯遠古，下及近世，均是以儒家義理解讀歷史和評騭人物，反映了時代對於文學的要求。同時，宋人在詠史組詩中喜對歷史分類立名，也可以看出學術思想和史學思想對文學的影響，表現出宋人對歷史形而上的思維方式，例如劉克莊將歷史人物分為十臣、十子、十節、十隱、十儒等加以歌詠。大量的小型詠史組詩也有這樣的傾向，例如張載《八翁吟十首》詠傅說、呂尚、老子、莊子、諸葛亮等，蒲壽宬《詠史八首》分詠陶侃母、黔婁妻、謝道韞、蔡文姬、鮑宣妻、樂羊子妻、朝鮮婦、孟光八位女性，方鳳《懷古題雪十首》（實存九首）詠《韓王堂雪》、《伊川門雪》、《蘇武窖雪》、《長安落雪》、《李伋郊雪》、《韓愈關雪》、《陶穀茶雪》、《孫康書雪》、《李愬懷雪》等等。詠史組詩中各單元的聯綴，並不依靠時間線索而是分類立名，反映了宋代詠史組詩總結歷

〔註17〕胡寅《致堂讀史管見》卷九《晉紀·安帝》。
〔註18〕《朱子語類》卷八三。

史時義理化的特徵。另外，宋人常以詩歌作爲教育兒童之用。如南宋史浩作《童丱須知》三十章，包括《君臣篇》、《父子篇》、《夫婦篇》、《長幼篇》、《朋友篇》、《祭祀篇》等，其序云：「予起身寒微，頗安儉素，非官至未嘗陳觴豆。退處率多暇日，間口占數語以訓兒孫，使知事君、事親、修身、行己之要。錄之幾百篇，目曰《童丱須知》。不敢以示作者，姑藏其家。欲其易曉，故鄙俚不文，然比之嘲風弄月則有間矣，留心義方者有取於斯焉」〔註19〕，可見這一類詩歌創作的著眼點並不是詩歌藝術本身。詠史詩也是宋代兒童教育的重要內容，因此宋代詠史詩創作與蒙學教育有著密切的關係。宋代詠史組詩尤其是南宋時期大型詠史組詩多道德訓戒的內容，許多作品語言質俚、風格平庸，王十朋等許多作家的詠史詩的藝術質量遠遜於其他作品，其原因正在於此。這說明在宋代詠史詩這種藝術形式承載了更多的社會功能。借助於教育，詠史詩擁有了更普遍、更廣泛的讀者，因此在普及歷史知識、統一歷史認識方面發揮了重要的作用。

三、地域文化與詠地方風物及先賢的大型組詩

中國疆域廣闊，不同地域的文化一直存在著差異性。從大的方面說，南方與北方由於氣候等自然條件以及文化傳統的不同，在風俗、學術乃至文學藝術風格等方面都有較大的差別。從稍小一些的角度看，漢文化又可分爲三秦、三晉、齊魯、燕趙、荊楚、吳越、巴蜀等不同文化圈。如何削除各個地域的分離主義因素，鞏固中央集權，是中央政府必須著力解決的重大課題。宋朝對這一問題的處理，並不是試圖泯滅各地域的文化個性，而是相反地，大力加強地方文化建設。這包含兩方面的內容，一方面，對不影響中央政權統治的各地文化差異予以認同；另一方面，大力表彰各地先賢名儒，確立封建倫理綱常作爲道德規範，以淳化民風，推動整個社會的文明進程。

其中一個典型的例子，就是大量地方志書的編寫。南宋是中國地

〔註19〕史浩《鄮峰眞隱漫錄》卷四九。

方志定型成熟的時期，流傳至今的地方志便有二十七種之多〔註20〕。修志的目的，在於弘揚地方文化，「使四方知是邦於是爲盛」〔註21〕，增強民眾的地域認同感和榮譽感。而另一方面，從這些方志的編寫，我們可以看出宋代政府和士人借弘揚地方文化確立以道德爲中心的社會價值標準的努力。如馬光祖在《景定建康志》序中說：

> 忠孝節義，表人材也；版籍登耗，考民力也；甲兵堅瑕，討軍實也；政教修廢，察吏治也；古今是非得失之迹，垂勸鑒也，夫如是，然後有補於世。

董弅在《嚴州圖經》序中說：

> 豈特備異日職方舉閏年之制，抑使爲政者究知風俗列病，師範先賢懿績，而承學晚生，覽之可以揖睦而還舊俗，宦達名流，玩之可以全高風而勵名節。

這些言語十分清楚地表述出地方志書編撰的意義和功能，也從一個側面展現出宋代地方文化建設的核心內容。也就是說，宋朝國是，不僅僅是要求政治上的統一，還有意識形態領域「一道德，同風俗」的深刻涵義。

在這個大背景下，文學創作中歌詠地方風物，讚美地方先賢的大型組詩開始大量湧現，在南宋時期尤多。這類詩歌並不全都是詠史詩，但顯然是受到詠史組詩影響的產物。大型詠史組詩在初起時便在內容上包括一定的地域性因素，晚唐胡曾、汪遵的詠史組詩以地名爲題〔註22〕，五代時由於國家的分裂和地方的割據，有作家借鑒這一形式專詠地方歷史，如南唐的朱存，曾作《金陵覽古詩》二百首，《十國春秋》卷二九載：「朱存，金陵人。保大時常取吳大帝及六朝興亡成敗之迹作覽古詩二百章，章四句。地志家多援以爲證。」《金陵覽古詩》均爲七言絕句，風格上也平易淺顯，顯然受到胡曾等晚唐詠史

〔註20〕王德恒、許明輝、賈輝銘《中國方志學》，文化藝術出版社，1994年，第58頁。

〔註21〕梁克家《淳熙三山志序》。

〔註22〕今存汪遵詠史詩58首，只有5篇以人名爲題，其餘均以地名爲題。

組詩作家的強烈影響。至宋朝，在地方文化勃興的背景下，以大型組詩形式歌詠地方名勝和先賢，遂成一代風氣。

楊備，字修之，仁宗時人，曾作《姑蘇百題》、《金陵覽古百題》，並各注其事於題下，成集行世，已佚。

華鎮曾作《會稽覽古詩》一百零三篇，「山川人物，上自虞夏，至於五季，爰暨國朝，苟可傳者，皆序而詠歌之。歷按史策，旁考傳記以及稗官瑣語之所載，咸見採摭」〔註23〕。只是這些詩歌多佚，只有《宋詩紀事》錄其中九首。

阮閱，字閎休，一字美成，號散翁，又號松菊道人，神宗元豐八年（1085）進士，有《郴州百詠》一卷，是徽宗宣和年間知郴州時所作。其自序云：「郴古桂陽郡，陳迹故事盡載圖史，亦間見於名人才士歌詠，如杜子美《寄聶令入郴州》、韓退之《郴江》、柳子厚《登北樓》、沈佺期《望仙山》、戴叔倫《過郴州》之類是也。山川寺觀之勝，城郭臺榭之壯，未經品題者尚多，亦可惜爾。余官於郴三年，常欲補其闕，愧無大筆雅思可爲。然因暇日時強作一二小詩，遂積至於百篇，雖不敢比迹前輩，使未嘗到湖湘者觀之，亦可知郴在荊楚自是一佳郡也。」今傳《郴州百詠》已不滿百數，當是流傳中有所散佚，試錄數首如下：

《蘇仙觀》：

寂寂星壇長綠苔，井邊橘老又重栽。城頭依舊東樓在，未見當時鶴再來。

《孝婦塚》：

國史班班有舊聞，欲將重說與郴人。教知蔡婦潸然意，可比神仙潠酒神。

《蔡倫宅》：

竹簡韋編寫六經，不知何用搗枯藤。自從杵臼深藏後，採楮舂桑事已更。

〔註23〕張淏《會稽續志》卷五。

四庫館臣認爲阮閱詩「多入論宗，蓋宋代風氣如是」，但「尙罕陳因理障之語」，「往往自有思致」〔註24〕，今觀《郴江百詠》諸作，確以清新流暢、風情朗麗見長。

南宋時期，歌詠地方風物和先賢的風氣更盛，以「百詠」爲題的大規模組詩較北宋更多。許尙，自號和光老人，有《華亭百詠》一卷，四庫館臣認爲「作於淳熙間」〔註25〕。這一組詩取華亭（今上海松江）一帶古迹，每一事爲一絕句，題下各爲注。如《陸機茸》：

（題下注：）在谷東，吳陸遜生二孫，常於此遊獵，今名桑陸，又名吳王獵場。

二陸爲童日，驅馳屢忘歸。至今桑柘響，禽鳥尙驚飛。

《秦皇馳道》：

歎息秦皇帝，何年此逸遊。迢迢大堤路，千古爲嗟羞。

《陸四公廟》

（題下注：）又名陸司空。

晉傑云亡久，嘉名未遽湮。嚴祠坐遺像，猶解福吳民。

古人稱「五言絕句，古雋尤難；搦管半生，望之生畏」〔註26〕，要以二十言寫出波瀾和興味，確實需要較強的藝術功力。《華亭百詠》全爲五言絕句，卻大多平淡無味。《四庫全書總目》論之云：「弔古之詩，大抵不出今昔之感，自唐許渾諸人，已不能拔出窠臼。至於一地之景，衍成百首，則數首以後，語意略同，亦固其所。厲鶚作《宋詩紀事》僅錄其《陸機茸》、《三女岡》、《征北將軍墓》、《顧亭林》、《白龍洞》、《俞塘》、《普照寺》、《陸瑁養魚池》、《唳鶴灘》、《湖光亭》十首，亦以其罕逢新警故也。」

曾極，字景建，號雲巢，寧宗嘉定間以題金陵行宮龍屏詩抨擊偏安一隅，忤史彌遠，貶道州，卒於貶所。曾極有《金陵百詠》一卷，全部爲七言絕句，題下多有自注。其《天門山》云：

〔註24〕《四庫全書總目》卷一五七。
〔註25〕《四庫全書總目》卷一六一。
〔註26〕潘德輿《養一齋詩知》卷二。

（題下注：）在當塗西南三十里，又名蛾眉山，夾大江，東曰博望，西曰梁山。又號東西梁山。李白銘有曰：梁山博望，關扃楚濱。夾據洪流，實爲吳津。兩坐錯落，如鯨張鱗。惟海有石，惟川有神。牛渚怪物，日圍車輪。光射島嶼，氣淩星辰。卷沙揚濤，溺焉殺人。國泰呈瑞，時詭返珍。開則九江納錫，閉則五岳飛塵。天險之地，無德匪親。

鯨翻鼇負倚江潭，天險由來客倦談。高屋建瓴無計取，二梁剛把當殽函。

《新亭》云：

（題下注：）新亭在城南十五里。《金陵覽古》：在江寧縣十里。洛陽四山圍，伊、洛、瀍、澗在中。建康亦四山圍，秦淮、直瀆在中。故云：風景不殊，舉目有山河之異。李白云：山似洛陽多，許渾云：只有青山似洛中，謂此也。蔡巃作天津橋，亦以此。

青山四合遶天津，風景依然似洛濱。江左於今成樂土，新亭垂淚亦無人。

上二首詩，四庫館臣論曰：「大抵皆以南渡君臣畫江自守、無志中原而作，其寓意頗爲深遠」〔註27〕。再如《金陵》：

（題下注：）楚威王以其地有王氣，埋金鎮之，故曰金陵。或曰：以其地接華陽金壇之陵。

鑿地破除函谷帝，埋金厭勝郢中王。興亡總不關君事，五百年前枉斷腸。

《吳大帝陵》：

老瞞虎裂橫中州，何物生兒作仲謀。四十帝中功第一，壞陵無主使人愁。

《卞將軍墓》：

握節顏公拳透爪，歸元先軫面如生。晉陵發掘今無主，獨有忠魂只冶城。

〔註27〕《四庫全書總目》卷一六〇。

曾極有堅定的愛國思想，一生未仕，政治上又飽受迫害，憤懣不平發之爲詩，使其《金陵百詠》「詞意悲壯，有磊落不羈之氣」，正如四庫館臣所說：「蓋其憤激之詞，雖不無過於徑直，而淋漓感慨，與劉過《龍洲集》中詩句氣格往往相同，固不徒以模山範水爲工者也。」

蘇泂（1170～？），字召叟，曾從陸遊學詩，有《金陵雜興二百首》，也全部都是七言絕句。其中有一些譏刺時世的作品，例如：

兵戈喋血只空回，天意人情未可猜。堪笑當時誰督府，卷旗夜半渡長淮。

紹興三十一年（1161），金海陵王完顏亮率兵侵宋，建康都統制王權一聽金軍渡淮，便望風披靡，不戰而退。蘇泂此詩，是對王權的諷刺。

《金陵雜興二百首》中更多的是一些色彩清麗的小詩，帶著些感懷往事的淡淡憂傷，例如：

小小規模似禁中，分明夏禹欲卑宮。白頭官吏知年幾，猶指屏風說孝宗。（注：龍屏乃淳熙中降下示必行幸。）

清唱聞之妓女家，依稀猶似後庭花。重樓複閣參天起，不見佳人張麗華。

石頭城上更高層，與客攜壺試一登。屈曲江流學秦篆，春風應是李陽冰。

四庫館臣認爲這一組詩「多至二百首，尤爲出奇無窮。周文璞爲作跋，以劉禹錫、杜牧、王安石比之，雖稱許不免過情，要其才力富贍，實亦一時之秀也」〔註28〕，是較中肯的評價。

方信孺（1177～1223），字孚若，號好庵，有《南海百詠》一卷，均爲七言絕句，題下多有自注。如《十賢祠》：

（題下注：）在郡治之城上。前太守常以吳隱之、宋璟、李尚隱、盧渙、李勉、孔戣、盧鈞、蕭昉爲八賢，蔣穎叔復以滕修、王綝益之，爲十賢祠，自作序贊，列名刻石。別有八賢祠，蓋潘美、向敏中、余靖、魏瓘、邵曅、陳世卿、陳從易、張頡也，乃連帥周自強所立。

〔註28〕《四庫全書總目》卷一六三。

晉唐相望已千年，香火如今數十賢。不見古人空再拜，祠堂西去有貪泉。

《貪泉》：

（題下注：）在石門，乃吳隱之酌泉賦詩處。《番禺雜誌》云：劉龑惡其名，運石塡之。或云爲寺僧所塞，今未詳。有唐天寶中陳元伯所撰碑銘，今舁暨廣平堂中。

泉本無貪泉自清，何須一酌始忘情。回車勝母君知否，見說曾參亦好名。

《達磨石》

（題下注：）在廣慶寺西，俗傳達磨坐禪處。平坦光瑩，廣一丈餘。

蔥嶺初無一字傳，名山到處即爲禪。只今石上留公案，面壁何須更九年。

方信孺因忤權相韓侂冑，晚年被貶南方，因而有《南海百詠》之作。史載其「性豪爽，揮金如糞土」，「自放於詩酒」〔註29〕，這種個性使得他在貶竄時期的詩作也不見絲毫衰颯之氣。

張堯同，寧宗以後人，有《嘉禾百詠》一卷，全爲五言絕句，每首之後皆有附考。現摘錄數首如下（附考略）：

《胥山》：

馬革浮屍去，君王太忍人。此山空廟貌，何以勸忠臣。

《范蠡湖》：

少伯曾居此，螺紋吐彩絲。一奩秋鏡好，猶可照西施。

《宣公橋》：

祇因裴少保，功業敗垂成。往往橋邊客，今猶恨未平。

《五柳橋》：

爲懷陶靖節，無復見其人。誰種橋邊柳，猶含舊日春。

《嘉禾百詠》四庫館臣認爲「詞雖不甚工，而自吳越以來，嘉興典故，頗可得其梗概」〔註30〕，其實通過上引的幾首詩歌，我們發現這些小

〔註29〕《宋史》卷三九五。

〔註30〕《四庫全書總目》卷一六五。

詩往往情韻悠長，富於詩味。張堯同就是嘉興人，寫家鄉的山水古迹，筆端常帶感情，《嘉禾百詠》應算是一部用心之作。

董嗣杲，字明德，號靜傳，宋亡後，入山爲道士，改名思學，字無益，作有《西湖百詠》二卷，現存四庫全書本每首之後附明代陳贄「和韻」，皆爲七言律詩，題下有注。如《和靖先生墓》：

> （題下注：）在孤山東北隅。錢塘隱士林逋，字君復，童鶴自隨，結廬於此。累詔不起，賜號和靖處士。天聖六年卒，諡和靖先生。葬所居後。紹興中建御園，有詔勿遷此墓。
>
> 詔旨天頒起臥龍，首丘甘老水雲東。一聯香影孤山月，兩架茅茨萬古風。有鶴有童家事足，無妻無子世緣空。清標卓絕何人繼，表表仙宮壟樹中。

《六一泉》：

> （題下注：）在孤山西。歐陽文忠公將老，自號六一居士。杭僧惠勤，文而能詩，出公門下。東坡倅杭時，嘗因公所囑，到官三日訪之。明年，文忠薨，坡哭於勤舍。坡離杭十八年，重來守杭，則勤已示寂。堂後有泉，因推本其意名之，泉銘在亭上。坡於泉後鑿石爲室，名東坡庵。
>
> 一別孤山十八年，重來忍見講堂泉。當時同出師門下，今日多傷井屋前。取重歐公名有自，肯教勤老迹空傳。此銘此意流千古，鑿石爲庵不可眠。

四庫館臣認爲董嗣杲「詩格頗工整」，「迥在許尚《華亭百詠》之上也」〔註31〕。董嗣杲這一組詩，格律精嚴，章法整飭，在藝術上頗有可稱道之處。

宋詩中侈談名勝、誇耀先賢的風氣很盛，《四庫全書總目》卷一六五說：「宋世文人學士歌詠其土風之勝者，往往以誇多鬥靡爲工」，這一方面是文人逞才炫博的產物，另一方面也是不同地域間矜奇鬥勝的心理需要。但我們不能忽視的是，這類詩歌中褒忠孝、勵名節的主

〔註31〕《四庫全書總目》卷一六五。

題有逐漸鮮明突出的趨勢。由於中古時代的士族在宋代已基本絕迹，地方官員在地方和基層社會扮演著越來越重要的角色。許多地方官在走馬上任後，即尋訪地方上的前代名賢，或建祠立廟，或形諸題詠，都有「美教化，移風俗」的含義。一些規模稍小的組詩也有這樣的特徵，如王十朋乾道年間知夔州所作的《夔路十賢》和《續訪得七人》，詠屈原、嚴顏、諸葛亮、杜甫、陸贄、韋處厚、白居易、柳公綽、寇準、唐介、宋玉、源乾曜、李适之、李吉甫、溫造、程頤、黃庭堅等蜀地歷史名人，都是讚美這些人物才德的作品，其中矜示地方人文昌盛和敦厚風俗的雙重創作意圖是顯而易見的。

四、詠史組詩形式的蔓衍與詠經子、詠孝

宋代還出現了一大批詠經書、詠子書、詠孝道的作品〔註 32〕，而且通常是以組詩的形式出現。這與宋代學術繁榮、教育普及以及道德思潮高漲的文化背景有關。從文學角度看，詠經子、詠孝的作品，受到詠史組詩的強烈影響，不妨將它們看作是詠史詩在在新的歷史環境中的變體。

南宋趙與時《賓退錄》卷二對宋代詠經子之作有非常翔實的記述和評價：

> 古今詠史之作多矣，以經子被之聲詩者蓋鮮。張橫渠始爲《解詩》十三章。《葛覃》曰：「葛蔓青長谷鳥遷，女功興念憶歸安。不將貴盛驕門族，容使親心得盡歡。」《卷耳》曰：「閨閫誠難與國防，默嗟徒御困高岡。觥罍欲解痡瘏恨，採耳元因備酒漿。」
>
> 洪忠宣著《春秋記詠》三十卷，凡六百餘篇。《石碏大義滅親》曰：「惡籲及厚篤忠純，大義無私遂滅親。後代姦邪殘骨肉，屢援斯語陷良臣。」《鄭人來渝平》曰：「鄭人

〔註 32〕唐代亦有詠經子之作，然數量極其稀少。敦煌遺書中有題爲《詠孝經十八章》之殘卷，《新唐書·藝文志》著錄「陸元皓《詠劉子詩》三卷」。可參考趙望秦《唐代詠史組詩考論》，三秦出版社，2003 年，第 214 頁。

來魯請渝平，姑欲修和不結盟。使宛歸卷平可驗，二家何誤作墮成。」

張無垢亦有《論語絕句》百篇。「夫子之文章可得而聞也，夫子之言性，與天道不可得而聞也。」曰：「既是文章可得聞，不應此外尚云云。如何夫子言天道，肯把文章兩處分。」《顏子簞瓢》曰「貧即無聊富即驕，迴心獨爾樂簞瓢。個中得趣無人會，惆悵遺風久寂寥。」

近歲嘗見《紀孟十詩》，題張孝祥作，《於湖集》中無之，必依託者，如「爭地爭城立霸基，焉能一統混華夷。力期行政須求艾，深欲爲王愧折枝。緣木求魚何及計，爲叢驅雀失深思。是宜孟氏諄諄誨，不嗜殺人能一之。異端邪說日交馳，聖哲攻之心費辭。深詆並耕排許子，極言二本闢夷之。復明陳仲廉無取，力斥楊朱義不爲。寄語外人非好辨，欲令大道日星垂。」又黃次伋者，不知何人，賦《評孟》十九篇，極詆孟子，且及子思，漫紀一二。首篇《傳道》八句云：「此道曾參得最眞，寥寥千載付何人。所傳伋也亦無母，誰覺軻乎唱不臣。忠孝缺來今已久，中庸到此盍惟新。願言爲子爲臣者，勿據悠悠紙上塵。」《文王之囿方七十里》一絕云：「庇民德莫大文王，西伯都來百里強。園囿盤遊方七十，斯民何處事耕桑。」蚍蜉撼大樹，可笑不自量也。

若康節先生《觀易》、《觀書》、《觀詩》、《觀春秋》四吟，則盡掩眾作，「一物其來有一身，一身還有一乾坤。能知萬物備於我，肯把三才別立根。天向一中分體用，人於心上起經綸。天人焉有兩般事，道不虛行只在人。」「吁嗟四代帝王權，盡入區區一舊編。或讓或爭三萬里，相因相革二千年。唐虞事業誰能繼，湯武功夫世莫傳。時既不同人又易，仲尼惡得不潸然。」「愛君難得似當時，曲盡人情莫若詩。無雅豈明王教化，有風方識國興衰。知音未若吳公子，潤色曾經魯仲尼。三百五篇天下事，後人誰敢更譏非。」「堂堂王室寄空名，天下無時不戰爭。滅國伐人惟恐後，尋盟報怨未嘗寧。晉齊命令炎如火，文武鎡基冷似冰。
唯有感麟心一片，萬年千載若丹青。」

應該說這段記載已經可以讓我們瞭解宋代詠經子組詩的大概狀況，現略作整理和一些補充。

邵雍是北宋理學五子之一，趙與時對其詩評價最高，可能是由於敬佩邵雍的學術造詣和聲望，不免過譽。不過邵雍所作《觀易吟》、《觀書吟》、《觀詩吟》、《觀春秋吟》四詩，在宋代詠經子詩中，確實算是有詩情、有風致的作品。

張載《解詩》諸篇，除趙與時所引二章外，已佚。今《張子全書》卷一三唯存《題解詩後》一首：

置心平易始通詩，逆志從容自解頤。文害可嗟高叟固，十年聊用勉經師。

《孟子．萬章上》云：「故說《詩》者，不以文害辭，不以辭害志。以意逆志，是爲得之。」因此張載《解詩》當是闡說經義、剖析義理的詩歌。

洪皓（1088～1155），字光弼，徽宗政和五年（1115）進士，卒謚忠宣。洪皓所作《春秋記詠》今天已經失傳，只有《賓退錄》中所載二首可讓我們推想其彷彿。宋代「春秋學」極盛，從清代四庫館臣輯錄的 114 部、1838 卷「春秋學」著作可以看出，宋人之作占 38 部，689 卷，以部數論，恰爲三分之一，以卷數論，則爲三分之一以上。洪皓《春秋記詠》有三十卷、六百餘篇，是時代風氣使然。

張九成（1092～1159），字子韶，自號無垢居士。他精於經學，少時曾師從著名理學家楊時，是程門的再傳弟子。他的《論語絕句》共一百首，全部都是七言絕句，每詩之前先引《論語》原文，然後用詩歌進行闡說。如：

立，則見其參於前也；在輿，則見其倚於衡也。夫然後行。子張書諸紳。

算來只是弄精神，識破於時始悟眞。表裏分明都見了，區區何必更書紳。

又：

> 子曰：克己復禮爲仁。一日克己復禮，天下歸仁焉。
>
> 雖然此影不離形，莫向形中便認眞。形影兩亡都不見，當於此處認斯人。

又：

> 吾與點也。
>
> 於時舍瑟方鏗爾，豈意吾師亦喟然。此際風流人不識，只應瀟灑得心傳。

朱熹不喜張九成的學說，排斥甚力。李清照因張九成對策中有「桂子飄香」之語，作「露花倒影柳三變，桂子飄香張九成」嘲之〔註 33〕。這些可能都影響了後人對張九成的看法。張政烺先生稱其「詩皆鄙俚不成句，既入論宗，復著理障，較之詠史諸家，抑又不如」〔註 34〕，未免抑之太甚。《論語絕句》中的一些詩歌，能在議論中顯示出機巧聰明，並不是一味的陳腐之言。

在宋人詠經子作品中，詠孟子者最多。《齊東野語》卷一六載：

> 人各有好惡，於書亦然。前輩如杜子美不喜陶詩，歐陽公不喜杜詩，蘇明允不喜揚子，坡翁不喜《史記》，王充作《刺孟》，馮休著《刪孟》，司馬公作《疑孟》，李泰伯作《非孟》，晁以道作《詆孟》，黃次伋作《評孟》。若酸鹹嗜好，亦各自有所喜。

孟子作爲聖人的地位在宋代還沒有完全被確立，孔子、孟子再到二程、朱熹這個道統譜系，直到元代才被牢固地樹立。元文宗時，封孟軻爲鄒國亞聖公；明世宗時，去其封號，只稱亞聖。在宋代，尤其是在北宋時期，學者對孟子的批判和駁詰聲勢都不小。《賓退錄》和《齊東野語》所載大量的詠孟子詩，多以批判爲主，可見一時風氣。

〔註 33〕陸游《老學庵筆記》卷二。

〔註 34〕張政烺《講史與詠史詩》，國立中央研究院《歷史語言研究所集刊》第十本，民國三十七年，第 643 頁。

陳普現存《石堂先生遺集》卷五錄其詠經之作百餘首，計詠《大學》一首，詠《中庸》五首，詠《論語》十五首，詠《孟子》一百零五首，詠《毛詩》八首。如：

《論語·孝悌章》：

仁民愛物本親親，有子當年亦見眞。第一注中明體用，洗空千載說經人。

《論語·君子不器》：

大學眞儒恥小成，一源體用要流行。當知萬物備於我，直自修身至治平。

《孟子·孟子見梁惠王》：

道氣淒涼七百年，招賢一舉獨非天。當場禮義難分別，回首空山重惘然。

《孟子·孟子去齊》：

女樂之作恨未忘，時人又爲去齊傷。聖賢出處常如此，道運終天孰主張。

《孟子·齊人妻妾》：

簞瓢門柝不堪貧，奴婢甘心自屈身。駟馬高車光郡國，看來等是乞墦人。

這是借用詩歌的形式宣講經義，談不上有多少文學意味。

除詠經子作品之外，宋代還有詠孝的作品，最有代表性的是林同的《孝詩》。唐代敦煌遺書中有題爲《詠孝經十八章》之殘卷，然而其規模與宋代的詠孝詩不可相提並論。林同（？～1276），字子眞，號空齋處士，福清（今屬福建）人。恭帝德祐二年，元兵破福清，被執，不屈死。林同《孝詩》歌詠古今孝事，計「聖人之孝」十首，「賢者之孝」二百四十首，「仙佛之孝」十首，「異域之孝」十首，「物類之孝」十首，全爲五言絕句，題下有注。如《堯》：

（題下注：）道之大原出於天，堯以是道傳之舜。堯舜之道，孝悌而已矣。

道原自天出，堯以是相傳。曰孝悌而已，人人具此天。

《孟子》：

（題下注：）幼被慈母三遷之教，長師孔子之孫子思。

如何年稍長，汲汲子思師。知是爲兒日，三遷感母慈。

《老萊子》：

年已七十，父母猶存。著斑斕之衣，爲嬰兒戲於親前。

（題下注：）七十已中壽，人生似此稀。絕憐老萊子，猶自作兒嬉。

《江革》：

負母逃難，數爲盜刼去，輒求哀得免。後歸鄉里，每自爲母輓車，時稱巨孝。

輓車極勞苦，逃賊最間關。太息江巨孝，能爲人所難。

《陸績》：

六歲見袁術，懷橘墮地，術曰：陸郎作賓客而懷橘乎？曰：欲歸遺母。術奇之。

陸郎作賓客，懷橘欲何爲。遺母當然事，袁公乃爾奇。

崇孝主題的流行是宋代詩歌中道德主題強化的標誌之一。雖然宋代以前歷代王朝也都推尊孝道，儒家的孝悌倫理一直是占主導地位的意識形態，但在文學中大規模地表現這一主題是到宋代才開始的。林同以大型組詩的形式詠歷代孝事，是宋詩中崇孝主題最典型的反映。只是這些詩作意念直露，藝術上頗不足道。四庫館臣說：「然大旨主於敦飭人倫，感發天性，未可以其詞旨陳腐棄之。況其人始以孝著，終以忠聞，雖零篇斷什，猶當珍惜，是固不僅以文章論矣」〔註35〕，是以人存詩之意。

宋代詠經子、詠孝的詩歌如果僅從文學上去分析，大多很蹩腳。但如果從更寬廣的文化視角去分析，這些詩歌往往是富於認識意義的，它們有助於我們瞭解那個時代文學與學術交叉浸染、生動活潑的發展局面。另外，除了文學，其他藝術形式也有解經的作品，《圖繪寶鑒》卷四載：「馬和之，錢塘人，紹興中登第。善畫人物、佛像、

〔註35〕《四庫全書總目》卷一六四。

山水效吳裝筆法飄逸，務去華藻，自成一家，高孝兩朝深重其畫。每書毛詩三百篇，令和之圖。」反映出經學對藝術廣泛而深遠的影響。

晚唐詠史組詩對宋代詠史組詩創作的影響很大，但是宋人對這一藝術形式進行了革新和發展，其時代特徵也是很鮮明的。一方面，宋代參與詠史組詩創作的作家較唐代有了大幅度的增長，作品數量也急劇增加，詠史組詩所詠歷史人物歷史事件遠較唐代繁富細密，詠史組詩所融攝的歷史內容更爲豐富了，而且在道德思潮興起和歷史觀念轉變的背景下，宋代詠史組詩以嚴格的道德標準評價歷史，在旨趣上也與唐代詠史組詩有所不同。另一方面，在宋代，詠史組詩形式滲入了更多的社會生活領域，與學術、教育、地域文化都有更爲密切的聯繫，表現出宋代文學與社會生活更深層次的融合。詠史組詩在新的文化背景中發生的衍化和嬗變，使這一藝術形式產生了諸多的變體。從總體上看，道德主題的強化以及與多層面社會生活的聯繫，使得宋代詠史組詩被賦予了更多的社會功能，這也是宋詩日常化、生活化特徵的表現，也是在文化繁榮的時代文學泛化的表現。當然，文學泛化的過程也往往是異化的過程，在這一過程中，文學豐富了自身，提升了自身，卻也逐漸喪失了自身。這是宋代詠史組詩表面看極度繁榮，然而大部分作品藝術低劣的原因。

我們說宋代詠史組詩在藝術上有這樣那樣的弱點和缺憾，但不能全盤否定它們在中國文學史的貢獻。清代楊際昌說：「詩家連篇歌詠，須意思錯綜，章法聯貫，分之自爲一章，合之統如一章；又有行乎不得不行之情寄託其間，在作者方非誇鬥，在讀者不厭流連。否則材雖富，句雖佳，總未免平原才多之患，風雅遺則，轉於是衰矣」〔註36〕，這是對組詩這種藝術形式審美理想的闡述。中國古代詩歌，主要是短小的抒情篇章，缺少鴻篇巨製可容納豐富內容的藝術形式。而以組詩的形式結撰篇章，可以突破傳統詩歌體裁某些先天的缺陷。許多宋代

〔註36〕楊際昌《國朝詩話》卷二。

詠史組詩作品單篇看不免平庸瑣碎，但從總體上把握我們卻發現它們自有一股雄渾浩瀚之氣。大部分宋代詠史組詩距離楊際昌所述組詩形式的審美理想尚有距離，但它們是中國文學史上有益的藝術嘗試。

第七章　詠史詩與文藝世俗化的潮流
——從另一個角度看鄭思肖的《一百二十圖詩集》

鄭思肖（1241～1318），字憶翁，號所南，原籍福建連江，淳祐元年（1241）出生於杭州。十四歲時，隨父遷居吳門（今蘇州）。三十五歲時，元滅南宋，鄭思肖遁世隱居，不求聞達，元仁宗延祐五年卒，年七十八。鄭思肖是宋元易代之際著名的遺民詩人，其《一百二十圖詩集》，由一百二十首七言絕句構成。據其自敘，這些詩作「或遇圖而作，或遇事而作，而或者又欲俱圖之」，是典型的題畫詩，由於大多是歷史題材，因此又可目之爲詠史詩。

關於《一百二十圖詩集》，元初柴志道於大德五年（1301）爲鄭思肖父親鄭震《三山鄭菊山先生清雋集》作序時，已經提及：「（鄭震）頗多詩文雜著，有詩曰《倦遊稿》。今山村仇君摭四十首曰《清雋集》，遂冠於所南翁《一百二十圖詩》之首……」可知於《一百二十圖詩集》作於大德五年之前。鄭氏《自敘一百二十圖詩》有「絕交遊，絕著作，絕倡和，以了殘妄爾」之語，那麼這一組詩應大約創作於作者入元之後的晚年。

對於《一百二十圖詩集》的解讀與評價，當今的學者多從鄭氏的故國之思與愛國主義思想入手進行分析，如孫望、常國武主編的《宋代文學史》中說:「(鄭思肖)欲藉此詩此畫以吐久積於胸的憤懣」,「表現了作者懷念故國的情緒和堅守節操的決心」〔註1〕。方勇在其《南宋遺民詩人群體研究》中說:「這一百二十首詩歌所吟詠的依次爲先秦到唐宋間的人物,其中大多是各個時期的忠臣義士,他們都一一成了詩人深深仰慕的偶像,使之獲得了與蒙元政權抗爭到底的精神力量」〔註2〕。陳福康先生說:「作品表面上詠古懷人,其深處則是隱晦曲折地抒發內心複雜的感情」,「瞭解鄭思肖生平的人,不難看出詩中隱含著的對故宋的深沉懷念和對元朝的不滿」〔註3〕。張小麗博士也認爲,在這些「題畫詠史詩作品中,作者寄寓了久積於胸的憤懣」,「一些作品借歷史人物的吟詠表現了作者懷念故國的情思與堅守節操的決心」〔註4〕。鄭思肖的字、號皆宋亡後所改,寓不忘宋室之意。鄭氏善畫墨蘭,宋亡後畫蘭不畫土,根無所憑,以爲地已爲人奪去。鄭氏這些爲人熟知的事迹,很自然地在具體文學批評中起了導向性的作用。《一百二圖詩集》中也確有比較明顯的反映作者易代之悲和忠貞節氣的作品,如《屈原餐菊圖》云:「誰念三閭久陸沉,飽霜猶是傲秋深。年年呑吐說不得,一見黃花一苦心。」《蘇李泣別圖》云:「同爲武帝一時人,忠逆分違感慨深。早信子卿歸漢去,淚痕滴滴滴黃金。」這些作品字裏行間所表露出來的懷念故朝的情思是無可否認的。

但是,通讀《一百二十圖詩集》後,我們會發現,這一組詩內容豐富龐雜,僅用愛國主義之類的字眼去涵蓋它的主題是遠遠不夠的。相反地,如果我們轉換視角,將其置於宋末元初中國通俗文藝蓬勃興起的大背景下去加以考察,我們會發現,《一百二十圖詩集》的題材

〔註1〕孫望、常國武主編《宋代文學史》下冊,人民文學出版社,1996年,第327頁。
〔註2〕方勇《南宋遺民詩人群體研究》,人民出版社,2000年,第193頁。
〔註3〕陳福康《井中奇書考》,上海文藝出版社,2001年,第85頁。
〔註4〕張小麗《宋代詠史詩研究》,陝西師範大學博士學位論文,2006年,第198頁。

指向和主題意蘊，以及作品中表現出來的故事性和戲劇性，與宋元通俗文藝有許多共同點和一致性。這一問題論者尚少，本章試就此進行一些闡述。

一、《一百二十圖詩集》取材上的特點以及與戲文、雜劇題材的一致性

南戲發軔於浙江溫州，宋元時期流行於長江中下游和東南沿海一帶。隨著元滅南宋，原來在北方興盛的雜劇影響擴大到了南方。徐渭《南詞敘錄》中說：「元初，北方雜劇流入南徼，一時靡然成風。」鄭思肖生活的時代，恰在以戲劇藝術爲代表的中國通俗文藝蓬勃興起的時期。通俗文藝的興起，並不簡單表現在藝術形式上的變化，在題材內容上也有不同於正統文學的傾向性。將《一百二十圖詩集》的題材內容與戲文、雜劇歷史題材劇目相比較，我們發現有驚人的一致性。下面以《一百二十圖詩集》中的篇目爲綱，列戲文、雜劇有相同題材者於後〔註5〕。

1、《莊子夢蝴蝶圖》

雜劇有史樟《破鶯燕蜂蝶莊周夢》。

2、《孟嘗君度關圖》

雜劇有庾天錫《孟嘗君雞鳴度關》，已佚。

3、《范蠡扁舟圖》

雜劇有趙明道《滅吳王范蠡歸湖》，《元人雜劇鈎沉》輯存雙調一套。另關漢卿有《姑蘇臺范蠡進西施》，已佚。

4、《秋胡子圖》

元闕名有《秋胡戲妻》戲文，已佚。雜劇有石君寶《魯大夫秋胡戲妻》。

〔註 5〕戲文、雜劇資料主要依據莊一拂《古典戲曲存目彙考》，上海古籍出版社，1982 年。

5、《張子房遇黃石公圖》

雜劇有李文蔚《張子房圯橋進履》。

6、《周亞夫細柳營圖》

雜劇有王廷秀《周亞夫屯細柳營》，已佚。另鄭光祖有《周亞夫屯細柳營》，已佚。

7、《蘇武牧羊假寐圖》

戲文有《蘇武牧羊記》，今傳有明人改本。雜劇有馬致遠《蘇子卿風雪牧羊記》，已佚。

8、《司馬相如題柱圖》

戲文有《司馬相如題橋記》。《宋元戲文輯佚》存殘曲十一支。雜劇有元關漢卿及屈子敬《升仙橋相如題柱》，已佚。

9、《張騫乘槎圖》

雜劇有王伯成《張騫泛浮槎》，已佚。

10、《朱買臣賣柴圖》

戲文有《朱買臣休妻記》，《宋元戲文輯佚》存殘曲四支。雜劇有庾天錫《會稽山買臣負薪》，已佚。另雜劇有闕名《王鼎臣風雪漁樵記》，按王鼎臣即朱買臣之替名，蓋明初爲避太祖諱而改，《納書楹曲譜》訂有《漁樵》、《逼休》、《寄信》三折，云照元人舊本改定。

11、《西王母蟠桃宴圖》

戲文有《王母蟠桃會》，《宋元戲文輯佚》存殘曲三支。另雜劇有鍾嗣成《宴瑤池王母蟠桃會》，已佚。

12、《嚴子陵垂釣圖》

雜劇有張國賓《嚴子陵垂釣七里灘》，已佚。

13、《先主三顧草廬圖》

雜劇有王曄《臥龍岡》，已佚。

14、《王祥剖冰圖》

戲文有《王祥臥冰》，《宋元戲文輯佚》存殘曲八十一支。雜劇有王仲文《感天地王祥臥冰》，已佚。

15、《孫康映雪讀書圖》

雜劇有關漢卿《孫康映雪》，已佚。

16、《周處除三害圖》

戲文有《周處風雲記》，已佚。雜劇有庾天錫《善蓋厲周處三害》，已佚。

17、《爛柯圖》

戲文有《王質》，《宋元戲文輯佚》存殘曲二支。《寶文堂書目》有元明時無名氏《爛柯山王質觀棋》雜劇，已佚。

18、《唐明皇遊月宮圖》

雜劇有白樸《唐明皇遊月宮》。

19、《倩女離魂圖》

戲文有闕名《倩女離魂》。雜劇有元鄭光祖《迷青瑣倩女離魂》，另趙公輔《棲鳳堂倩女離魂》，已佚。

20、《崔智韜虎妻圖》

雜劇有《人頭峰崔生盜虎皮》，已佚。

21、《陳摶睡圖》

雜劇有馬致遠《西華山陳摶高臥》。

22、《蘇東坡前赤壁賦圖》

雜劇有闕名《蘇子瞻醉寫赤壁賦》。另費唐臣有雜劇《蘇子瞻風雪貶黃州》，題材也與之類似。

考慮到散佚和劇目失載較多的情況，宋元戲文和雜劇在題材上與鄭思肖《一百二十圖詩集》一致的應當還有不少。這反映出《一百二十圖詩集》在取材上與通俗文學的一致性。

與前人的詠史詩相比，《一百二十圖詩集》更多地從逸史、小說等材料而不是從正史中去覓取詩材。如《毛女圖》云：「六國傾城輦入秦，深花密柳鎖青春。神仙自有長生路，豈是阿房宮裏人。」事見漢劉向《列仙傳·毛女》：「毛女者，字玉姜，在華陰山中，獵師世世見之，形體生毛，自言秦始皇宮人也，秦壞，流亡入山避難，遇道士谷春，教食松葉，遂不飢寒，身輕如飛，百七十餘年，所止岩中有鼓琴聲云。」《司馬相如題柱圖》云：「初上昇仙何慷慨，重來衣錦頗從容。男兒意氣當如此，透過禹門方是龍。」事見晉常璩《華陽國志·蜀志》：「司馬相如初入長安，題市門曰：不乘赤車駟馬不過汝下也！」《張騫乘槎圖》云：「牛女宮中事若何，親身曾得上天河。逢人莫說支機石，漏泄蒼蒼意已多。事見《太平御覽》卷八引南朝宋劉義慶《集林》：「昔有一人尋河源，見婦人浣紗，以問之，曰：『此天河也。』乃與一石而歸。問嚴君平，云：『此支機石也。』」又周密《癸辛雜識前集》引南朝梁宗懍《荊楚歲時記》云：「武帝使張騫使大夏，尋河源，乘槎見所謂織女、牽牛。」《西王母蟠桃宴圖》云：「玄圃筵開物外春，萬仙歡笑動精神。蟠桃種子今猶在，誰是三千年後人。」其本事出於《山海經》、《穆天子傳》、《漢武故事》等書。《王祥剖冰圖》云：「母病杯羹意未諧，解衣竟欲臥冰開。有心直透清波下，安得無魚躍出來。」其事最早見於晉干寶《搜神記》卷一一：「（王祥）母常欲生魚，時天寒冰凍，祥解衣，將剖冰求之，冰忽自解，雙鯉躍出。」《許眞君飛升圖》云：「鐵柱遺蹤尚儼然，五陵後必出群仙。當時諶姆說甚麼，四十二人都上天。」其事見《太平廣記》卷一四引唐無名氏《十二眞君傳·許眞君》。《爛柯圖》云：「日出樵柴日落歸，幾年黑白夢紛飛。看來直待斧柯爛，始悟老仙棋外機。」事見南朝梁任昉《述異記》卷上：「信安郡石室山，晉時王質伐木，至，見童子數人，棋而歌，質因聽之。童子以一物與質，如棗核，質含之，不覺饑。俄頃，童子謂曰：『何不去？』質起，視斧柯爛盡，既歸，無復時人。」《南柯蟻夢圖》云：「忘了堂堂六尺身，鬼花生豔幻微春。絕憐蟻窟無分曉，迷盡古今多少人。」事見唐李公佐所作《南柯太守傳》。《唐明皇遊月宮圖》云：「玉仗飛行馭太空，須臾徑到廣寒宮。三郎胸次無高見，落眼蟾蜍光影中。」事出《異聞錄》等書，見周密《癸辛雜識前集》所引。而《王衍舉阿堵物圖》、《竹林七賢圖》、《王子猷看竹圖》、《王子猷訪戴圖》、《阮籍醉眠酒家圖》、《郝隆曬腹書圖》、《張翰思蓴鱸圖》、《孫楚枕流漱石圖》等篇，則取材於《世說新語》。

宋代大型詠史組詩作家，如王十朋、劉克莊、徐鈞等，多取材於正史和《資治通鑒》，而《一百二十圖詩集》則反映了詠史詩題材擇取上的新動向。逸聞野史與正史相比，所記載的人物事件往往具有傳奇色彩和更爲生動的故事內容，《一百二十圖詩集》取材上的特徵，與通俗文學的發展方向相吻合。

二、《一百二十圖詩集》的主題類型與意蘊

《一百二十圖詩集》所蘊含的思想與情感內涵也較以前的詠史作品有了一些區別。鄭思肖是遺民詩人，其作品中有許多反映故國之思和愛國情懷的因素，自不待言。但值得注意的是《一百二十圖詩集》的主題的類型和意蘊帶有新的時代特徵，與雜劇等通俗文藝樣式多有可相互印證者。

《一百二十圖詩集》以詩歌的形式展現了從黃帝至宋代的一幅幅歷史畫屏，看似龐雜，但若稍加歸類，可分爲隱居樂道、神仙道化、文士風流、社會倫理、頌揚前賢等幾種類型。

1、詠隱居樂道者，如《堯民擊壤圖》：

> 百姓相忘堯帝春，耕田鑿井淡無情。只今正是何年月，日日月從東向生。

漢王充《論衡．藝增》：「傳曰：有年五十擊壤於路者，觀者曰：『大哉，堯德乎！』擊壤者曰：『吾日出而作，日入而息，鑿井而飲，耕田而食；堯何等力！』」《藝文類聚》卷一一引晉皇甫謐《帝王世紀》所引歌辭略異，末句作「帝何力於我哉！」鄭思肖此詩本此，抒發了其和光於世的情懷。

《巢父洗耳圖》：

萬事喧喧雜響中，細參巢父意無窮。須還半掬溪邊水，方始教君耳不聾。

宋韓淲《澗泉日記》卷中曰：「譙周《古史考》曰：『許由夏常居巢，故一號巢父。』」晉皇甫謐《高士傳・許由》：「堯讓天下於許由……由於是遁耕於中嶽潁水之陽，箕山之下，終身無經天下色。堯又召爲九州長，由不欲聞之，洗耳於潁水濱。」此詩表現了鄭思肖鄙棄功名利祿的思想。

《許由棄瓢圖》：

天下搖頭不肯爲，恰如瓢掛老松枝。許由不在箕山在，千古高風屬阿誰。

按傳說許由作《箕山操》載，堯時許由隱居箕山，常以手捧水而飲。人見其無器，以一瓢遺之。由飲畢，以瓢掛樹。風吹樹動，歷歷有聲，由以爲煩擾，遂取瓢棄之〔註6〕。後因以「棄瓢」爲隱居的典實。

《榮啓期三樂圖》：

生死悠悠付老天，啓期三樂亦超然。此身不得爲男子，空活人間九十年。

按《列子・天瑞》云：「孔子游於泰山，見榮啓期行乎郕之野，鹿裘帶索，鼓琴而歌。孔子曰：『先生何以爲樂？』曰：『天生萬物，惟人爲貴，吾得爲人，一樂也；男貴女賤，吾得爲男，二樂也；人生有不見日月，不免襁褓者，吾既已行年九十矣，是三樂也。』」因此後世常用「三樂」爲知足自樂之典。

《范蠡扁舟圖》：

烏喙無情奈若何，功成只合理漁蓑。躍身吳越興亡外，一舸江湖風月多。

詠范蠡助句踐進西施滅吳，功成泛五湖事。事見《史記》本傳及《越王世家》。此詩反映了作者欲翻身興亡之外，相忘於江湖的思想。

〔註6〕《先秦漢魏晉南北朝詩》漢詩卷一一，中華書局，1983年，第307頁。

再如《嚴子陵垂釣圖》：

新莽紛紛未有涯，桐江山水頗爲嘉。無心偶向一絲上，釣得清風滿漢家。

詠東漢著名隱士嚴光。

《陶弘景三層樓聽松風圖》：

弘景岑樓插太清，萬龍卷翠響泠泠。此心不出三界看，一片秋聲何處聽。

詠南北朝時著名的道士和隱士陶弘景。

《孟浩然歸隱圖》：

明主憐才若賜官，奔馳微祿負家山。狂吟一首笑歸去，滿路秋光上醉顏。

詠唐代隱逸詩人孟浩然。

元初遺民多喜詠逸民遺賢，這有標榜志氣節操的因素在。但需要指出的是，宣揚隱逸思想也是元代通俗文學的重要主題。朱權在《太和正音譜》中論雜劇有「隱居樂道（又曰林泉丘壑）」一科，元代散曲中普遍存在的歷史虛無和主張遁時避世的觀念也是我們熟知的事實。

2、詠神仙道化者，如《秦女吹簫圖》：

弄玉飄飄仙女姿，鳳凰低舞久相期。簫中應有別一曲，飛出青天影外吹。

詠弄玉飛仙事。傳春秋秦穆公女弄玉，嫁善吹簫之蕭史，日就蕭史學簫作鳳鳴，穆公爲作鳳臺以居之，後夫妻乘鳳飛天仙去。事見漢劉向《列仙傳》。另外，前述《毛女圖》一詩，詠毛女故事，亦出於《列仙傳》。

《張天師飛升圖》：

玉局曾經拜老君，子孫今尚寶元文。要知龍虎山前意，但看空中數片雲。

張天師指漢張道陵，《資治通鑒．後唐莊宗同光元年》：「蜀主詔於玉局化設道場。」胡三省注：「玉局化在成都。彭乘《記》曰：後漢永壽元年，李老君與張道陵至此，有局腳玉床自地而出，老君升坐，爲道陵說《南北斗經》，既去而坐隱，地中因成洞穴，故以『玉局』名之。」張道陵因爲是道教創始人，故各類傳說甚多，鄭思肖此詩便是詠其升仙的傳說。

《一百二十圖詩集》中有幾首是詠「八仙」的，如《張果老倒騎驢圖》：

　　云是堯時丙子生，狂蹤怪迹恣幽情。拗驢面目不須看，
　一任騎來顛倒行。

《藍采和踏踏歌圖》：

　　踏踏歌中天地開，紅顏春樹莫相催。藍袍轉破轉奇特，
　別看仙人舞一回。

《鍾呂傳道圖》：

　　鍾呂喃喃手指空，應談玄牝妙無窮。都來造化只半句，
　不在丹經文字中。

《呂洞賓賣墨圖》：

　　煉就玄玄一塊金，朝磨暮寫愈精神。先生此墨初無價，
　不識誰爲買墨人。

《沈東老遇呂洞賓圖》：

　　東老忘懷相遇時，洞賓爛醉以爲期。聊題不涉毫端句，
　早被石榴皮得知。

這裡所詠張果老、藍采和、鍾離權、呂洞賓等，均屬於後來著名的「八仙」。八仙故事已見於唐、宋、元人記載，元雜劇中亦有他們的形象，但姓名尚不固定。至明吳元泰《八仙出處東遊記傳》裏，始確定漢鍾離、張果老、呂洞賓、李鐵拐、韓湘子、曹國舅、藍采和、何仙姑八人〔註 7〕。鄭思肖這些詩，足可證明八仙故事在宋末元初社會流傳的盛況。

隱居樂道與神仙道化是內涵相通的兩個主題類型。《一百二十圖詩集》「神仙道化」這一題材類型以及表現出來的出塵超脫的主題意

〔註 7〕參見浦江清《八仙考》，《浦江清文錄》，人民文學出版社，1989 年。

蘊，同樣不是孤立的文學現象。朱權在《太和正音譜》中論雜劇有「神仙道化」一科，通俗文學中這一主題類型是非常普遍的，如被稱爲「萬花叢裏馬神仙」的馬致遠，所作《呂洞賓三醉岳陽樓》、《馬丹陽三度任風子》等劇，就是這一題材和主題類型的典型代表。

3、詠文士風流者，如《郝隆曬腹書圖》

七夕庭中羅綺乾，鄰家應是鄙儒冠。文章滿腹無人識，鋪與青天白日看。

所詠故事，出自《世說新語・排調》：「郝隆七月七日出日中仰臥。人問其故，答曰：『我曬書。』」其它如《竹林七賢圖》、《王子猷看竹圖》等取材於《世說新語》者，也多屬此類。

有寫著名文人李白、杜甫、蘇軾的。如《李太白硯靴圖》：

斗酒未乾詩百篇，篇篇奇氣走雲煙。自從捧硯脱靴後，笑看唐家萬里天。

《杜子美騎驢圖》：

飯顆山前花正妍，飲愁爲醉弄吟顛。突然騎過草堂去，夢拜杜鵑聲外天。

《蘇東坡前赤壁賦圖》：

泛舟赤壁痛銜杯，孟德英豪安在哉。何似江山風月妙，不從自己外邊來。

有寫文人與名物的典故的。如盧仝與茶，《盧仝煎茶圖》云：

月團片片吐蒼煙，破帽籠頭手自煎。七碗不妨都吃了，恣開笑口罵群仙。

《玉川長鬚赤腳圖》云：

慣立煎茶屋角頭，低眸頻候雪花浮。一奴一婢亦作怪，不爲先生破屋愁。

盧仝好茶成癖，其《七碗茶歌》最爲燴炙人口：「一碗喉吻潤，二碗破孤悶。三碗搜枯腸，惟有文字五千卷。四碗發輕汗，平生不平事，盡向毛孔散。五碗肌骨清。六碗通仙靈。七碗吃不得也，唯覺兩腋習習清風生……」鄭思肖所詠本於此。

再如林逋與梅，《逋仙探梅圖》云：

雪壓咸平處士家，凍雲鎖暝苦相遮。欲知天上春消息，只覓南枝第一花。

詠宋初和靖先生林逋。林逋種梅養鶴爲伴，人稱「梅妻鶴子」，其《山園小梅》中「疏影橫斜水清淺，暗香浮動月黃昏」之句，廣爲人們所傳唱。

《一百二十圖詩集》寫歷代文士者，多描寫他們灑脫放逸的神態，展現他們風雅瀟灑個性魅力。元雜劇中同屬這一主題類型的也不在少數，如現存的馬致遠《江州司馬青衫淚》、費唐成《蘇子瞻風雪貶黃州》、王伯成《李太白貶夜郎》、鄭光祖《醉思鄉王粲登樓》、喬吉《杜牧之詩酒揚州夢》、無名氏的《蘇子瞻醉寫赤壁賦》等，都是很好的例子。

4、詠社會倫理者。有詠孝的，如前引《王祥剖冰圖》，再如《狄仁傑白雲親舍圖》：

駐馬回頭眺碧空，河陽在望去匆匆。吾親雖舍白雲下，豈出梁公一念中。

按《舊唐書．狄仁傑傳》載：「其親在河陽別業，仁傑赴并州，登太行山，南望見白雲孤飛，謂左右曰：『吾親所居，在此云下。』瞻望佇立久之，雲移乃行。」後多以白雲喻思親之意。

有詠友誼的，如《鍾子期聽琴圖》：

一契高山流水心，形神空靜兩忘情。似非父母所生耳，聽見伯牙聲外聲。

《伯牙絕弦圖》：

終不求人更賞音，只當仰面看山林。一雙閒手無聊賴，滿地斜陽是此心。

《呂氏春秋·本味》載：「伯牙鼓琴，鍾子期聽之。方鼓琴而志在太山，鍾子期曰：『善哉乎鼓琴，巍巍乎若太山。』少選之間，而志在流水，鍾子期又曰：『善哉乎鼓琴，湯湯乎若流水。』鍾子期死，伯牙破琴絕弦，終身不復鼓琴，以爲世無足復爲鼓琴者。」後人多以伯牙、鍾子期爲知音和深切情誼的象徵。

有勸學的。如前引《孫康映雪讀書圖》，再如《車武子聚螢讀書圖》：

武子耽書不暫忘，練囊終夜照淒涼。讀來讀去東方白，笑殺流螢數點光。

《晉書·車胤傳》載：「家貧不常得油，夏月則練囊盛數十螢火以照書，以夜繼日焉。」後常以「聚螢」喻指刻苦力學。

有諷刺世態炎涼的，如《翟公交情圖》：

翟公冷語久逾新，漢世交情古亦今。不被死生貧賤轉，此時方始見人心。

《史記·汲鄭列傳》載：始翟公爲廷尉，賓客闐門。及廢，門外可設雀羅。翟公復爲廷尉，賓客欲往，翟公乃大署其門曰：「一死一生，乃知交情。一貧一富，乃知交態。一貴一賤，交情乃見。」 鄭思肖此詩，有批判人情淡薄的現實意義。

朱權在《太和正音譜》中論雜劇有「孝義廉節」一科，是指宣揚禮教道德的戲劇。以現存雜劇爲例，勵志勸學的，有關漢卿《狀元堂陳母教子》；宣揚友誼的，有宮天挺《生死交范張雞黍》；歌頌孝悌的，有秦簡夫《孝義士趙禮讓肥》；讚美信義的，有秦簡夫《晉陶母剪髮待賓》；推重拾金不昧的，有關漢卿《山神廟裴度還帶》等。可見讚揚美德，規範道德倫理，是雜劇等通俗文學樣式重要的社會功能。

5、頌揚前賢和演繹歷史故事者。如《屈原九歌圖》、《屈原餐菊圖》，歌頌屈原之忠貞。如《毛遂脫穎圖》：

十九人中不數君，當機勇辯獨超群。若非末後脫穎出，爭得英風撥楚雲。

歌頌毛遂自告奮勇、勇負責任的處世態度和英雄主義精神。

如《二疏東門祖帳圖》云：

昔日賢哉二大夫，東門祖帳耀通衢。太平時節獨先去，闔國人知此意無。

二疏指漢宣帝時名臣疏廣與兄子受。廣爲太傅，受爲少傅，同時以年老乞致仕，時人賢之。歸日，送者車數百輛，設祖道，供張東都門外。事見《漢書》卷七一《疏廣傳》。鄭思肖此詩，歌頌了二疏「知足不辱」、「功遂身退」的精神。

再如《先主三顧草廬圖》：

抱膝高吟梁甫時，臥龍致雨未爲遲。若無三顧草廬意，剖出心肝賣與誰。

歌頌劉備與諸葛亮的君臣之義。

另外，《一百二十圖詩集》中還有大量的作品演繹歷史上著名的富有傳奇色彩故事，例如《孟嘗君度關圖》、《張子房遇黃石公圖》、《周亞夫細柳營圖》、《周處除三害圖》等。

朱權在《太和正音譜》中論雜劇有「披袍秉笏（即君臣雜劇）」、「忠臣烈士」等科目，現存雜劇中，關漢卿的《關張雙赴西蜀夢》、《山神廟裴度還帶》，高文秀的《劉玄德獨赴襄陽會》，鄭廷玉的《楚昭王疏者下船》，李文蔚的《張子房圯橋進履》，李壽卿的《伍員吹簫》，狄君厚的《晉文公火燒介子推》，鄭光祖的《虎牢關三戰呂布》，金仁傑的《蕭何月夜追韓信》等眾多的歷史劇目，與《一百二十圖詩集》中這一類詩歌的主題相當類似。

三、詠史詩中的故事性、戲劇性以及淺顯議論

與南宋大量的詠史詩相比，鄭思肖的《一百二十圖詩集》沒有太多道德說教的意味，許多作品的創作重點在於對歷史事實故事性的把握和戲劇性場面的描繪上，這種對歷史知識的藝術化表達方式，是《一百二十圖詩集》世俗化傾向的重要表現。

從《一百二十圖詩集》中作品的名篇方式我們就可以看出一些端倪。《一百二十圖詩集》中各詩篇名，去除「圖」字，往往是一個主謂賓完整的句子，而不是僅是簡單地以人名或地名名篇。相比較而言，這種命題方式由於更突出謂語動詞從而顯得更爲生動，也與詩歌

內容本身故事性的加強有關。唐代孫元晏的詠史組詩也有《魯肅指囷》、《甘寧斫營》、《庾悅鵝炙》、《謝公賭墅》、《苻堅投棰》、《郭璞脫襦》、《謝澹雲霞友》、《小兒執燭》、《明帝裹蒸》、《宣帝傷將卒》等名目，命題結撰方式與《一百二十圖詩集》相同，但終宋一代，詠史詩更關注歷史經驗的總結和道德價值的評判，這種重視詠史詩故事性的寫法一直湮沒不彰，它的重新興起一直等到了入元社會思潮和文藝思潮發生了重大變化之後。

如前所述，《一百二十圖詩集》多取材於逸聞野史，即使從正史中取材，也多擇取那些富有傳奇色彩的歷史事件。在對這些事件進行描繪時，鄭思肖又常常進一步突出事件的傳奇性，使詩歌具有「故事」的意味。如《紀昌貫虱悟射圖》：

> 從來絕藝欲超倫，何止彎弓用意深。覷破微塵微極處，
> 忽開大地見紅心。

其事出於《列子・湯問》：「紀昌者，又學射於飛衛……昌以氂懸虱於牖，南面而望之，旬日之間，浸大也；三年之後，如車輪焉，以睹餘物，皆丘山也。乃以燕角之弧，朔蓬之簳射之，貫虱之心而懸不絕。」這本是秦漢諸子在譬喻寓言中的誇張之辭，後演化成著名的故事。鄭思肖此詩，渲染鋪陳紀昌學射時鍛鍊目力的結果，這正是這一故事最離奇、最吸引人的地方。

詩歌畢竟不同於小說、戲劇等敘事性文學，尤其是《一百二十圖詩集》全是七言絕句，篇幅短小，不可能對故事進行完整細膩的記述。因此在寫作中抓住戲劇性的場面，凸顯富有意味的細節是關鍵。鄭思肖在這方面做得還是很成功的。如《葉公畫龍圖》：

> 神物難傳變化時，葉公眼外泄天機。一從親見眞頭角，
> 滿手風雲雷電飛。

葉公好龍故事，出於劉向《新序・雜事五》：「葉公子高好龍，鉤以寫龍，鑿以寫龍，屋室雕文以寫龍。於是天龍聞而下之，窺頭於牖，施尾於堂。葉公見之，棄而還走，失其魂魄，五色無主。是葉公非好龍

也，好夫似龍而非龍者也。」此詩抓住葉公窺見眞龍那一剎那的場景進行描寫，神態畢肖，又突出了那一特定場合的緊張氣氛，給人一種身臨其境的藝術感受。

再如《董仲舒不窺園圖》：

> 西漢諸儒君最醇，無人見面意應深。三年盡力窺經史，一旦看花了古今。

《漢書》卷五六載董仲舒：「少治《春秋》，孝景時爲博士。下帷講誦，弟子傳以久次相授業，或莫見其面。蓋三年不窺園，其精如此。」鄭思肖所題之圖，今已不傳，但根據詞義這幅畫當是描繪董仲舒三年苦讀結束之後在花園賞花的情景，應該說在構思上無板實之弊，相當精緻機巧。而鄭思肖此詩，寫這一戲劇性的場景，表現了「讀書」與「看花」之間的衝突和矛盾，頗富藝術張力。

《一百二十圖詩集》中有一些作品包含了淺顯的議論，這一手法源於晚唐的胡曾。胡曾的詠史詩在宋代民間社會的流傳相當廣泛，宋元講史話本多稱引其詩，例如現存《全相平話五種》就引其詩二十三首〔註 8〕。胡曾詠史詩中常見的淺顯的議論對於學問精深的文人來說，不免過於粗疏鄙俚，但對普通民眾來說，卻有助於對歷史人物和事件的理解。將《一百二十圖詩集》與胡曾詠史詩兩相對照，我們會發現兩者在議論手法上有非常相似的地方。如胡曾《南陽》云：「世亂英雄百戰餘，孔明方此樂耕鋤。蜀王不自垂三顧，爭得先生出舊廬。」《鴻門》云：「項籍鷹揚六合晨，鴻門開宴賀亡秦。尊前若取謀臣計，豈作陰陵失路人。」而在鄭思肖《一百二十圖詩集》中，《孟嘗君度關圖》云：「狐白裘邊事若難，孟嘗門下亦何顏。若無意智翻身去，半夜焉能度此關。」《周亞夫細柳營圖》云：「細柳營中作略殊，寧容直入驟先驅。不因一見入門訣，文帝何曾識亞夫。」兩者在俚俗議論方面的相似性，也反映了《一百二十圖詩集》世俗化的特徵。

〔註 8〕根據鍾兆華整理的《元刊全相平話五種校注》統計，參見趙望秦《唐代詠史組詩考論》，三秦出版社，2003 年，第 120 頁。

《醉翁談錄．小說開闢》論小說藝術時說：「講論處，不滯搭，不絮煩；敷演處，有規模，有收拾；冷淡處，提掇得有家數；熱鬧處，敷演得越久長。」《一百二十圖詩集》注重內容的故事性，善於處理戲劇化的場面，多有「不滯搭，不絮煩」的淺近明白的議論，雖然藝術形式是詩歌體裁，但從藝術精神上來說，與通俗文學可謂殊途同歸。

四、《一百二十圖詩集》的題畫詩性質與宋代人物畫和歷史故事畫的世俗化傾向

鄭思肖工詩，又是一位畫家，他的畫作多有自己的題詩，元人陸行直曾說：「所南先生，貞節之士，有夷齊之風。書畫散落人間，政自不少，雖片紙不盈數寸，或蘭或竹，必有題詠。然其用意深密，非高識韻士，豈容易窺見哉」〔註9〕。《一百二十圖詩集》的創作，是題畫詩創作傳統的結晶，多得詩情畫意互相闡發之趣。如《朱買臣賣柴圖》：

年當五十始榮華，覆水難收重歎嗟。豈信後來春色別，滿柴擔上盡開花。

原圖中朱買臣的柴擔上必有花朵點綴，這是有情趣、有創意的構思。而在詩歌中，講覆水難收的典故，使主題得到必要的延伸和深化。

《老子度關圖》：

紫氣東來壓萬山，老聃吐舌笑開顏。青牛車外天風闊，搖動當年函谷關。

原畫定是描繪老子吐舌喜笑顏開的形象，詩歌則根據《史記．老子韓非列傳》中的記載對老子度關的背景加以補充。

題畫詩在宋代相當繁榮，這是繪畫藝術與文學藝術匯合交融的產物。值得注意的是，宋代的人物畫多有世俗化的傾向，並最終影響了《一百二十圖詩集》等題畫詩的風格。宋代是中國繪畫史上的重要時期，在其延續的三百多年間，繪畫在隋唐五代的基礎上繼續得以發

〔註9〕陸行直《題所南老子推篷竹圖》序，《御選宋金元明四朝詩·御選元詩》卷八〇。

展，民間繪畫、宮廷繪畫、士大夫繪畫自成體系，彼此間又互相影響滲透，最終構成宋代繪畫豐富多彩的面貌。就人物畫而言，宋代畫家逐漸掙脫了宗教的牢籠，世俗色彩非常鮮明，表現出與唐代截然不同的風味。其中一個重要的表現，就是歷史故事畫成爲宋代人物畫的重要題材。現存陳居中的《文姬歸漢圖》、《胡笳十八拍》，李唐的《采薇圖》、《晉文公復國圖》，李公麟的《免冑圖》，梁楷的《李白行吟圖》等等，便是其中著名的代表作。

宋朝人物畫和歷史故事畫有很強的道德訓戒意味。《宣和畫譜序》中說：「是則畫之作也，善足以觀時，惡足以戒其後，豈徒爲是五色之章，以取玩於世也哉！」給繪畫藝術扣上了一頂帽子，賦予其善善惡惡的職能。宋人說：「像人不獨神氣骨法、衣紋向背爲難，蓋古人必以聖賢形象，往昔事實，含毫命素，製爲圖畫者，要在指鑒賢愚，發明治亂」〔註10〕。進一步強調人物畫的資治及道德主題。這些觀念在現實生活中得到貫徹執行。仁宗明道元年，「詔國子監重修七十二賢堂，其左丘明而下二十一人，並以本品衣冠圖之」〔註11〕。王明清《揮麈後錄》卷一載：

> 仁宗即位方十歲，章獻明肅太后臨朝。章獻素多智謀，分命儒臣馮章靖元、孫宣公奭、宋宣獻綬等採摭歷代君臣事迹爲《觀文覽古》（一書《祖宗故事》），爲《三朝寶訓》十卷，每卷十事，又纂郊祀儀仗爲《鹵簿圖》三十卷，詔翰林待詔高克明等繪畫之，極爲精妙，敘事於左。令傅姆輩日夕侍上展玩之，解釋誘進，鏤板于禁中。元豐末，哲宗以九歲登極，或有以其事啓於宣仁聖烈皇后者，亦命取板摹印，仿此爲帝學之權輿，分錫近臣及館殿。時大父亦預其賜，明清家因有之。

歷史人物畫和歷史故事畫，不但用來教育皇帝，而且用來頒賜大臣，擴大了繪畫作品的影響。一些優秀的歷史故事畫，還會在社會上產生

〔註10〕郭若虛《圖畫見聞志》卷一。
〔註11〕李燾《續資治通鑒長編》卷一一一。

轟動，吸引人們去觀摩評鑒，如王士元在孫四皓家中「爲《武王誓師獨夫崇飲圖》，京師之人詣孫觀者日不可計。中有歎者曰：王君之意，與六經合，觀其事迹，千古之遠，非精慮入神，何以致此！」〔註12〕可見，歷史故事畫在宋代的流傳是很廣泛的，而繪畫作品中的道德意味，成爲統治者推動這些作品面向社會的動力，也是畫家創作的重要動機。在國家和文人士紳推動社會道德建設的努力下，歷史人物畫和歷史故事畫日趨繁榮，並且成爲歷史知識普及與大眾化的重要途徑。

當然，在民間文化的土壤中，歷史人物畫和歷史故事畫並沒有完全被道德主題所牢籠，而是呈現出豐富多彩的發展面貌。從現存宋代題畫詩來看，歷史上許多富於故事性的內容成爲人物畫和歷史故事畫的重要題材，南宋中期以後，這一發展趨勢更爲明顯。例如劉克莊就有《孟浩然騎驢圖》，《蘇李泣別圖》、《明皇按樂圖》、《跋張敞畫眉圖》、《題四夢圖》（《夢蝶》、《夢筆》、《黃粱》、《南柯》）、《石虎禮佛圖》、《梁武修懺圖》、《老子出關圖》、《明皇幸蜀圖》、《擊壤圖》、《酈生長揖圖》、《題崔白房戴圖》、《題賺蘭亭圖》等題畫詩作品傳世。這個背景，是我們研究《一百二十圖詩集》時所不能忽視的。鄭思肖在其《自敘一百二十圖詩》中說這些詩歌「或遇圖而作」，說明組詩中所詠內容許多已有流佈於世的圖畫，《一百二十圖詩集》的世俗化傾向應該受到這些繪畫的強烈影響。劉克莊這些詩歌在取材與詩歌風格上都與鄭思肖《一百二十圖詩集》接近，這也說明在文學上《一百二十圖詩集》也絕非突兀的現象，它的鮮明世俗化傾向，有一個長期的醞釀過程。

機械決定論是我們要堅決反對的。筆者的論述，並不是想要證明《一百二十圖詩集》對戲文、雜劇產生了如何深遠的影響，抑或是戲文、雜劇如何決定了鄭思肖的創作。筆者只想說明，在宋末元初新的時代背景和文化環境下，世俗化傾向廣泛地存在於各門類藝術中，詩歌、繪畫、戲曲等各種藝術形式一道，共同彙成了通俗文藝蓬勃發展的時代潮流。

〔註12〕劉道醇《宋朝名畫評》卷一。

第八章　宋代的詠曹娥詩

一、一些被淡忘的情節與一個主題不斷強化的故事

曹娥的故事，《後漢書·列女傳》載曰：

> 孝女曹娥者，會稽上虞人也。父盱，能絃歌，爲巫祝。漢安二年五月五日，於縣江溯濤婆娑迎神，溺死，不得屍骸。娥年十四，乃沿江號哭，晝夜不絕聲，旬有七日，遂投江而死。至元嘉元年，縣長度尚改葬娥於江南道旁，爲立碑焉。

這一段敘述極爲簡略，但人物、情節、環境交待得都很清楚。尤其值得注意的是，曹父盱的職業以及溺死的原因敘述得是很具體的。整個故事「巫」的色彩相當強烈，曹父盱本爲巫祝，因迎神而死。曹父死後，關於曹娥的舉動《後漢書》注中更有這樣的補充：

> 娥投衣於水，祝曰：「人屍所在衣當沉。」衣隨流至一處而沉，娥遂隨衣而沒。

其中「祝」字很值得注意。祝，祝禱也，《說文解字》以爲「祭主贊詞」，有以人口交神的含義。另外，曹娥祝禱靈驗以及因此而死去的記載，也帶有很強的神秘色彩。以至於有當代學者推測曹娥投江並不是出於「孝道」精神的感召，而是由於漢代會稽一帶的淫祀巫風使然〔註1〕。

〔註 1〕蘇勇強《曹娥的「孝」》，《江漢論壇》2004 年第 4 期。

曹女投江的出名和廣泛流傳，與《曹娥碑》及其引發出來的一系列故事有關。《後漢書》卷八四引《會稽典錄》曰：

> 上虞長度尚弟子邯鄲淳，字子禮。時甫弱冠，而有異才。尚先使魏朗作《曹娥碑》，文成未出，會朗見尚，尚與之飲宴，而子禮方至督酒。尚問朗碑文成未？朗辭不才，因試使子禮爲之，操筆而成，無所點定。朗嗟歎不暇，遂毀其草。

邯鄲淳的《曹娥碑》，《古文苑》中有存，對曹女投江事有許多誇張的渲染和描寫：

> 鬱惟孝女，奕奕之姿。偏其反而，令色孔儀。窈窕淑女，巧笑倩兮。宜其室家，在洽之陽。大禮未施，嗟喪慈父。彼蒼伊何？無父孰怙！訴神告哀，赴江永號，視死如歸。是以眇然輕絕，投入沙泥。翩翩孝女，載沉載浮。或泊洲渚，或在中流。或趨湍瀨，或逐波濤。……

《曹娥碑》的文采歷來爲人所稱道，漢末蔡邕題「黃絹幼婦，外孫齏臼」八字於碑陰，隱語「絕妙好辭」四字，成爲著名的字謎。曹操與楊脩破解字謎的故事更爲碑文增添了幾分傳奇色彩，《世說新語·捷悟》載：

> 魏武嘗過曹娥碑下，楊脩從，碑背上見題作「黃絹幼婦，外孫齏臼」八字。魏武謂修曰：「解不？」答曰：「解。」魏武曰：「卿未可言，待我思之。」行三十里，魏武乃曰：「吾已得。」令修別記所知。修曰：「黃絹，色絲也，於字爲絕。幼婦，少女也，於字爲妙。外孫，女子也，於字爲好。齏臼，受辛也，於字爲辭。所謂『絕妙好辭』也。」魏武亦記之，與修同，乃歎曰：「我才不及卿，乃覺三十里。」

按曹操與楊脩不曾到過會稽，這一記載顯然有誤。倒是《三國演義》七十一回載曹操諸人在蔡邕女琰家中見《曹娥碑》碑文圖軸一事，可能更近於史實。當然，《世說新語》記載的明顯舛誤，並不影響這一故事的廣泛流行。

東晉昇平二年（358），王羲之以小楷書《曹娥碑》於廟，並由新安吳茂先鐫刻成碑，這是曹娥廟發展歷史中的又一件大事。此碑絹本手迹現存遼寧博物館，上有梁代徐僧權、滿騫、懷充等人題名，還有韓愈、宋高宗等人題款。雖然關於此絹本是否由王羲之所書還有不同的意見，但王羲之書法進一步擴大了曹娥故事的影響，卻是毋庸置疑的事實。

在宋代以前，曹娥故事的流傳，多依託於文人的風雅活動，除東漢時上虞縣令度尚爲曹娥造墓建廟並立石碑之外，政府行爲尚不多見。到了宋代，情況發生了很大的變化，朝廷對曹娥進行了多次封祀，曹娥廟被多次擴建整修。北宋治平二年（1065），上虞縣年僅十歲的朱娥，爲護衛祖母而被殺死，朝廷爲表彰其孝行，賜其家。神宗時，會稽令董楷立朱娥像於曹娥廟中，「歲時配享焉」〔註2〕。元祐八年（1093），爲曹娥廟建正殿五間，侍郎蔡卞重書曹娥碑。大觀四年（1110）敕封曹娥靈孝夫人。政和五年（1115），加封昭順夫人，郡守汪綱爲曹娥廟擴建後殿五間，供曹娥父母與朱娥配享。南宋淳祐六年（1246），加封純懿夫人，並封神父爲和應侯，神母爲慶善夫人〔註3〕。宋代以後，元明清三朝，對曹娥進行的敕封，對曹娥廟進行重修擴建工作，均不曾停止。這一狀況一直延續到近現代，至今蔣介石的題匾「人倫之光」還懸掛在曹娥廟正殿。這些政府行爲的目的，無非想要「使千百世後，聞其風者，盡起仁人孝子之思」〔註4〕，以旌表孝行來淳化民風，在全社會範圍內建立以孝悌爲基礎的道德準則。通過政府的大力弘揚，曹娥作爲孝文化的典範意義被逐漸地樹立起來。而曹娥故事中最初的巫風背景，中古時期的文人風雅因素，隨著歷史的推移被逐漸淡化乃至被人遺忘。可以看出，曹娥故事近兩千年的流傳過程，是一個「孝」主題不斷強化的過程，而在這一歷史進程中，宋代無疑是一個最關鍵的時期。

〔註2〕李燾《續資治通鑒長編》卷二〇四。
〔註3〕張淏《會稽續志》卷三，《浙江通志》卷二二一。
〔註4〕吳興祚《曹江孝女廟志》序。

二、衆多的文人題詠與「孝」主題的弘揚

在宋代以前很長的一段時間裏，文人有關曹娥的題詠創作，數量並不多，現存漢唐時期的相關作品，「孝」主題也不是眞正的核心。以邯鄲淳的《曹娥碑》爲例，對曹娥「令色孔儀」、「奕奕之姿」、「窈窕淑女，巧笑倩兮」的美貌和儀容姿態的描寫，完全游離於「孝」主題之外，與漢代的文風相一致，邯鄲淳之文描寫美女在江中輾轉漂流的畫面，更注重「鋪采摛文」的形式之求，孝主題在其文中並不彰顯。唐代以後，曹娥題材開始進入詩歌領域，但如李白《送王屋山人魏萬還王屋》「笑讀曹娥碑，沉吟黃絹語」，權德輿《送上虞丞》「因尋黃絹字，爲我弔曹盱」，趙嘏《題曹娥廟》「文字在碑碑已墮，波濤辜負色絲文」之類，似乎更令當時的詩人感興趣的是蔡邕作字謎隱語的風雅典故，而且整個唐代詠曹娥的詩作數量也很有限。

到了宋代，眾多的文人題詠成爲曹娥廟引人注目的文化景觀，相關的創作數量遠超前代。潘閬、姚鉉、趙抃、蕭闢、釋覺先、王十朋、釋寶曇、李洪、陳造、許及之、王阮、戴汝白、吳潛、葉茵、潘牥、翁逢龍、釋文珦、胡仲弓、薛嵎、陳允平、黃庚、袁豢龍、釋及甫、釋元昉等人，在經過曹娥廟時，均有題詠之作並流傳後世。其他詠史作品中詠曹娥的數量也不少。在這些作品中，弘揚孝道是最重要的主題，正如宋人所說「端的由純孝，非專在好辭」〔註5〕，那些依附於曹娥故事的文人雅事，在宋人詩歌中已經退居非常次要的地位。因爲在宋人看來，絕妙好辭、字謎隱語之類，決非曹娥故事的眞正內涵。潘牥《詠曹孝娥》云：「一川紅漲夕陽波，幼婦碑殘銷綠蘿。不止但爭三十里，曹瞞原不識曹娥」，蕭闢《留題曹娥廟》云：「蔡邕不知娥，但愛碑上銘」，正透露出此中消息。

在宋人諸多詠曹娥的作品中，悼念感傷是第一個層次。王阮在《曹娥廟一首》中說自己「我自裴徊不忍去」，陳允平《曹娥廟》詩云「孝

〔註5〕林同《孝詩》之《曹娥》。

節棱棱雙檜立，哀魂渺渺一江流」等，均以悲哀爲主。釋元昉所作《曹孝女廟》云：

祠古孝誠遙，悲風想暮號。月魂迷草色，血淚濺江濤。
斷碣惟黃絹，孤墳掩綠蒿。千年暗潮水，亦以姓爲曹。

通過淒迷感傷的意象組合，充分地表達了作者對對古代孝女沉痛的懷念之情。在這一類詩歌中，曹娥喪父後「沿江號哭，晝夜不絕聲」的典實經常爲文人所用，潘閬《曹娥廟》「扁舟一宿都無寐，近聽江聲似哭聲」，戴汝白《題曹娥廟》「哭得江頭雲氣昏，淚痕多化作潮痕。波心萬古團團月，疑是曹娥一片魂」，胡仲弓《曹娥廟》「黃絹碑殘香草生，當時淚眼不曾晴。至今流水聲嗚咽，猶是曹娥哀怨聲」等，都是以曹娥喪父後痛不欲生的啼哭，來襯托她的一片孝心。

在眾多的文人題詠中，頌揚曹娥的歷史地位，陳說「孝」的意義者，數量則更多。王阮《曹娥廟一首》中說「英哉神女此江干，德與余姚舜一般」，薛嵎《舟泊曹娥祠下》稱曹娥「身沒一朝事，孝名垂至今」，陳造《曹娥廟二首》之一云「紛紛等枯冢，凜凜獨高標」，釋及甫《謁曹娥廟》稱曹娥「千古美名昭日月」，都是說曹娥因孝行名垂千古，澤被後世。黃庚《過曹娥廟》說「須知此廟關風教，莫作尋常神女看」，特別提醒曹娥廟不同於其它的神祠，指出其在風俗教化中的特殊意義。葉茵《曹娥廟》云：

孝本當爲事，時人或不然。娥兮知此理，命也委之天。
五日抱屍出，千年作史傳。英靈猶耿耿，有慊莫登舡。

袁豢龍《題曹娥廟》云：

不是沉淵效楚平，愛親念重愛身輕。一抔殘土今如昨，千載英魂死亦生。辭詑外孫堪稱德，書傳列女永揚名。哀哀銜痛無時極，猶聽江猨似哭聲。

都是借歌頌曹娥舍生殉父之舉，明愛親崇孝之理。

在宋人詠曹娥詩中，許多作品還喜歡拿曹娥與其它人物作比，在對比中進一步彰顯主題。有以曹娥比男性的，葛紹體《過曹娥江》就有「男兒愧死知多少，我欲重招孝女魂」之句，此時「男兒」實際上是社會的代表，表現了作者對民風不古的憂慮和重鑄社會道德理念的意識。有以曹娥比較歷史上其它孝女的，如吳潛《舟檥娥祠敬留二絕》之一云：「孝娥何意要垂名，重在天倫一命輕。若訂漢家彤史傳，淳于公女尚偷生。」以曹娥比漢代淳于公女緹縈，認爲緹縈苟且偷生，不及曹娥剛烈，這種迂腐的論調大概就是後人說「理學殺人」的根據，但也反映出宋人對待基本道德準則絕不妥協的精神。還有以曹娥比西施、曹操和孝女叔先雄的〔註 6〕，翁元龍《題曹娥墓》云：「自從西子入吳宮，幸有英娥可勸忠。同姓最慚曹孟德，垂名只許叔先雄。虛生浪死人何限，白日青天古一同。看得冢頭三寸草，也嫌桃李嫁東風。」暗諷西施，批判曹操，將曹娥與叔先雄並列，認爲可名垂青史。有以曹娥比歷史上其它投江自盡者如屈原的，王十朋《曹娥廟》云：「慟哭無尋處，投江竟得屍。風高烈女傳，名重外孫碑。荒草沒孤冢，洪濤春古祠。懷沙爲誰死，翻愧是男兒。」《史記·屈原賈生列傳》謂《九章·懷沙》爲屈原自投汨羅江前的絕筆。屈原在詩中說「懷質抱情，獨無正兮。伯樂既沒，驥焉程兮」，因爲自我價値無法實現而抱石沉江，在王十朋看來，遠不如曹娥死於孝那樣崇高而有價値。當然，也有詩作將曹娥、屈原等人並列，進行正面的頌揚謳歌的，如蕭闢《留題曹娥廟》云：

> 屈平以楚死，死濁不死清。伍員以吳死，死暗不死明。死者人所難，一死鴻毛輕。壯哉二子爲，留得不死名。曹娥以父死，年齡童未成。抱屍出洪瀾，非可二子並。二子諫不從，齊秦韓魏徵。娥若不之死，父葬鱣與鯨。二子死

〔註 6〕叔先雄事，見《後漢書》卷八四《列女傳》：「孝女叔先雄者，犍爲人也。父泥和，永建初爲縣功曹。縣長遣泥和拜檄謁巴郡太守，乘船墮湍水物故，屍喪不歸。雄感念怨痛，號泣晝夜，心不圖存，常有自沉之計。所生男女二人，並數歲，雄乃各作囊，盛珠環以繫兒，數爲訣別之辭。家人每防閒之，經百許日後稍懈，雄因乘小船，於父墮處慟哭，遂自投水死。弟賢，其夕夢雄告之：『卻後六日，當共父同出。』至期伺之，果與父相持，浮於江上。郡縣表言，爲雄立碑，圖像其形焉。」與曹娥同爲沉江殉父的孝女。

以介，娥死以孝誠。於今會稽人，事之如事生。娥若生堯時，舜不妻女英。娥若逢孔子，娥名書《孝經》。娥父若羅章，豈止爲緹縈。蔡邕不知娥，但愛碑上銘。我來拜祠下，古木寒雲橫。往往大江水，猶作哀哀鳴。安得娥有知，爲我神用靈。鼓此大江波，注入四瀆平。洗濯天下心，皆行娥所行。

以屈原、伍員、曹娥的處死態度出發，認爲古人因正直孝誠而死，死得其所，必聲名永垂，千古不朽，並能洗濯人心，澤被天下。

宋人這些熱情的歌詠，對「孝」主題進行了多層次的深入闡發，可見宋代孝文化的昌盛，也從一個側面反映出宋代道德思潮的高漲。宋代以孝彰名並獲立祠祭祀者，遠不只曹娥一人，如《宋會要輯稿》中尚有董孝子祠、張孝子祠、孝子蔡順祠、孝子蔡定祠、姜詩孝感祠等的記載〔註7〕。宋代詩歌中闡發孝主題的作品數量繁富，除上舉詠曹娥的詩作外，南宋林同的《孝詩》，以組詩形式歌詠古今孝事，計「聖人之孝」十首，「賢者之孝」二百四十首，「仙佛之孝」十首，「異域之孝」十首，「物類之孝」十首，是最爲典型的代表。雖然以崇孝爲主題的文學作品很早就有，晉代李密《陳情表》就提出了「聖朝以孝治天下」的命題，唐代文學包括通俗文學作品中都不乏這樣的例子，但提出明確的創作主題並投入如此之大的創作熱情，則是從宋代才開始的。

宋代思想家將「孝」納入自己的哲學體系，使孝不僅僅是親親愛人的樸素感情。北宋張載說：「愛自親始，人道之正」〔註8〕，程頤說：「仁主於愛，愛孰大於愛親」〔註9〕，已將孝定義爲道德的起點，南宋朱熹說：「子之所以孝……皆人心天命之自然，非人所能爲也」〔註10〕，「道者，古今共由之理。如父之慈、子之孝……是一個公共底道理」，「天下之理，不過是非兩端而已，從其是則爲善，循

〔註7〕《宋會要輯稿》禮二〇之四七。
〔註8〕張載《橫渠易說》卷一。
〔註9〕《二程遺書》卷一八。
〔註10〕朱熹《經筵講義》，《晦庵集》卷一五。

其非則爲惡，事親須事孝，不然則非事親之道」〔註 11〕，進一步使孝在人性論、認識論方面得到合理的解釋。南宋楊簡在其《邑人求春秋祀董孝君詞》中說：

> 夫孝，人心之所同，天地之所同，鬼神之所同。徵君用此心於千載之上，吾邑人敬而奉之；於千載之下，豈惟邑人敬而奉之，一郡之人敬而奉之；豈惟一郡之人敬而奉之，際天所覆凡在人倫中者，有所不知，知則孰不敬而奉之，嗚呼至矣！是謂至德，是謂要道，是謂人心之所同，惟爾有神惠相之。俾某既茲在位永保所自有之本心以對越明神，以對越上帝〔註 12〕。

將孝提高到人倫天理的制高點上，使孝成爲整個道德倫理大廈的基石。宋代思想界對孝極端的強調和重視，也是宋代文學中崇孝主題極盛的重要原因。

三、孝的放大與移孝爲忠

南宋杜範在其《曹娥》一詩中說：「舉世貪生不足評，舍生取義亦難明。娥知有父不知死，當日何心較重輕。」在頌揚曹娥舍生取義的同時，將批判矛頭指向了舉世貪生的社會和歷史，反映出「孝」主題的擴展和蔓衍。在詩人這種擴大主題內涵、挖掘思想深度的努力中，移孝爲忠成爲宋代詠曹娥詩的主題中另一個重要指向。

在古代中國，孝與忠存在天然的聯繫，有「移忠」之說。《孝經·廣揚名》有言：「君子之事親孝，故忠可移於君。」因此宋代詠曹娥詩歌中，也常常將忠孝相提並論，如釋寶曇《過曹娥江》云「滄海一時忠孝淚，夕陽無盡古今情」，黃由《題孝女廟》云「孝娥一段移忠事，愧殺當年老阿瞞」，均屬此類。前引蕭闢《留題曹娥廟》一詩，將曹娥與屈原、伍員兩位死臣相提並論，實際上也包含了忠孝關係的內容。

在宋代民族矛盾激化、宋代文學愛國主題高揚的背景下，不少題

〔註 11〕《朱子語類》卷一三。
〔註 12〕楊簡《慈湖遺書》卷一八。

詠曹娥之作帶上了強烈的時代色彩。許及之《題曹娥廟》云：

> 當日曹娥念父心，千年江水有哀音。可憐七尺奇男子，忍使神州半陸沉。

許及之在政治上是韓侂胄一系，嘉泰二年（1202）拜參知政事，進知樞密院兼參政。韓侂胄被殺後，許亦遭貶。撇開政治上的是是非非不談，許及之主戰的政治態度在當時的社會還是有代表性的。此詩詠曹娥以自勵，抒發恢復河山的信念，語言豪壯，頗富藝術上的感染力。

在宋元易代之際，曹娥又成爲遺民詩人堅持操守氣節的楷模。《宋史》卷四二五載：

> （謝枋得）二十六年四月，至京師，問謝太后攢所及瀛國所在，再拜慟哭。已而病，遷憫忠寺，見壁間《曹娥碑》，泣曰：「小女子猶爾，吾豈不汝若哉！」留夢炎使醫持藥雜米飲進之，枋得怒曰：「吾欲死，汝乃欲生我邪？」棄之於地，終不食而死。

謝枋得以曹娥爲榜樣，以死明志，成爲宋代遺民忠於故國著名的典故。

林景熙《端午次韻懷古或疑屈原曹娥死非正命是不知殺身成仁者也並爲發之》云：

> 葵榴入眼明，得酒慰衰齒。胡爲浪自悲，懷古淚紛季。湘江沉忠臣，越江沉孝子。沉骨不沉名，清風兩江水。或云非正命，是昧舍生理。歸全豈髮膚，所懼本心毀。哭父天爲驚，憂君國將毀。於焉偷吾生，何以立戴履。修短在百年，芳穢垂千紀。之人死猶生，滔滔眞死矣。

《孟子‧盡心上》中說：「儘其道而死者，正命也；桎梏死者，非正命也。」趙岐注：「盡修之道，以壽終者爲得正命也。」《孝經‧喪親章》云：「子曰：孝子之喪親也，哭不偯，禮無容，言不文，服美不安，聞樂不樂，食旨不甘，此哀戚之情也。三日而食，教民無以死傷生，毀不滅性，此聖人之政也。喪不過三年，示民有終也。」這些都表明儒家的「正命觀」主張順應天道，得其天年，並不主張以極端的方式表現喪親之痛。當時的一些人對曹娥殉父的意義似有懷疑，林景熙此詩，以《論語》中「殺身成仁」的教誨駁斥此說，並借曹娥事迹表達自己的忠君愛國之心，表現了視名節重於生命的信念。宋亡後，林景熙「以不能死國難報君恩爲愧」〔註13〕，這首詩歌不僅是對古代烈女的讚歌，更是以忠義大節自勵的自明心迹的作品。

宋人論孝，並不是「爲孝而孝」，孝是展開整個倫理道德學說的基點，崇孝意義包含了「父慈、子孝、兄良、弟弟、夫義、婦聽、長惠、幼順、君仁、臣忠」〔註14〕整個倫理體系的建設，因此宣揚忠義很自然地會成爲詠曹娥詩歌主題的一個組成部分。在社稷傾覆、國難當頭的特殊歷史時期，移忠主題又演化成慷慨悲壯、忠憤激切的愛國熱忱的弘揚。這些都反映了宋代詠曹娥詩在主題上的進一步深化。

宋代是社會道德思潮高漲的時代，這一思潮反映在文學中，詠曹娥詩是最生動的例子之一。宋代文學中道德內容增加，文學被賦予更多的社會功能，這些特質都昭示於後代。還是以詠曹娥題材爲例，元代元楊維楨《孝江辭》云：「耿孝魂之長存兮，照江月於千古」，明代劉基《拜曹娥廟》云：「縱使乾坤灰劫火，娥心一點不成埃」，諸大綬《詠曹孝娥》云：「人世更千變，綱常只一心」，「臣節類非古，貞魂幾見今」，楊鶴《哭娥詩》十首之七云：「楚臣原孝子，越女亦男兒」，之九云：「莫令巾幗辱，空非丈夫身」，田維嘉《謁曹孝廟》云：「覓父投淵本至情」，「成仁取義應無恨」，「始至大節垂天壤，不比人間瞿茀榮」，清代沈志禮《頌孝女》云：「弄玉飛瓊何足道，要知大義冠綱常」，魯超《謁曹娥廟》云：「女中大舜獨推娥」，「眞使男兒媿殺多」，「要知忠孝無殊性，憑弔吾將續九歌」，顏光敩《曹娥廟》云：「覓父捐軀盡孝思，千秋瞻仰重蛾眉」，「世間多少奇男子，誰得生侯死立祠」，胡震《曹孝女夫人》云：「扶植綱常孝與忠」，「移孝作忠心獨感」〔註15〕等等，都一直在重複和延續著宋人的調子。

〔註13〕呂洪《霽山先生文集序》。

〔註14〕《禮記．禮運》。

〔註15〕以上引詩見《曹江孝女廟志》卷七、卷八「題詠」。

第九章　宋代的詠嚴光詩

宋代的詠史詩中，東漢隱士嚴光是最常出現的形象之一。嚴光故事的流傳以及歷代眾多文人的歌詠，使他成爲隱逸文化的象徵與符號。與前代相比，宋代的詠嚴光詩不僅數量更多，所包容的意蘊也更爲豐富。這其中的文化內涵值得我們深入地探求。

一、漢唐以來的詠嚴光詩與范仲淹《嚴先生祠堂記》

嚴光的事迹，《後漢書》卷八三載：

> 嚴光字子陵，一名遵，會稽餘姚人也。少有高名，與光武同遊學。及光武即位，乃變名姓，隱身不見。帝思其賢，乃令以物色訪之。後齊國上言：「有一男子，披羊裘釣澤中。」帝疑其光，乃備安車玄纁，遣使聘之。三反而後至。舍於北軍，給牀褥，太官朝夕進膳。
>
> 司徒侯霸與光素舊，遣使奉書。使人因謂光曰：「公聞先生至，區區欲即詣造，迫於典司，是以不獲。願因日暮，自屈語言。」光不答，乃投札與之，口授曰：「君房足下：位至鼎足，甚善。懷仁輔義天下悅，阿諛順旨要領絕。」霸得書，封奏之。帝笑曰：「狂奴故態也。」車駕即日幸其館。光臥不起，帝即其臥所，撫光腹曰：「咄咄子陵，不可相助爲理邪？」光又眠不應，良久，乃張目熟視，曰：「昔唐堯著德，巢父洗耳。士故有志，何至相迫乎！」帝曰：「子

陵，我竟不能下汝邪？」於是升輿歎息而去。

復引光入，論道舊故，相對累日。帝從容問光曰：「朕何如昔時？」對曰：「陛下差增於往。」因共偃臥，光以足加帝腹上。明日，太史奏客星犯御坐甚急。帝笑曰：「朕故人嚴子陵共臥耳。」

除爲諫議大夫，不屈，乃耕於富春山，後人名其釣處爲嚴陵瀨焉。建武十七年，復特徵，不至。年八十，終於家。帝傷惜之，詔下郡縣賜錢百萬、穀千斛。

嚴光故居位於今天浙江省桐廬縣西南之富春江畔，周圍有釣臺（傳爲嚴光垂釣處）、嚴陵瀨、七里灘等名勝，風景絕佳，自然風光與人文景觀互相輝映，一直是著名的遊覽勝地。嚴光與當地名勝，也成爲歷代文人熱情歌詠的題材。

南朝宋時謝靈運有《七里瀨詩》，這是一首「莊老告退，山水方滋」〔註1〕背景下的作品，主要描繪「石淺水潺湲，日落山照曜」山水風景，篇末「目睹嚴子瀨，想屬任公釣。誰謂古今殊，異代可同調」借古人明心迹的自我表白，暗含了對隱逸價值觀的肯定。南朝梁任昉有《嚴陵瀨詩》，王筠有《東陽還經嚴陵瀨贈蕭大夫詩》，與謝靈運的作品在格調上類似。

唐代孟浩然《經七里灘》寫「疊障數百里，沿洄非一趣。彩翠相氛氳，別流亂奔注。釣磯平可坐，苔磴滑難步。猿飲石下潭，鳥還日邊樹」之景，表達「揮手弄潺湲，從茲洗塵慮」的隱逸情懷，創作手法上還是屬於謝靈運一路。張繼《題嚴陵釣臺》寫「古來芳餌下，誰是不吞鈎」，權德輿《嚴陵釣臺下作》道「奈何清風后，擾擾論屈伸。交情同市道，利欲相紛綸」，是借嚴光故事對追名逐利之風進行批判。而顧況《嚴公釣臺作》云「嚴生何耿潔，託志肩夷巢」，歐陽詹《題嚴光釣臺》云「伊無昔時節，豈有今日名」，則是對嚴光的品節進行歌頌。

〔註1〕劉勰《文心雕龍．明詩》。

總體說來，宋代以前的詠嚴光詩，主題比較單一，數量也不算太多，還未形成一代風尚。

唐代洪子輿有《嚴陵祠》詩，則宋代以前桐廬一帶當已有嚴光的祠廟，但至宋時已毀。北宋景祐元年（1034），范仲淹任睦州知州，爲嚴光建祠堂，並作《桐廬郡嚴先生祠堂記》：

> 先生，漢光武之故人也。相尚以道。及帝握《赤符》，乘六龍，得聖人之時，臣妾億兆，天下孰加焉？惟先生以節高之。既而動星象，歸江湖，得聖人之清。泥塗軒冕，天下孰加焉？惟光武以禮下之。
>
> 在《蠱》之上九，眾方有爲，而獨「不事王侯，高尚其事」，先生以之。在《屯》之初九，陽德方亨，而能「以貴下賤，大得民也」，光武以之。
>
> 蓋先生之心，出乎日月之上；光武之量，包乎天地之外。微先生不能成光武之大，微光武豈能遂先生之高哉？而使貪夫廉，懦夫立，是大有功於名教也。
>
> 仲淹來守是邦，始構堂而奠焉，乃復爲其後者四家，以奉祠事。又從而歌曰：「雲山蒼蒼，江水泱泱，先生之風，山高水長！」

這篇文章一方面歌頌嚴光鄙棄富貴功名的氣節，認爲「是大有功於名教」；另一方面，對光武帝禮賢下士的行爲也持肯定態度。與漢唐眾詩人只對嚴光進行交口一辭的讚譽相比，范文主題的深刻性遠遠勝之，因而廣爲流傳，宋人有「范子文章原易經」〔註2〕的美譽，還有這樣的記載：「自文正范公建祠而記之，釣臺之名大顯，崖石草木得以衣被風采，發抒精神，傳繪於天下，其邦人尤以爲榮」〔註3〕，可見范文影響之深遠。

范仲淹《嚴先生祠堂記》是一個標誌，說明宋人對嚴光故事的思考和感悟進入了一個更高的層次。終宋之世，劉昌言、董循、王逵、

〔註 2〕謝邁《讀嚴子陵祠堂記》。

〔註 3〕孫應時《客星橋記》，《燭湖集》卷九。

龐籍、孫沔、魏野、釋智圓、李師中、葉棐恭、胡則、梅堯臣、趙抃、蔡襄、范師道、司馬光、王安石、蘇轍、黃庭堅、李廌、李誼、朱翌、謝邁、楊時、鄧肅、范端臣、陳淵、李處權、姜特立、曹勳、曾豐、陸游、范成大、楊萬里、王阮、繆瑜、樓鑰、陳宓、戴復古、陳鑑之、王遂、方信孺、洪咨夔、趙汝鐩、陳元晉、周弼、劉克莊、徐鈞、何文季、宋自遜、胡仲弓、俞桂、李昴英、陳允平、汪義榮、葉茵、柴望、艾性夫、吳錫疇、金履詳、史吉卿、陳著、林景熙、史吉卿、黃庚、連文鳳、方岳、宋無、陳疇、方回等人，都有詠嚴光詩傳世，可謂盛況空前。羅大經《鶴林玉露》卷一〇載：「余三十年前，於釣臺壁間塵埃漫漶中得一詩云：『生涯千頃水雲寬，舒卷乾坤一釣竿。夢裏偶然伸隻腳，渠知天子是何官。』不知何人作也，句意頗佳。」可見，嚴光祠和釣臺一帶建築上的題壁詩，數量不少，也多有佳構，許多作者已難以考察姓氏。這些詩作不僅表達了人們對嚴光的崇拜和景仰，還深刻地表現了宋代文人的價值觀念和政治文化訴求。

二、釣臺與雲臺

釣臺，傳爲嚴光垂釣處，《方輿勝覽》卷五載：「在桐廬西南二十九里，東西二臺，各高數百丈。《西征記》：自桐君祠而西，有群山蜿蜒如兩蛇對走於平野之上，三江之水並流於兩間，驚波間馳，秀壁雙峙。上有東漢故人嚴子陵釣臺，孤峰特操，聳立千仞。奔走名利汩沒爲塵埃客，有芥視功名之意。」雲臺，東漢紀念功臣名將之所，永平年間，明帝「追感前世功臣，乃圖畫二十八將於南宮雲臺，其外又有王常、李通、竇融、卓茂，合三十二人」〔註 4〕。釣臺是隱逸與節操的象徵，雲臺是功業與榮位的象徵，二者孰高孰下，宋代詠嚴光詩給了我們很明確的答案。

范仲淹《釣臺詩》云：「漢包六合罔英豪。一個冥鴻惜羽毛。世祖功臣三十六，雲臺爭似釣臺高」，謝邁《讀嚴子陵祠堂記》云：「圖

〔註 4〕范曄《後漢書》卷二二。

畫名臣久磨滅，此碑千古粲繁星」，樓鑰《物色訪嚴光詩》寫嚴光「不羨雲臺繪，還歸釣瀨傍。高風今尚在，江水與俱長」，陳疇《題釣臺》云：「區區寇鄧功如許，何以高風獨凜然」（按東漢寇恂、鄧禹二人爲光武中興名將，均是雲臺圖畫中的人物），曾豐《再題嚴子陵釣臺》云：「麟閣故基爲草鞠，雲臺遺屋與煙飛。桐江自漢至今日，依舊行人指釣磯」，陳宓《釣臺》云：「雲臺貂冕成堆土，釣瀨羊裘照九秋」，姜特立《和虞守釣臺四首》之三云：「祠庭千古增輪奐，不見雲臺續畫工」，這些詩歌都表明，在宋人心目中，釣臺的地位遠高於雲臺，昭示了宋人在價值觀念上的取捨。不僅如此，宋人甚至認爲漢王朝的國家社稷隨著陵谷變遷而蕩然無存，而獨有隱士的清名流傳至今，楊萬里《題釣臺二絕句》之一云：「漢室也無一抔土，釣臺今是幾春風」，宋無《子陵祠堂》云：「漢陵今日無抔土，惟獨先生有釣臺」，方回《過釣臺》云：「漢祀無宗廟，嚴家有釣臺」，方岳《釣臺》：「漢室了無塵土在，滿江風月自蘆花」，都是以漢室不存而釣臺獨存兩相對照，凸顯出嚴光的價值。

究其原因，是因爲宋人認爲富貴功名乃至王朝社稷都只是歷史的表象，只有品志節操才是可以光耀千秋、永存後世的東西，因此陳著《題嚴子陵釣臺二首》之二云：

> 方信先生大有功，光皇只是暫時雄。東都二百年名節，全在桐江一釣風。

嚴光鄙視功名利祿的名節，在宋人看來，是重名教、淳風俗的絕好榜樣，所以在詠嚴光的詩歌中，特多對嚴光高潔品質的歌頌以及這種品質現實意義的揭示。繆瑜《釣臺二首》之二云：

> 桐廬江中秋水清，富春山中秋月明。釣竿千尺無恙在，持竿我欲從先生。先生豈是傲當世，鄙夫患失滔滔是。狂瀾既倒挽之回，持報故人惟此爾。裒衣不博一羊裘，事往臺空江自流。遂令千古重名節，於乎先生眞漢傑。

熱情地讚頌嚴光「漢傑」的歷史地位和令世人重視名節的歷史意義。趙抃《過子陵故祠》云：「俗風奔競使還淳」，李處權《題嚴公祠》云：

「清風端未泯，猶可激貪夫」，葉棐恭《過子陵釣臺》云：「立懦貪廉萬世功」，龐籍《經嚴子陵釣臺作四首》之一云：「千古激澆風」，都指出以嚴光之節可矯風俗之弊。范仲淹爲嚴光立祠、著辭、刻碑，談到此舉的目的時，梅堯臣《讀范桐廬述嚴先生祠堂碑》云：「欲以廉貪夫，又以立懦士」，朱翌《釣臺觀新刻范文正碑》也說：「使君著意敦風俗，更作高堂榜卒章」。可以看出，在宋人心目中，嚴光絕不僅僅是一個相忘於江湖的隱士，而且是一個道德上的光輝榜樣，因此蔡襄《題嚴先生祠堂》中有「孤風敦薄俗，豈是愛林泉」之句。

順理成章地，嚴光成爲一把用來衡量人心士節的標尺，詠嚴光詩也往往具有批判當代不良風氣的現實指向。司馬光《獨樂園七題》之《釣魚庵》云：

吾愛嚴子陵，羊裘釣石瀨。萬乘雖故人，訪求失所在。
三公豈易貴，不足易其介。奈何誇毗子，斗祿窮百態。

顯然是借歌頌嚴光批判現實生活中那些諂諛卑屈以求取官位的小人。陳元晉《甲申乙酉丙戌四過釣臺有感》中云：「近百年來幾帆過，登臨多是覓官來」，同樣的題旨表達得更爲顯豁。吳錫疇《重題釣臺》云：「不向雲臺戀故袍，清風固自釣臺高。渭川八十年煙雨，豈是漁竿把不牢」，更是取「釣於渭渚」、「以漁釣奸周西伯」〔註5〕的呂望拿來作對比，認爲呂望把不牢自己的功名利祿之心，不及嚴光更有價值。

到了宋元易代之際，遺民詩人多詠逸民遺賢，有以名節自勵的涵義。如林景熙《謁嚴子陵祠》云：「東都節義何爲高，七尺之臺一竿竹」，表達以節士爲榜樣，忠於故朝、不食周粟的決心，這又賦予了宋代詠嚴光詩以新的時代內涵。

嚴光的事迹在宋人看來具有如此的教育意義，因此南宋理宗紹定元年（1228），知州陸子遹創釣臺書院〔註6〕，以培養人才。可見嚴光的事迹經過宋人的感悟和體認已經鎔鑄成一種時代精神，激勵著士人

〔註5〕司馬遷《史記·齊太公世家》。
〔註6〕鄭瑤、方仁榮《景定嚴州續志》卷三。

踐行道德理念，實現自己的人生價值。宋代詠嚴光詩在主題上多沿氣節操守這個方向展開，反映了高漲的道德思潮對文學的普遍影響。

三、嚴子與光武

嚴光與一般的隱士不同，曾與光武帝「同遊學」，與最高統治者有密切的聯繫。羅大經《鶴林玉露》卷一〇云：

> 今考史籍，光武，儒者也，素號謹厚，觀諸母之言可見矣。子陵意氣豪邁，實人中龍，故有狂奴之稱。方其相友於隱約之中，傷王室之陵夷，歎海宇之橫潰，知光武爲帝胄之英，名義甚正，所以激發其志氣而道之，以除凶剪逆，吹火德於既灰者，當必有成謀矣。異時披圖興歎，岸幘迎笑，雄姿英發，視向時謹敕之文叔，如二人焉，子陵實陰有功於其間。天下既定，從容訪帝，共榻之臥，足加帝腹，情義如此。子陵豈以匹夫自嫌，而帝亦豈以萬乘自居哉！當是之時，而欲使之俛首爲三公，宜其不屑就矣。史臣不察，乃以之與周黨同稱。夫周黨特一隱士耳，豈若子陵友眞主於潛龍之日，而琢磨講貫，隱然有功於中興之業者哉！余嘗題釣臺云：「平生謹敕劉文叔，卻與狂奴意氣投。激發潛龍雲雨志，了知功跨鄧元侯。講磨潛佐漢中興，豈是空標處士名。堪笑史臣無卓識，卻將周黨與同稱。」

並不把嚴光作爲一個簡單的隱者來對待。嚴光這種特殊的地位和身份是宋代詠嚴光繁盛的一個重要原因，因爲在對相關史事進行吟詠時，可以使詩歌包含更多的政治內容，表達文人士子的政治訴求。

嚴光爲什麼會選擇歸隱的人生道路，宋人在詩歌中進行了詳盡的議論，而且這個話題總是與文人出處進退的思考聯繫在一起。王安石《嚴陵祠堂》云：

> 漢庭來見一羊裘，默默俄歸舊釣舟。迹似磻溪應有待，世無西伯可能留。崎嶇馮衍才終廢，索寞桓譚道不謀。勺水果非鱣鮪地，放身滄海亦何求。

磻溪者，呂望未遇文王時垂釣處。周文王、武王重用呂望，終於滅商並一統天下。桓譚，光武帝時徵爲待詔，因反對讖緯，被貶爲六安郡丞，死於赴任途中。王安石此詩以呂尚與桓譚二人的不同命運相對照，認爲只有具備聖德雅量的明君，才能讓賢者能臣一展雄才，這實際上也包含了王安石對自己政治生活的慨歎。黃庭堅在其《雜詩》中進一步明確地說：「古風蕭索不言歸，貧賤交情富貴非。世祖本無天下量，子陵何慕釣魚磯。」 陳淵在《用令德韻題嚴陵祠》一詩的序中講得最爲清楚明白：「嚴子陵以匹夫見萬乘，乃堅臥不起，所謂高氣蓋世者。又謂光武『差增於往』，意若未甚許之，則其所蘊豈寇鄧耿賈之儔乎？司徒霸位三事而止，名其爲癡。光武乃以諫議大夫處，子陵宜其弗屑也。余觀湯之於伊尹，武王之於呂望，皆師事之，故能致王業之隆。後世貧賤屈於富貴，此道遂衰。聞客星犯帝座之事，則相顧驚歎，以爲甚異，況於尊之爲師乎？光武於故人厚者，惜乎其不知此也。世疑子陵之去就，如不得其當。予謂光武不能用子陵，豈子陵之失哉！」

孔子說：「邦有道，則仕；邦無道，則可卷而懷之」，「天下有道則見，無道則隱」，「用之則行，舍之則藏」〔註7〕，孟子說：「可以仕則仕，可以止則止，可以久則久，可以速則速」〔註8〕，這些對仕隱問題通達靈話的處理方式爲宋人思考文人出處提供了理論依據。嚴光爲何歸隱，按照孔孟的理論可歸結爲天下無道，正是因爲如此，宋代詠嚴光詩中才會出現那麼多對光武的批評的聲音。但也應當看到，儒家的仕隱觀落腳點還是在「仕」上，「隱」是在天下無道的環境中不得已的妥協，一旦現實社會存在理想的政治環境，士人依然希望有所作爲。因此，上面引用的那些詩作，完全可以視爲政治上的嗟怨，實際上包含了對君臣遇合、風雲際會的渴望。

這一主題後來進一步演化爲對漢朝政治的歷史批判。曾豐《書嚴子陵釣臺》云：

〔註 7〕分別見《論語》之《衛靈公》、《泰伯》、《述而》。
〔註 8〕《孟子．公孫丑上》。

周家刑不上大夫，法固不足禮有餘。有才畢願進朝路，非老誰忍回田廬。秦坑學士置勿道，漢嫚大臣視如奴。逸民不出朝士去，前有兩生後二疏。世祖聰明失之察，待臣少禮多以法。尚書曾不免牽曳，御史或猶遭撲撻。尚書御史未足論，位至三公危一發。侯霸朱浮僅免歸，韓歆戴涉終見殺。先生識帝貧賤時，富貴共之理所宜。云胡召至留不住，無乃平日窺其微。龍顏之疏顧豈忍，鳥喙所伏那可知。當初高蹈疑矯世，落後逆覩信知機。退身不勇公孫賀，明泣危機終自墮。先生明甚勇如之，天地萬物莫吾挫。將星群立客星孤，群恐難調孤易禍。帝坐邊頭睡熟間，夢魂已在桐江臥。將星炯炯亙今明，不似客星明更大。

議論漢代政治制度，多有批評之詞。陳鑑之《題嚴子陵釣臺》云：「周文虛己師賢哲，光武規模欠宏闊」，葉茵《嚴子陵》云：「意嫌漢室乾坤小，歸占嚴江日月長」，也有這方面的涵義。

當然，宋人詠嚴光詩也不盡是崇嚴子而抑光武的。范仲淹《嚴先生祠堂記》引《易》說嚴光「不事王侯，高尚其事」，光武帝「以貴下賤，大得民也」，弱化了嚴光對國家政權的不合作態度，強調國家尊重隱士辭天下以潔身守志的意願，隱士則以高伉狷潔的品質爲天下倡，實際包含了君君臣臣、君仁臣忠的道德規範的內容，也就是要求人們按照固有的社會角色，各安其位，各得其所。范文影響深遠，宋代許多詠嚴光詩在主題上是對它的重複和進一步闡發。梅堯臣《讀范桐廬述嚴先生祠堂碑》云：

二蛇志不同，相得榛莽裏。一蛇化爲龍，一蛇化爲雉。龍飛上高衢，雉飛入深水。爲蜃自得宜，潛遊滄海涘。變化雖各殊，有道固終始。光武與嚴陵，其義亦云爾。所遇在草昧，既貴不爲起。翻然歸富春，曾不相助治。至今存清芬，烜赫耀圖史。人傳七里灘，昔日來釣此。灘上水濺濺，灘下石齒齒。其人不可見，其事清且美。有客乘朱輪，徘徊想前軌。著辭刻之碑，復使存厥祀。欲以廉貪夫，又以立懦士。千載名不忘，休哉古君子。

實際上就是對范仲淹《嚴先生祠堂記》的詩化表達。范成大《釣臺》云:「山林朝市兩塵埃,邂逅人生有往來。各向此心安處住,釣臺無意壓雲臺」,不再比較雲臺與釣臺的價值高下,而是提倡各自扮演好自己的角色,強調「山林」與「朝市」的統一。

范師道《釣臺》云:「大漢中興得英主,先生高退作閒人」,劉昌言《釣臺》云:「卓哉光武眞聖君,終使狂奴畢高志」,這說明「山林」與「朝市」不但不再對立,隱士逸民還是聖朝盛世的補充和點綴。

在這一基礎上,宋人對文人出處進行了新的思考,趙汝鐩《出處辭》云:

> 大公嚴子陵,皤然兩漁人。文王尚西伯,光皇已中興。太公所以竟卷餌,子陵所以歸垂綸。趨向固異轍,出處同一心。當日遭逢倘易地,兩翁亦必隨時而屈伸。釣臺高兮渭水清,或隱或顯俱彰千古名。

呂望選擇仕,是因爲周朝尚未能實現國家的統一;嚴光選擇隱,是因爲漢室已然中興。進退的選擇,應「隨時而屈伸」,服從於國家需要這一前提。

嚴光在給侯霸的信箚中曾言:「懷仁輔義天下悅,阿諛順旨要領絕。」宋人詠嚴光詩,頗有從「懷仁義」「絕阿諛」這一角度入手措辭的。例如徐鈞《嚴光》云:「仁義一言非小補,此身何必佐岩廊」,李師中《子陵二首》之一云:「阿諛順旨爲深戒,遠比夷齊氣更豪」,龐籍《經嚴子陵釣臺作四首》之一云:「要領戒三公」,「千古激澆風」等等。其中金履祥《題釣臺》最爲典型:

> 誰云孟氏死,吾道久無傳。我讀子陵書,仁義獨兩言。仁爲本心德,義乃制事權。懷輔存體用,治亂生死關。乃知嚴先生,優到聖賢邊。歸來釣清江,夫豈長往人。漢道終雜霸,文叔徒幾沉。何如對青山,俯仰日油然。我來一瓣香,敬爲先生拈。陟彼崔嵬岡,想此仁義心。

將《後漢書》記載中一個並不顯眼的細節演繹成這個故事的中心思想,並以「仁義」二字確立嚴光的歷史地位。

前人詠嚴光詩，較少從政治觀念上措手，而宋人對這一問題積極深入的思考，使此類詩歌在主題上有了新的開拓。

四、隱逸主題的深化和發展

從前面的論述我們可以看出，嚴光本是東漢著名的隱士，但是宋人在吟詠這一歷史人物時，其重心和著眼點卻放在了道德與政治兩個層面上，可見宋代道德思潮以及文人士子的政治使命感、社會責任感對文學創作的深切影響。但值得注意的是，宋代詠嚴光詩中，隱逸主題並未絕迹。並且，在宋代嶄新的文化背景下，這一主題得到了進一步的深化和發展。

隱逸在古代中國有悠久的傳統，在文學上，隱逸主題在宋代以前也有充分和多樣的表達。宋代詠嚴光詩中也有一些直接宣揚隱逸思想的作品。如宋初著名的隱士魏野，其《寓興七首》之二云：「每念李斯首，不及嚴光足。斯首不自保，光足舒帝腹。我心異老聃，驚寵不驚辱。豈敢示他人，吟之將自勖。」以秦朝李斯的命運與嚴光作比，表現自己的遁世之情。另黃庚《題嚴子陵》云：「捷徑終南士，聞風定赧然」，柴望《富春嚴子陵祠》云：「萬里崎嶇祠下路，不知行役幾人閒」，諷刺奔競馳騖謀官求利者；史吉卿《嚴子陵釣臺》云：「功名束縛幾英豪，無怪先生抵死逃。坐釣桐江一派水，清風千古與臺高」，歌頌嚴光不受功名羈束以快其志的自由精神；戴復古《桐廬舟中》云：「富貴直浮雲，羊裘釣煙雨」，揭示富貴功名如過眼煙雲的題旨。

值得注意的是，與前代相比宋代的隱逸文化發生了重大的變化。隱逸最初是指遁迹山林、不應徵命的生活方式，採取的是與國家不合作的態度。但隨著歷史的發展進程，士人被逐漸容納到國家體制的規範之中，人們對隱逸的生活方式和生活態度逐步進行了修正，晉王康琚《反招隱》詩云：「小隱隱陵藪，大隱隱朝市」，鄧粲也曾說：「夫隱之爲道，朝亦可隱，市亦可隱。隱初在我，不在於物」〔註9〕，唐

〔註 9〕房玄齡等《晉書》卷八二。

代白居易《中隱》詩云:「大隱住朝市,小隱入丘樊。丘樊太冷落,朝市太囂諠。不如作中隱,隱在留司官」,已表現出將隱的自由精神與仕的物質基礎結合起來的傾向,但不免拘泥於形迹。到了宋代,隱逸進一步內化爲一種精神,體現在恬淡自守而又與俗俯仰的人生哲學中。隱逸不再是不應徵命的政治態度,而是與時屈伸的生活態度;不須有遁迹山林的行爲實踐,但必須有自堅操守的人格精神。表現在文學上,不一定要表現山林之志,但是山林之興、山林之樂卻是不可或缺的內容。樂,成爲新的歷史時期隱逸情調在審美上的實現。

在宋代詠嚴光詩中,寓樂於山水之間的作品構成了一道可資玩味的風景。茲錄幾首較爲典型的如下。

董循《嚴子陵釣臺和友人韻》:

> 子陵垂釣逐江流,相與登臺作共遊。紅葉黃花三峽雨,高風亮節一天秋。四圍黛色迷青眼,滿幅煙雲鎖綠洲。誰到嚴灘同玩賞,往來七里聽漁謳。

連文鳳《釣臺》:

> 諸將驅馳尺寸功,先生來此坐清風。漢家天地間身外,嚴瀨煙波落照中。片石粼粼年歲晚,一絲嫋嫋利名空。笑余亦是垂綸客,欲借臺前繫短篷。

陸游《予欲自嚴買船下七里灘謁嚴光祠而歸會灘淺陸行至桐廬始能泛江因得絕句二首》之一:

> 客星祠下渺煙波,欠我扁舟舞短蓑。不爲窮冬怕灘惡,正愁此老笑人多。

都帶著明快開朗的調子。其他如李廌《釣臺》云:「竹岡深貯一溪雲,溪灣路盡釣磯新。魚鳥相忘自相樂,使君元是狎鷗人」,王阮《題嚴陵釣臺一首》云:「豈識桐江一竿竹,依舊秋風魚正肥」,胡仲弓《嚴子陵釣臺》云:「魚水相忘身外樂」,李處權《釣臺》云:「先生志丘壑,溪山助幽興。持竿聊爾爾,至樂在游泳」,劉昌言《釣臺》云:「一竿漁釣樂幽深,七里溪光弄蒼翠」,洪咨夔《嚴陵道上雜詠七首》之四云:「石壇千盡薜蘿古,沙徑百盤苔蘚香。不是先生求矯世,懶將日月趁人忙」等等，莫不洋溢著溫厚和暢的歡愉之情。這是傳統隱逸思想經過深刻鎔鑄在詩歌裏的美學表現，與宋人提倡的「孔顏樂處」和「聖賢氣象」精神境界在本質上也是統一的。

第十章　浯溪題詠與宋代詠史詩的政治主題

浯溪摩崖石刻，位於今天的湖南省永州市祁陽縣，是我國著名的文化景觀，1988 年被國務院公佈爲第三批重點文物保護單位。這裡臨溪處的蒼崖石壁，巍然突兀，連綿 78 米，最高處拔地 30 餘米，爲摩崖刻石提供了良好的條件。浯溪之聲名鵲起，是由於唐代元結撰文、顏眞卿書法的《大唐中興頌》刻石，因爲奇石、元文、顏書「世名三絕」，名滿天下，宋朝仁宗皇祐年間建有三絕堂〔註 1〕。元結以後，歷代文人在此處的詩文石刻極多，這些詩文多以《大唐中興頌》爲由頭而作，詩歌多爲詠史作品。浯溪摩崖石刻，以宋代爲最多，另外，《大唐中興頌》拓本在宋代流傳相當廣泛，這使一些未能造訪浯溪的詩人也有不少進行了相關的詩歌創作。這些作品對歷史興衰的感慨與治亂本根的理性思考，以及由此引發出來的在玄宗肅宗的君父之道以及文學的美刺稽政等問題上的熱烈討論，使之在宋代詠史詩政治主題的表現上具有典型性，值得宋詩研究者予以更多的關注。

一、浯溪題詠的緣起與宋代題詠的繁盛

大曆二年（767）二月，元結舟經祁陽，撰《浯溪銘》，將一條「北

〔註 1〕孫適《浯溪三絕堂記》，《新安文獻志》卷一一。

彙於湘」「世無名稱」的小溪命名爲「浯溪」〔註2〕，浯溪因此而得名。大曆六年（771），元結從篋中檢出十年前率兵鎮守九江抗擊史思明叛軍時寫下的《大唐中興頌》舊稿補充定稿，使人赴臨川，請他的好友顏眞卿書寫，並於夏六月刻石於崖上，其文曰：

> 天寶十四載，安祿山陷洛陽。明年，陷長安，天子幸蜀，太子即位於靈武。明年，皇帝移軍鳳翔。其年，復兩京，上皇還京師。於戲！前代帝王有盛德大業者，必見於歌頌。若今歌頌大業，刻之金石，非老於文學，其誰能爲！頌曰：
>
> 噫嘻前朝，孽臣奸驕，爲昏爲妖。邊將騁兵，毒亂國經，群生失寧。大駕南巡，百僚竄身，奉賊稱臣。天將昌唐，緊睍我皇，匹馬北方。獨立一呼，千麾萬旗，戎卒前驅。我師其東，儲皇撫戎，蕩攘群凶。復復指期，曾不逾時，有國無之。事有至難，宗廟再安，二聖重歡。地闢天開，蠲除妖災，瑞慶大來。凶徒逆儔，涵濡天庥，死生堪羞。功勞位尊，忠烈名存，澤流子孫。盛德之興，山高日升，萬福是膺。能令大君，聲容沄沄，不在斯文。湘江東西，中值浯溪，石崖天齊。可磨可鐫，刊此頌焉，何千萬年！

此文是爲歌頌安史之亂後收復兩京而作，形式上仿秦石刻三句一韻，因而具有奇崛古樸的風格。對於此文，宋人予以了極高的評價，許抗《讀唐中興頌》稱讚爲「江流或可竭，此文如日星」，王伸在詩中詠道：「湘川佳致有浯溪，元結雄文向此題。想得後人難以繼，高名長與白雲齊」〔註3〕。董逌在《廣川書跋》卷八中道：

> 《中興頌》刻永州浯溪上，斲其崖石書之，刺史元結撰，結以能文，卓然振起衰陋，自以老於文學，故頌國之中興，頌成，乞書顏太師，太師以書名時，而此尤瑰瑋，故世貴之。今數百年，蘚封莓固，遠望雲煙外，至者仰而

〔註2〕元結《浯溪銘》，《次山集》卷六。
〔註3〕《詩話總龜》卷一六引《零陵總記》。

> 玩之，其亦天下之偉觀者耶！嘗謂唐之文敝極矣，結以古學為天下倡首，芟擢蓬艾，奮然拔出數百年外，故其言危苦險絕，略無時習態，氣質奇古，踔厲自將。嘗曰「山蒼然一形，水泠然一色」，大抵以簡潔為主。韓退之評其文謂以所能鳴者，余謂唐之古文，自結始，至愈而後大成也。

不但讚美《中興頌》的成就，更將元結當作古文運動的前驅者來看待。

同時顏眞卿《大唐中興頌》也是中國書法史上的重要作品，以剛正雄偉、氣度恢宏著稱，與元文可謂相得益彰，宋人稱「水部胸中星斗文，太師筆下蛟龍字」（張耒《讀中興頌碑》），「顏筆勁節霜筠似，元文秋月華星如」（許及之《次韻轉庵讀中興碑》）。此碑精妙的書法，使得拓碑變得有利可圖，張耒《讀中興頌碑》中就有「時有遊人打碑賣」的句子，王之望也在《浯溪中興頌碑》寫道：「紙摹縑搨四百載，家家傳寶逾琳琅」，王炎也說「百金不憚買墨本」（《過浯溪讀中興碑》）。歐陽修《集古錄》卷七載：「《大唐中興頌》，元結撰，顏眞卿書，書字尤奇偉，而文辭古雅，世多模以黃絹為圖障。」可見此碑拓本在宋代廣為流傳，甚至成為屏風、軟障之類的家庭擺設。所有這些都擴大了碑文的影響，使得浯溪成為過往永州一帶的文人士子必須造訪的名勝。

文人遊覽名勝，往往有所吟詠，並將吟詠的詩作題壁或刻石，宋人邢恕《遊浯溪》「口石蒼崖訪遺刻，更磨苔蘚為留題」的詩句說的就是這種情況。而各種刻石拓本的流傳，使未能親蒞的詩人也可能歌詠同樣的題材。宋代有關浯溪的題詠是相當繁盛的，王伸、周世南、盧察、柳應辰、陳統、許抗、沈遼、楊冀、錢龢、邢恕、黃庭堅、張耒、米芾、潘大臨、鄒浩、釋德洪、王安中、孫覿、李清照、李光、呂本中、陳與義、吳億、折彥質、胡寅、王洋、李若虛、釋德止、蔡說、陳從古、王之望、陳長方、秋隱里叟、范成大、項安世、李洪、張孝祥、許及之、程洵、楊冠卿、曾豐、趙蕃、王阮、徐自明、留筠、徐照、林伯成、臧辛伯、滕岑、王炎、易祓、曾煥、趙汝譡、劉用行、張潞、鍾興嗣、林訪、劉克莊、趙戣、曾宏正、婁續祖、白玉蟾、李曾伯、黃社庵、吳文震、陳容、曹一龍、張仲、俞掞、李芾、劉錫、衛樵、趙楷、莊崇節、丁叔岩、王壺、蔣孝忠、董嗣杲、戴煜、文子璋、李祐孫、廖應瑞、易士達等大批文人，均有相關作品傳世。

在這些作品中，頗有流傳廣泛、影響深遠的名作。如黃庭堅《書摩崖碑後》、張耒《讀中興頌碑》，宋代胡仔《漁隱叢話前集》卷四七曰：「餘頃歲往來湘中，屢遊浯溪，徘徊磨崖碑下，讀諸賢留題，惟魯直、文潛二詩，傑句偉論，殆爲絕唱，後來難復措詞矣。」指出了宋代黃、張二人在這一題材領域領袖群倫的地位。確實，在這以後宋人的創作往往以這兩首詩爲楷模，歷史認識是否深刻，藝術技藝是否圓融，都要以這兩首詩作爲參照。在宋代，和黃、張二詩的很多，不乏佳構，如潘大臨和黃庭堅之《浯溪》、李清照《和張文潛浯溪中興頌二首》，藝術精湛，與黃、張二詩相比亦無愧色，都是傳誦一時的名篇。

二、浯溪題詠與宋人的中興意識

宋代浯溪題詠，南宋時最盛，這與當時人們的中興意識有關。南宋王觀國《學林》卷二「中興」云：

> 中興者，在一世之間，因王道衰而有能復興者，斯謂之中興，首尾先後不必均也。商之世嘗衰矣，高宗能復興商道，故高宗謂之中興；周之世嘗衰矣，宣王能復興周道，故宣王謂之中興；漢之世嘗衰矣，光武能復興漢室，故光武謂之中興。晉之世嘗衰矣，元帝能再造晉室，故元帝謂之中興；唐之世嘗衰矣，肅宗能復興唐室，故肅宗謂之中興。

北宋徽宗、欽宗陷於金，而宋高宗稱帝於南方，往往標舉「中興」以明統緒、炫功績。比如紹興元年，造符璽「大宋中興寶」〔註4〕；紹興年間，科舉考試有「四海想中興之美賦」、「中興日月可冀賦」這樣

〔註 4〕《宋史》卷二六。

的題目〔註5〕。但高宗重用秦檜，竄斥趙鼎、張浚，殺害岳飛父子，「偷安忍恥，匿怨忘親」〔註6〕，使南宋偏安一隅，終滅於外族。因此南宋的有識之士談論「中興」，多是表達重整朝綱、以圖振作的願望，應當說，這也是當時整個社會的理想和期望。

這種社會理想在南宋的浯溪題詠中得到了充分的反映，詩人們每每從看見「摧風溜雨中興字」，聯想到「轉地迴天克復功」（劉用行《遊浯溪》（嘉定乙亥臘月））。李若虛在紹興五年（1135）所作的《過浯溪觀中興磨崖因成一絕》道：

元顏文字照浯溪，神物於今長護持。崖邊尚有堪磨處，留刻中興第二碑。

胡寅作《題浯溪小景》道：

卜宅元郎豈偶然，江山千古共流傳。乾坤巨石知多少，待看中興第二篇。

這些詩作表達的希望國家強盛、民族振興的呼聲，終南宋之世均不曾斷絕。曾煥在嘉定十三年（1220）所作《浯溪磨崖》中道：「元頌顏書山谷詩，還鐫我宋中興碑。」莊崇節在寶祐五年（1257）所作《浯溪》中道：「便使中原歸趙璧，磨崖再勒中興碑。」蔣孝忠在景定三年（1262）所作《題浯溪二首》之二道：「我宋中原二百州，版圖漸入掌中收。只今更辦河清頌，勒向燕然最上頭。」戴煜在景定四年（1263）所作《浯溪》道：「斷崖文字是唐碑，無限名賢讚頌詩。莫把中興口前代，會須重見太平時。」在朝廷偏安一隅，對外戰爭屢戰屢敗的背景下，浯溪成爲宋代士人寄託恢復河山、再造太平等種種信念的精神符號。

甚至浯溪刻石作爲題材還出現在了頌壽一類的作品中，如楊冠卿《以浯溪磨崖頌爲友人壽》云：

明皇蠱妖孽，顛倒由祿兒。眞人奮靈武，群公任安危。笑談收兩京，鑾輅還京師。廟社喜重安，鍾簴曾不移。詞

〔註5〕羅大經《鶴林玉露》卷一二。

〔註6〕《宋史》卷三二。

臣有元結，歌頌鐫浯溪。餘生千載後，每恨不同時。半世看墨本，長哦山谷詩。鳴劍馳伊吾，有策噤未施。十年客衛府，斗粟不療饑。君今聯上合，婉畫贊籌帷。眷簡隆三宮，復始可指期。持以爲君壽，勳名書鼎彝。明年奉漢觴，重修前殿儀。摩挲古崖石，更紀中興碑。

楊冠卿今《宋史》無傳，大約與陸游、范成大等人同時，曾知廣州，後因事罷職，以詩文遊食於江湖〔註 7〕。這首詩腴詞誇麗，符合頌壽類作品的一般特徵，值得注意的是以此題材爲友人壽，說明「中興」「恢復」一類的字眼是當時社會上流行的政治話語。

「中興之業誠艱難」（呂本中《浯溪》），對此宋代詩人有清醒的認識，因此不少浯溪題詠作品中表達了早定平戎大計的意願與呼喚中興之臣的心聲。胡寅《題浯溪》云：

戎馬胡爲踐神京，翠華東巡朝太清。扶桑大明湧少海，虎符百萬屯雲興。皇威意無窮發北，老傅坐籌自巾幗。謀臣猛將俄解體，吹入胡笳一蕭瑟。寒南莽莽多穹廬，塞雁年年不繫書。回首朔雲清淚滿，傷心玉坐碧苔虛。中興聖主宣光類，群材合沓風雲會。會稽甲楯今幾時，於鑠王師尚時晦。最喜肅侯開肅宗，不謂晨昏急近功。竟使大唐宏業墜，豐碑有愧昭無窮。徙倚碑前三太息，江水東流豈終極。頌聲諧激不爲難，君王早訪平戎策。

在感慨評騭歷史的同時，勸諫君王及早訪求定奪安邦定國之策。而孝宗時秋秋隱里叟《讀中興碑》云：「漫嗟褒貶迹，孰繼老汾陽」，則是期盼國家能夠出現像唐代郭子儀那樣挽狂瀾於既倒的俊傑雄才。

宋代浯溪題詠里中興意識的深切表白，有其深刻的歷史原因。宋代「守內虛外」的國策，導致軍事的孱弱和外患的頻仍，北宋時燕雲未復，南宋時中原淪喪，這都使得宋人在創作這一題材的詩歌作品時，「想當忠憤欲吐時，盡把江山供筆力」（陳從古《紹興辛巳秋過浯溪誦簡齋詩因用其韻》），往往寄寓了深厚的愛國熱忱。

〔註 7〕見《四庫全書總目》卷一六〇之相關考證。

三、浯溪題詠中的批判主題以及對治亂興亡的思考

唐代安史之亂是中國封建社會的重大事件，這一段歷史錯綜複雜又內涵豐富，是詠史詩創作極好的材料。對這一歷史事件的批判檢討以及生發出來的對治亂興亡的思考，是宋人浯溪題詠的主要主題。

崇寧三年（1104），黃庭堅自鄂州赴宜州謫所，經浯溪過中興頌碑下，作《書摩崖碑後有序》並刻石〔註8〕。此詩影響很大，在宋代浯溪題詠中具有承前啓後的重要意義：

> 春風吹船著浯溪，扶藜上讀中興碑。平生半世看墨本，摩挲石刻鬢如絲。明皇不作苞桑計，顛倒四海由祿兒。九廟不守乘輿西，萬官已作烏擇棲。撫軍監國太子事，何乃趣取大物爲。事有至難天幸爾，上皇局蹐還京師。內間張后色可否，外間李父頤指揮。南內淒涼幾苟活，高將軍去事尤危。臣結舂陵二三策，臣甫杜鵑再拜詩。安知忠臣痛至骨，世上但賞瓊琚詞。同來野僧六七輩，亦有文士相追隨。斷崖蒼蘚對久立，凍雨爲洗前朝悲。

此詩所涉及的史事與元結《大唐中興頌》略同，寫唐玄宗晚年耽於享樂，怠問政事，熱衷於開邊而擴充邊軍，致使安祿山等節度使尾大不掉，導致了安史之亂的爆發，叛軍破兩京，玄宗西幸，爾後肅宗繼位靈武，重用郭子儀等將領，最終收復二京，玄宗自蜀還後，肅宗聽信張皇后、李輔國等人讒言，移玄宗於太極宮（西內）甘露殿，流放高力士等，玄宗最後抑鬱而終。全詩既敘且議，旨趣幽深，對玄宗驕奢淫逸、誤用奸臣以及肅宗未遵臣道又不盡孝道，均有所發明和批判。後人的作品，也多在黃詩的題旨上做文章。

李清照《和張文潛浯溪中興頌二首》云：

> 五十年功如電掃，華清花柳咸陽草。五坊供奉鬥雞兒，酒肉堆中不知老。胡兵忽自天上來，逆胡亦是奸雄才。勤政樓前走胡馬，珠翠踏盡塵土埃。何爲出戰輒披靡，傳置荔枝多馬死。堯功舜德本如天，安用區區紀文字。著碑銘

〔註8〕黃庭堅《中興頌詩引並行記》，《山谷集．別集》卷一一。

德眞陋哉，乃令神鬼磨山崖。子儀光弼不自猜，天心悔禍人心開。夏商有鑒當深戒，簡策汗青今具在。君不見，當時張説最多時，雖生已被姚崇賣。

君不見，驚人廢興傳天寶，中興碑上今生草。不知負國有奸雄，但説成功尊國老。誰令妃子天上來，虢、秦、韓國皆天才。花桑羯鼓玉方響，春風不敢生塵埃。姓名誰復知安史，健兒猛將安眠死。去天尺五抱甕峰，蜂頭鑿出開元字。時移勢去眞可哀，姦人心醜深如崖。西蜀萬里尚能反，南內一閉何時開。可憐孝德如天大，反使將軍稱好在。嗚呼，奴輩乃不能道：輔國用事張后專，乃能念：春薺長安作斤賣。

據黃盛璋《趙明誠、李清照夫婦年譜》，此詩作於元符三年（1100）〔註 9〕，王汝弼則以爲作於崇寧三年（1104）左右〔註 10〕。張耒詩乃宋代浯溪題詠中的名篇，全詩是對大唐中興的歌頌，並對元結之文和顏眞卿的書法表達了讚美之情。李清照詩歌的主題卻是批判性質的，雖是和張潛的作品，卻與黃庭堅的《書磨崖碑後》更爲相似。二詩批判的矛頭，主要指向了玄宗天寶年間的淫靡生活和肅宗時李輔國等人的擅權亂政。周煇《清波雜誌》卷八云：「浯溪《中興頌》碑，自唐至今，題詠實繁，零陵近雖刊行，止會粹已入石者，曾未暇廣搜而博訪也。趙明誠待制妻易安李夫人嘗和張文潛長篇二，以婦人而廁眾作，非深有思致者能之乎？」對李清照詩予以了高度的評價。

宋代浯溪題詠作品中類似這種批判腐敗、剖析弊端的主題極其常見，呂本中《浯溪》云：「紛然大曆上元間，文恬武嬉主則孱」，是對中唐時藩鎭擅代、宦官專權的批判。《資治通鑒》卷二二二載：「李輔國恃功益橫，明謂上（肅宗）曰：『大家但居禁中，外事聽老奴處分。』上內不能平，以其方握禁兵，外尊禮之」，可見當時君主失其權重的

〔註 9〕黃盛璋《趙明誠、李清照夫婦年譜》，《山東省志資料》，1959 年第 3 期。

〔註 10〕王汝弼《論李清照》，《文史哲》，1962 年 2 期。

狀況，呂本中詩就是對這類史實的慨歎。易祓《讀唐中興頌》云：「壤分旄鉞誰能制，政出貂璫不復還」，更是明確指出中唐政治這一弊端。再如李洪《和柯山先生讀中興碑》云：「鑒古評詩增感慨，無逸圖亡山水在」，按《新唐書》卷一四二載：「(宋) 璟嘗手寫《尚書·無逸》，爲圖以獻，勸帝出入觀省以自戒。其後朽暗，乃代以山水圖，稍怠於勤，左右不復箴規，奸臣日用事，以至於敗」，李洪詩是對玄宗晚年懈於政事、貪圖享樂的批判。白玉蟾《題浯溪》云：「夷人先母而後父，此語誤君君不悟。天下何思復何慮，華清目送豬龍去」，按《舊唐書》卷二〇〇上載：「(安祿山) 請爲貴妃養兒，入對皆先拜太眞，玄宗怪而問之，對曰：『臣是蕃人，蕃人先母而後父。』玄宗大悅」，又樂史《楊太眞外傳》卷下載：「祿山醉臥，化爲一豬而龍首，左右遽告帝。帝曰：『此豬龍，無能爲。』終不殺，卒亂中國」，白玉蟾詩用此二典，批判玄宗誤用奸臣，終釀成不世之禍。

這種批判越往後越注重以三綱之類的道德規範爲標準，關注的焦點越來越集中在玄宗和肅宗的父子君臣關係上。如潘大臨《浯溪》云：

> 公泛浯溪春水船，繫帆啼鳥青崖邊。次山作頌今幾年，當時治亂春風前。明皇聰明眞晚謬，乾坤付與哥奴手。骨肉何傷九廟焚，蜀山騎驢不回首。天下寧知再有唐，皇帝紫袍迎上皇。神器蒼忙吾敢惜，兒不終孝聽五郎。父子幾何不豺虎，君臣寧能責胡虜。南內淒涼誰得知，人間稱家作端午。平生不識顏眞卿，去年不答高將軍。老來讀碑淚橫臆，公詩與碑當共行。不賞邊功寧有許，當殺奉皇猶敢語。雨淋日炙字未論，千秋萬歲所鑒多。

雖然詩中說這段史事可資鑒戒者極多，但論肅宗「兒不終孝」顯然花費了作者最多的筆墨。再如如南宋陳長方《讀張文潛黃魯直中興頌有作》云：

> 文皇光明大式圍，招來群策常低眉。恩流動植到肌骨，民心與作邦家基。歲月日逝閱天寶，椿撞家居恣纖兒。婦后一日投三子，內間更納壽王妃。三綱俱紊今若此，漁陽

> 叛將來猶遲。騎騾入蜀事慘惻，靈武即位尤堪悲。五郎父子較名義，直與安史分毫釐。若非貞觀基局牢，分披已作周東西。臨淮電擊亦漫爾，汾陽韜略將何爲。後來更出顏元輩，深詞大刻中興碑。艱難不少念厥祖，坐蒙前福仍誇毗。鑒觀陳迹動歎息，願上文王聖德詩。

按詩中五郎當爲三郎之誤。三郎爲唐玄宗小字，因其排行第三，故稱；而五郎指李輔國，輔國顯貴後，「中貴人不敢呼其官，但呼五郎」〔註 11〕。此詩對玄宗納子壽王李瑁妃（即楊貴妃）的不倫之舉，深爲不滿，並認爲肅宗即位靈武，壞父子君臣大義，與安慶緒、史朝義殺父相埒，認爲綱常紊亂是導致唐朝政治崩頽的主要原因，正是「論定固知名貴正，時危更識禮從宜」（徐自明《遊浯溪》）之意。

對歷史的批判從來就具有現實指向，許及之《次韻轉庵讀中興碑》云：「千秋金鏡唐元龜，苞桑鏡見龜灼知」，陳容《題浯溪中興頌二首》之二云：「中興碑下奸臣懼，天道何嘗不好還」，宋人浯溪題詠對中唐政治的批判，其目的無非是借歷史以爲今世之鑒。因此，如果詩歌只是感慨興亡，而沒有勸誡規鑒的作用，在許多人看來，就不能算作是眞正的好詩。例如張耒《讀中興頌碑》雖然筆力縱橫、「殆爲絕唱」，但僅是抒發作者「百年廢興增歎慨」的感觸，缺乏資政明道的應有之義，因而後人多有譏誚者，南宋吳子良就說：「讀中興頌詩，前後非一，惟黃魯直、潘大臨皆可爲世主規鑒，若張文潛之作，雖無之可也」〔註 12〕。

四、對歷史批判與文學功能的認識和爭論

元結《大唐中興頌》的主題在宋代引起了極大的爭議，尤其是黃庭堅作《書磨崖碑後》之後，元文中的「微言大義」成爲後人極爲熱烈的討論話題，因此曾豐《題浯溪》序中說：「元次山頌刻於崖，至本朝熙寧數百年無異論，一經黃魯直出意著語，來者往往更相黜陟。」

〔註 11〕劉昫等《舊唐書》卷一八四。

〔註 12〕吳子良《荊溪林下偶談》卷二。

而劉克莊《浯溪二首》之一云:「無端一首黃詩在,長與江山起是非」,則是對這種狀況形象的比喻。宋人對唐朝政治的批判,是在對元結文和黃庭堅詩內涵的揭示闡明過程中展開的。

北宋米芾《過浯溪》就說:「胡羯自干紀,唐綱竟不維。可憐德業淺,有愧此碑詞」,認爲肅宗的德行功業不足以稱元結之頌詞,那麼在他看來,《大唐中興頌》還是對聖主的歌頌。但後來人們對《大唐中興頌》進行了重新審視,認爲此文「文辭簡古有刺譏」(滕岑《中興碑》),於是以史實印證元結文中的譏刺涵義成爲一時的潮流。黃庭堅《書磨崖碑後》直詠史事,實際上並未涉及對元結文章內涵的分析,但黃詩對唐朝政治多個層面的批判,使得後人在重新審視元結《大唐中興頌》的意義時,多援以爲證。洪邁《容齋五筆》卷二云:

> 唐肅宗於干戈之際,奪父位而代之,然尚有可諉者,曰欲收復兩京,非居尊位不足以制命諸將耳。至於上皇還居興慶,惡其與外人交通,刼徙之西內,不復定省,竟以怏怏而終,其不孝之惡,上通於天,是時元次山作《中興頌》,所書天子幸蜀,太子即位於靈武,直指其事,殆與《洪範》云「武王勝殷,殺受之」辭同。其詞曰:「事有至難,宗廟再安,二聖重歡。」既言重歡,則知其不歡多矣。杜子美《杜鵑》詩「我看禽鳥情,猶解事杜鵑」,傷之至矣。顏魯公請立放生池表云:「一日三朝,大明天子之孝;問安視膳,不改家人之禮。」東坡以爲彼知肅宗有愧於是也。黃魯直《題磨崖碑》尤爲深切,「撫軍監國太子事,何乃趣取大物爲?事有至難天幸耳,上皇局脊還京師。南內淒涼幾苟活,高將軍去事尤危。臣結舂陵二三策,臣甫杜鵑再拜詩。安知忠臣痛至骨,世上但賞瓊琚詞」,所以揭表肅宗之罪極矣。

認爲肅宗自立爲帝,是爲了更好地轄制諸將,尙情有可原,但逼迫玄宗移居西內,致使玄宗怏怏而死,則是大不孝,並且認爲元結的《大唐中興頌》並非對肅宗中興大業的歌頌,而是包含了指謫肅宗有乖父子君臣大倫的深刻涵義。不少人更是借元結之文來確認肅宗即位的實質是篡位，羅大經《鶴林玉露》卷三云：

> 昔唐明皇幸蜀，肅宗即位靈武，元次山作頌，謂「自古有盛德大業，必見於歌頌；若今歌頌大業，非老於文學，其誰宜爲」，去盛德而止言大業，固以肅宗即位爲非矣。伊川謂非祿山叛，乃肅宗叛也。山谷云：「撫軍監國太子事，胡乃趣取大物爲。」此皆至論。

按《二程遺書》卷一七云：「肅宗即位靈武，分明是篡也。」可見宋人對唐肅宗的定性，受到理學家歷史觀念的強烈影響，朱熹也說：「元次山之詞，歌功而不頌德，則豈可謂無意也哉？至山谷之詩，推見至隱，以明君臣父子之訓，是乃萬世不可易之大防，與一時謀利計功之言，益不可同年而語矣」〔註13〕，將君君臣臣父父子子的道德規範提高到無以復加的程度，並以此爲標準來批判肅宗之不德。

在這一思想背景下，甚至還有人覺得元結在文章中對中唐政治的批判力度不足，如王之望《浯溪中興頌碑》云：「唐文中世未變古，燕許偶儷爲班揚。次山之文可也簡，此頌未追周魯商。祿山滔天等窮澆，春秋之法誅無將。騁兵二字斥邊將，此語豈足懲奸強。末篇三章頗辭費，筆力不復能鏗鏘」，對當時叛逆篡弑如安祿山等邊將大加撻伐，並認爲元結對此輕描淡寫，一筆帶過，不符合善善惡惡的春秋精神，另外對元文中連篇累牘的溢美之言也頗有微詞。

對古代君主的激烈批判以及對文學刻露地表現這種批判的要求，引起了一些文人的不安，這其中范成大是一個典型的代表。其《驂鸞錄》云：

> 始余讀《中興頌》，又聞諸搢紳先生之論，以爲元子之文，有《春秋》法，謂如「天子幸蜀，太子即位於靈武」，書法甚嚴；又如「古者盛德大業，必見於歌頌，若今歌頌大業，非老於文學，其誰宜爲」，則不及盛德；又如「二聖重歡」之語，皆微詞見意：夫元子之文，固不爲無微意矣。

〔註13〕朱熹《跋程沙隨帖》，《晦庵集》卷八四。

而後來各人，貪作議論，復從旁發明呈露之，魯直詩至謂「撫軍監國太子事，何乃趣取大物爲」，又云「臣結春秋二三策，臣甫杜鵑再拜詩。安知臣忠痛至骨，後世但賞瓊琚詞」，魯直既倡此論，繼作者靡然從之，不復問歌頌中興，但以詆罵肅宗爲談柄，至張安國極矣，曰：「樓前下馬作奇祟，中興之功不當罪。」豈有臣子方頌中興，而傍人遽暴其君之罪，於體安乎？夫頌者，美盛德之形容，以成功告於神明者也。別無他意，非若風雅之有變也。商周魯三詩，可以槩見。今元子乃以筆削之法，寓之聲詩，婉詞含譏，蓋之而章，使眞有意邪，固已非是，諸公噪其傍又如此，則中興之碑乃一罪案，何頌之有？觀魯直「二三策」與「痛至骨」之語，則誠謂元子有譏焉。余以爲非是，善惡自有史冊，歌頌之體不當含譏，譬如上壽父母之前，捧觴善頌而已，若父母有闕遺，非奉觴時可及。磨崖頌大業，豈非奉觴時邪？元子既不能無悮，而諸人又從傍詆訶之不恕，何異執兵以詬人之父母於其子孫爲壽之時者乎？烏得爲事體之正。

范成大還創作有《書浯溪中興碑後》一詩，詩前小序與《驂鸞錄》所論略同，其詩云：

三頌遺音和者希，豐容寧有刺譏辭。絕憐元子春秋法，都寓唐家清廟詩。歌詠當諧琴搏拊，策書自管璧瑕疵。紛紛健筆剛題破，從此磨崖不是碑。

范成大從前輩之說，肯定元結的《大唐中興頌》語帶委婉含蓄的諷諭，但他認爲「歌詠」與「策書」在功能上有著明確的分工，從文學的特質角度出發，否定後人對《大唐中興頌》的解讀，並批評黃庭堅以來詩人們對唐肅宗不留情面而且語意刻露的批判，反映了君主專制時代里社會意識形態對文學的要求。清代四庫館臣在評價范成大《驂鸞錄》時說：「其辨元結浯溪《中興頌》一條，排黃庭堅等之刻論，尤得詩人忠厚之旨」〔註 14〕。

〔註 14〕《四庫全書總目》卷五八。

中國儒家早有「溫柔敦厚」的詩教，劉勰《文心雕龍．徵聖》中也說：「雖精義曲隱，無傷其正言；微辭婉晦，不害其體要」，因此范成大此說一出，從者靡然。王阮《讀浯溪碑一首》序云：

浯溪之頌，士大夫高之，與風雅並行三百年矣。參政王公之望始謂文簡詞費，而紫薇舍人范公成大更疑其體與三頌戾，論者譁然。以余考之，二公評文爾，未正結之失也。謹按《春秋》爲尊者諱，諱之爲言忠於所事云爾。魯娶同姓，孔子諱之，以明臣子之誼。今靈武之事，唐所宜隱也，而動輒訕焉。始兩京平，冊告宗廟，稱嗣皇帝。顏眞卿曰：上皇在蜀可乎？其文《放生池碑》也，中言問安侍膳，不改家人之禮，以愧肅宗，結其同志者也。相與大書特書，亦異於夫子矣。且天寶之亂，明皇既棄厥位，父老遮道請留太子，幸人心未厭唐爾。使二子而執史筆，尤當婉而成章，爲尊者諱。今乃出位倡言，必曰至德改元不以正則，有伯夷故事，不食其粟可也。委質爲臣，退而後言，難以欺識者矣。

其詩云：

魯惡吳同姓，唐嫌肅撫軍。仲尼諱不語，元結謗於文。

子固當承佼，臣其可訕君。空令忠義士，歎息異吾聞。

則是從「爲尊者諱」的角度出發，強調臣子的本分和文學中曲筆的必要性，實際上還是范成大觀點的延續。鍾興嗣《浯溪》云：「歸美頌君父，隱惡義當爲」，也是此意。而林伯成《浯溪》中說「歸美縱來臣子事，誰歌宋德乃心同」，則更是對詩歌歌頌的對象都有了明確的規定。這些論調的出現，無疑進一步滋長了文學中本來就存在的歌功頌德的庸俗化傾向。

「宋人議論未定，兵已渡河」〔註 15〕，其實不只是清代才有這樣的諷刺。宋代部分文人對義理探尋的熱衷與執著，即使在當時也引起了人們的不滿。面對紛紜的議論，王炎在《過浯溪讀中興碑》一詩

〔註 15〕《八旗通志》卷一二五。

中感歎說：「神州北望三歎息，翰墨是非何議爲？」衛樵《寄題中興頌下》云：

> 鼎沸漁陽塞馬鳴，中興鴻業幸天成。且爲當時邦家計，寧問他時父子情。李郭功名無可憾，元顏文字有何評。若能銘刻燕然石，方許雌黃此頌聲。

不但批評對元結文章過度闡釋的無益，還表達了作者驅除敵寇、恢復河山的願望。確實，在南宋時期陸陷東南、金甌殘破的局面中，這無疑是更爲迫切的任務。

元結的《大唐中興頌》是在唐軍擊退安史叛軍收復二京的背景下創作的，顯然是對唐室中興的歌頌和禮贊。在民族矛盾尖銳的宋代，許多詩人也借對浯溪磨崖石碑的歌詠表達了國家昌盛和王朝中興的願望。更值得注意的是，宋人以元結的文章爲基點，在詩歌中馳騁議論，寄託了富有時代氣息的社會政治理想和文化價值理想。

中國古代的功能主義文學觀可謂源遠流長。孔子說《詩》可以「邇之事父，遠之事君」〔註16〕，《毛詩序》強調文學「經夫婦，成孝敬，厚人倫，美教化，移風俗」的作用，唐代白居易也認爲「文章合爲時而著，歌詩合爲事而作」〔註17〕。這些論點在宋代得到進一步的強化和補充，歐陽修說「文章繫乎治亂」〔註18〕，王安石說「嘗謂文者，禮教治政云爾」，「且所謂文者，務爲有補於世而已矣」〔註19〕，蘇軾說「詩文皆有爲而作」，「言必中當世之過」〔註20〕。道學家對文道關係有更多的考察和論證，石介說「故兩儀，文之體也；三綱，文之象也；五常，文之質也；九疇，文之數也；道德，文之本也；禮樂，文之飾也；孝悌，文之美也；功業，文之容也；教化，文之明也；刑政，文之綱也；號令，文之聲也」〔註21〕，周

〔註16〕《論語·陽貨》。

〔註17〕白居易《與元九書》，《白居易集》卷四五。

〔註18〕歐陽修《與黃校書論文章書》，《文忠集》卷六七。

〔註19〕王安石《上人書》，《臨川文集》卷七七。

〔註20〕蘇軾《鳧繹先生詩集敘》，《蘇軾文集》卷一〇。

〔註21〕石介《上蔡副樞書》，《徂徠集》卷一三。

敦頤說「文所以載道也」〔註 22〕，邵雍認爲文學應當「以天下大義而爲言」〔註 23〕，朱熹說「道者，文之根本；文者，道之枝葉。惟其根本乎道，所以發之於文，皆道也」〔註 24〕。這些對文學價值的闡釋以及對創作的明確要求是宋詩創作的重要背景，也正是因爲如此，宋代浯溪題詠中才會有那麼多的議論評騭，因爲在這些議論評騭中，承載了宋人的社會政治理念和對歷史的理性思考。

萌芽於中唐的儒學復興運動在宋代逐漸蔚爲壯觀，在新時代的思想體系構建中，宋人高舉道德的旗幟，弘揚儒家固有的倫理規範，標舉大德與大節，正如文天祥《正氣歌》所說：「三綱實係命，道義爲之根。」在政治思想上，也普遍鄙薄「術」層面的內容，而極端強調「道」層面的內容。正是因爲這樣，宋代浯溪題詠中對唐肅宗不符合父子君臣倫理的行爲才會有那麼多的批判與指謫，而常常對他中興唐室的功績視而不見。

宋代文人往往具有「論議爭煌煌」〔註 25〕的政治和學術個性，文人在政治和思想領域的交鋒從未停止過，北宋有慶曆黨爭以及熙寧年間開始延及北宋末年的新舊黨之爭，南宋有戰和兩派之爭以及近幸勢力打壓道學人士的慶元黨禁，便是明證。在對元結《大唐中興頌》以及黃庭堅《書摩崖碑後》的解讀中，在對待唐肅宗的歷史評價問題上，文人暢所欲言，針鋒相對，辯難不休，正是政治與思想學術領域鬥爭競秀的生動體現。當然，由於中央集權的加強是一個歷史的大趨勢，加之宋朝優寵文人，使得國家權威與思想秩序的建設具有高度的同一性，從南宋中期以後，以文學對君主進行刻露批判的做法遭到譴責，而以文學歸美讚頌聖朝大德的傾向則逐漸明確，這也可以看作功能主義觀念影響下的文學創作的必然歸宿。

〔註22〕周敦頤《通書·文辭》。

〔註23〕邵雍《擊壤集》自序。

〔註24〕《朱子語類》卷一三九。

〔註25〕歐陽修《鎮陽讀書》，《歐陽修全集》卷二。

結語：宋代詠史詩的主要特徵

宋代詠史詩表現出與前代作品大不相同的面貌。

在主題上，注重對歷史上的人物事件進行道德評判，這是宋代詠史詩最爲鮮明的特徵之一。在宋代文化大背景中，宋代詠史詩在評價歷史人物和歷史事件時，往往不不以成敗論英雄，而主張振三綱、講人倫、重人道，以道德標準評價古人，清人說「弔古之詩，須褒貶森嚴，具有《春秋》之義，使善者足以動後人之景仰，惡者足以垂千秋之炯戒」〔註1〕，其實這正是宋代詠史詩在主題上的要求。宋代詠孝女曹娥的詩歌數量極多，南宋林同《孝詩》以組詩形式詠古孝事，反映了整個社會崇孝的道德理念，就是社會道德思潮影響詠史詩創作的典型例子。

在藝術手法上，尙議論是宋代詠史詩的另一個特徵。這與前述詠史詩明確的主題要求是互爲表裏的。納蘭性德《淥水亭雜識》卷四云：「古人詠史，敘事無意，史也，非詩矣。唐人實勝古人。……若落議論，史評也，非詩矣。宋以後多患此病。」吳喬《圍爐詩話》卷三云：「古人詠史，但敘事而不出己意，則史也，非詩也；出己意，發議論，而斧鑿錚錚，又落宋人之病。」這些評論都是反面的批判，但都指出了宋人詠史詩好議論的特點。

〔註 1〕王壽昌《小清華園詩談》卷下。

第三是題材的拓展。與漢唐時期的詠史詩相比，宋代詠史詩融攝了更為豐富的內容。一方面，詠史詩對歷史的觀照更為細密了，以前不曾入詩或很少入詩的歷史人物、歷史事件都引起了宋代詩人的關注。尤其是南宋時王十朋、劉克莊、徐鈞、陳普等人的大型詠史組詩，以上百首甚至上千首的規模歌詠史事，不少內容是前人未曾涉足過的。另一方面，宋代詠史詩中題畫詩、詠金石碑帖等富於文化氣息的詩歌佔據了相當的比重，反映了宋代全面繁榮的文化藝術對文學的影響，這些內容也是前人較少涉及的。可能會有人認為這不是「純粹」的詠史詩，其實這些詩歌是傳統詠史詩在宋代文化環境中的變體，這種「不純粹」正是宋代詠史詩題材拓展的表現。

宋代詠史詩的風格，同時呈現出兩種不同的類型和面貌。一種是以簡約質樸、通俗淺近為宗，這類詠史詩多短小的絕句，尤其是七言絕句。與唐人絕句搖曳多姿、風情綽約不同，宋人的詠史絕句往往褒貶前人，直陳論點，清人說「七絕，唐人多轉，宋人多直下，味短」〔註 2〕，即是此意。由於這類詠史詩在數量上佔據了絕對的優勢，因此這種風格形態可視為宋代詠史詩的主流，宋代眾多的大型詠史組詩多採用絕句形式，使得這種風格類型和文學傳統不斷地被強化。另一種則是以繁縟縝密、典雅宏富相尚，體裁上多採用古詩形式，篇幅大多較長。相比於前一種類型，這類詠史詩往往內容更為充實，具有煙雲卷舒、縱橫變幻的藝術效果。詠金石碑帖等更能反映宋人內涵豐厚的文化生活內容的作品，往往屬於此類。因此這種風格形態可視之為傳統詠史詩風格在宋代文化環境中的泛化。宋代詠史詩在風格上並行不悖的發展趨向，充分展示了詠史詩在那個時代多元並進、活潑生動的發展場景。

宋詩是中國詩歌史上繼唐詩之後的又一座高峰。錢鍾書先生說：「瞧不起宋詩的明人說它學唐詩而不像唐詩，這句話並不錯，只是他

〔註 2〕吳喬《圍爐詩話》卷二。

們不懂這一點不像之處恰恰就是宋詩的創造性和價值」〔註3〕。宋代詠史詩也呈現出與唐代大不相同的面貌，錢先生這句話若用來類比宋代詠史詩的價值，似乎也相當的適用和貼切。

〔註3〕錢鍾書《宋詩選注》序，人民文學出版社，1989年。

徵引書目

（按文獻名稱漢語拼音字母順序排列）

1.《白居易集箋校》，白居易著，朱金城箋注，上海古籍出版社，1988年。

2.《稗編》，唐順之編，文淵閣四庫全書本。

3.《北宋詠史詩探論》，陳吉山撰，國立成功大學碩士學位論文，1993年。

4.《補注杜詩》，黃希、黃鶴著，文淵閣四庫全書本。

5.《滄浪詩話》，嚴羽著，《歷代詩話》本，中華書局，1981年。

6.《曹娥的「孝」》，蘇勇強撰，《江漢論壇》，2004年第4期。

7.《曹江孝女廟志》，金廷棟編，清光緒八年刻本。

8.《池北偶談》，王士禛著，靳斯仁點校，中華書局，1982年。

9.《淳熙三山志》，梁克家著，文淵閣四庫全書本。

10.《慈湖遺書》，楊簡著，文淵閣四庫全書本。

11.《次山集》，元結著，文淵閣四庫全書本。

12.《徂徠集》，石介著，文淵閣四庫全書本。

13.《東京夢華錄注》，孟元老著，鄧之誠注，中華書局，1982年。

14.《東里集》，楊士奇著，文淵閣四庫全書本。

15.《東坡志林》，蘇軾著，王松齡點校，中華書局，1981年。

16.《杜詩鏡銓》，杜甫著，楊倫箋注，上海古籍出版社，1998年。

17.《鈍吟雜錄》，馮班著，《清詩話》本，上海古籍出版社，1999年。

18.《二程遺書》，程顥、程頤著，上海古籍出版社，1992年。

19.《范文正集》，范仲淹著，文淵閣四庫全書本。

20.《方輿勝覽》，祝穆著，中華書局，2003 年。
21.《古典戲曲存目彙考》，莊一拂著，上海古籍出版社，1982 年。
22.《古今源流至論》，林駉著，文淵閣四庫全書本。
23.《古詩賞析》，張玉穀著，上海古籍出版社，2000 年。
24.《管錐篇》，錢鍾書著，中華書局，1986 年。
25.《國朝詩話》，楊際昌著，《清詩話續編》本，上海古籍出版社，1983 年。
26.《韓昌黎全集》，韓愈著，中國書店，1991 年。
27.《漢書》，班固著，顏師古注，中華書局，1962 年。
28.《漢魏六朝詠史詩試論》，韋春喜撰，山東師範大學碩士學位論文，2002 年。
29.《漢魏六朝詠史詩研究》，劉傑撰，西南師範大學碩士學位論文，2004 年。
30.《漢魏盛唐詠史詩研究：「言志」之詩學傳統及士人思想的考察》，李翰著，廣西師範大學出版社，2006 年。
31.《河東集》，柳開著，文淵閣四庫全書本。
32.《鶴林玉露》，羅大經著，中華書局，1983 年。
33.《鶴山集》，魏了翁著，文淵閣四庫全書本。
34.《横渠易說》，張載著，文淵閣四庫全書本。
35.《後村集》，劉克莊著，文淵閣四庫全書本。
36.《後村詩話》，劉克莊著，中華書局，1983 年。
37.《後村詠史詩述略》，王述堯撰，《河北大學學報》，2004 年第 2 期。
38.《後漢書》，范曄著，中華書局，1965 年。
39.《晝墁集》，張舜民著，文淵閣四庫全書本。
40.《皇極經世書》，邵雍著，文淵閣四庫全書本。
41.《黃庭堅詩集注》，黃庭堅著，任淵、史容、史季溫注，劉尚榮校點，中華書局，2003 年。
42.《會稽續志》，張淏著，文淵閣四庫全書本。
43.《晦庵集》，朱熹著，文淵閣四庫全書本。
44.《擊壤集》，邵雍著，文淵閣四庫全書本。
45.《雞肋集》，晁補之著，文淵閣四庫全書本。
46.《霽山集》，林景熙著，中華書局，1960 年。

47.《劍溪說詩》，喬億著，《清詩話續編》本，上海古籍出版社，1983年。
48.《澗泉日記》，韓淲著，上海古籍出版社，1993年。
49.《講史與詠史詩》，張政烺著，國立中央研究院《歷史語言研究所集刊》第十本，民國三十七年。
50.《金明館叢稿二編》，陳寅恪著，上海古籍出版社，1980年。
51.《晉書》，房玄齡等著，中華書局，1974年。
52.《荊溪林下偶談》，吳子良著，文淵閣四庫全書本。
53.《井中奇書考》，陳福康著，上海文藝出版社，2001年。
54.《景定嚴州續志》，鄭瑤、方仁榮著，文淵閣四庫全書本。
55.《舊唐書》，劉昫等著，中華書局，1975年。
56.《居易錄》，王士禎著，文淵閣四庫全書本。
57.《郡齋讀書志》，晁公武著，文淵閣四庫全書本。
58.《老學庵筆記》，陸游著，中華書局，1979年。
59.《樂府詩集》，郭茂倩編著，中華書局，1979年。
60.《冷齋夜話》，惠洪著，中華書局，1988年。
61.《禮記》，《十三經注疏》標點本，北京大學出版社，1999年。
62.《李清照集箋注》，李清照著，徐培均箋注，上海古籍出版社，2002年。
63.《李商隱的詠史詩》，方瑜著，新文豐出版公司，1992年。
64.《李商隱詩歌集解》，劉學鍇、余恕誠著，中華書局，1998年。
65.《李商隱詠史詩的主要特徵及其對古代詠史詩的發展》，劉學鍇撰，《文學遺產》，1993年第1期。
66.《李商隱詠史詩研究》，王娟撰，陝西師範大學碩士學位論文，2003年。
67.《歷代名賢確論》，文淵閣四庫全書本。
68.《列仙傳》，劉向著，上海古籍出版社，1990年。
69.《列子集釋》，楊伯峻著，中華書局，1979年。
70.《臨川文集》，王安石著，文淵閣四庫全書本。
71.《臨江吟逝水　幽夢付古今——杜牧與李商隱詠史詩創作研究》，邱文瑛撰，福建師範大學碩士學位論文，2004年。
72.《劉熙載文集》，劉熙載著，江蘇古籍出版社，2001年。

73.《六一詩話》，歐陽修著，《歷代詩話》本，中華書局，1981 年。
74.《蘆川歸來集》，張元幹著，文淵閣四庫全書本。
75.《淥水亭雜識》，納蘭性德著，《昭代叢書》本。
76.《略談王安石的詠史詩》，李有明撰，《廣西師大學報》，1989 年第 1 期。
77.《論衡》，王充著，上海古籍出版社，1990 年。
78.《論李覯的詠史詩》，王春庭撰，《江西社會科學》，2003 年第 11 期。
79.《論李清照》，王汝弼撰，《文史哲》，1962 年第 2 期。
80.《論秦觀詠史詩》，徐培均撰，《吉安師專學報》，1994 年第 1 期。
81.《論唐代詠史詩》，馮傲雪撰，四川師範學院碩士學位論文，2002 年。
82.《論唐代詠史詩藝術新變》，冷紀平撰，青島大學碩士學位論文，2005 年。
83.《論晚唐的詠史組詩》，莫礪鋒撰，《社會科學戰線》，2000 年 4 期。
84.《論王安石議政的詠史懷古詩》，李唐撰，《學術交流》，2005 年第 7 期。
85.《論語》，《十三經注疏》標點本，北京大學出版社，1999 年。
86.《論中晚唐詠史詩》，毛德勝撰，華中師範大學碩士學位論文，2003 年。
87.《鄮峰眞隱漫錄》，史浩著，文淵閣四庫全書本。
88.《孟子》，《十三經注疏》標點本，北京大學出版社，1999 年。
89.《名臣碑傳琬琰之集》，杜大珪編，文淵閣四庫全書本。
90.《洺水集》，程珌著，文淵閣四庫全書本。
91.《南詞敘錄注釋》，徐渭著，李復波，熊澄宇注，中國戲劇出版社，1989 年。
92.《南宋遺民詩人群體研究》，方勇著，人民出版社，2000 年。
93.《南宋詠史詩研究》，季明華著，文津出版社，1997 年。
94.《歐陽修全集》，歐陽修著，李逸安點校，中華書局，2001 年。
95.《甌北詩話》，趙翼著，人民文學出版社，1963 年。
96.《評唐代詠史詩人的歷史觀》，李霞撰，陝西師範大學碩士學位論文，2002 年。
97.《浦江清文錄》，浦江清著，人民文學出版社，1989 年。
98.《騎省集》，徐鉉著，文淵閣四庫全書本。

99.《青箱雜記》，吳處厚著，中華書局，1985 年。
100.《清波雜誌校注》，周煇著，劉永翔校注，中華書局，1994 年。
101.《全宋詞》，唐圭璋編，中華書局，1965 年。
102.《全宋詩》，傅璇琮等主編，北京大學出版社，1998 年。
103.《全唐詩》，彭定求等編，中華書局，1960 年。
104.《容齋隨筆》，洪邁著，上海古籍出版社，1996 年。
105.《儒林公議》，田況著，文淵閣四庫全書本。
106.《三國志》，陳壽著，裴松之注，中華書局，1959 年。
107.《三山鄭菊山先生清雋集》，鄭震著，《四部叢刊》本。
108.《珊瑚鉤詩話》，張表臣著，《歷代詩話》本，中華書局，1981 年。
109.《苕溪漁隱叢話》，胡仔編著，人民文學出版社，1981 年。
110.《升菴詩話》，楊慎著，《歷代詩話續編》本，中華書局，1983 年。
111.《詩辯坻》，毛先舒著，《清詩話續編》本，上海古籍出版社，1983 年。
112.《詩話總龜》，阮閱編，人民文學出版社，1987 年。
113.《詩經》，《十三經注疏》標點本，北京大學出版社，1999 年。
114.《詩品》，鍾嶸著，《歷代詩話》本，中華書局，1981 年。
115.《詩人玉屑》，魏慶之編，上海古籍出版社，1978 年。
116.《詩藪》，胡應麟著，上海古籍出版社，1979 年。
117.《十國春秋》，吳任臣著，中華書局，1983 年。
118.《十七史蒙求》，王令著，嶽麓書社，1986 年。
119.《石林燕語》，葉夢得著，中華書局，1984 年。
120.《石林詩話》，葉夢得著，《歷代詩話》本，中華書局，1981 年。
121.《石洲詩話》，翁方綱著，《清詩話續編》本，上海古籍出版社，1983 年。
122.《史記》，司馬遷著，中華書局，1972 年。
123.《史詠集》，徐鈞著，《宛委別藏》本。
124.《世說新語校箋》，劉義慶著，徐震堮校箋，中華書局，1984 年。
125.《仕學規範》，張鎡著，文淵閣四庫全書本。
126.《試論王安石的詠史懷古詩》，楊有山撰，《信陽師院學報》，1986 年第 2 期。

127.《試論王安石的詠史詩》，胡守仁撰，《江西師大學報》，1994年第1期。
128.《說詩晬語》，沈德潛著，《清詩話》本，上海古籍出版社，1999年。
129.《說文解字注》，許愼著，段玉裁注，上海古籍出版社，1981年。
130.《四庫全書總目》，永瑢等著，中華書局，1965年。
131.《四溟詩話》，謝榛著，《歷代詩話續編》本，中華書局，1983年。
132.《宋本周曇〈詠史詩〉研究》，趙望秦著，中國社會科學出版社，2005年。
133.《宋朝名畫評》，劉道醇著，文淵閣四庫全書本。
134.《宋代官員選任和管理制度》，苗書梅著，河南大學出版社，1996年。
135.《宋代文學史》，孫望、常國武主編，人民文學出版社，1996年。
136.《宋代詠史詩研究》，張小麗撰，陝西師範大學博士學位論文，2006年。
137.《宋會要輯稿》，徐松輯，中華書局，1957年。
138.《宋景文筆記》，宋祁著，文淵閣四庫全書本。
139.《宋名臣奏議》，趙汝愚編，文淵閣四庫全書本。
140.《宋前詠史詩史》，韋春喜撰，山東大學博士學位論文，2005年。
141.《宋詩選注》，錢鍾書著，人民文學出版社，1989年。
142.《宋史》，脱脱等著，中華書局，1977年。
143.《宋文鑒》，呂祖謙編，文淵閣四庫全書本。
144.《蘇軾詩集》，王文誥輯注，孔凡禮點校，中華書局，1982年。
145.《蘇軾文集》，孔凡禮點校，中華書局，1986年。
146.《蘇亭詩話》，張道著，清光緒十九年刻本。
147.《蘇轍集》，蘇轍著，陳宏天、高秀芳點校，中華書局，1990年。
148.《隨園詩話》，袁枚著，人民文學出版社，1982年。
149.《太和正音譜》，朱權著，《錄鬼簿（外四種）》，上海古籍出版社，1978年。
150.《太極圖說　通書》，周敦頤著，上海古籍出版社，1992年。
151.《談六朝詠史詩的類型》，齊益壽撰，《中華文化復興月刊》，1977年第4期。
152.《唐才子傳校箋》，傅璇琮主編，中華書局，2000年。
153.《唐朝新定詩格》，崔融著，《全唐五代詩格彙考》，張伯偉著，鳳凰出版社，2002年。

154.《唐代詠史懷古詩研究》，張潤靜撰，哈爾濱師範大學博士學位論文，2002 年。
155.《唐代詠史詩簡論》，高利撰，浙江大學碩士學位論文，2004 年。
156.《唐代詠史詩研究》，李世忠撰，蘭州大學碩士學位論文，2003 年。
157.《唐代詠史詩研究》，李曉明撰，華中師範大學博士學位論文，2000 年。
158.《唐代詠史組詩考論》，趙望秦著，三秦出版社，2003 年。
159.《唐詩百話》，施蟄存著，上海古籍出版社，1987 年。
160.《唐文粹》，姚鉉編，文淵閣四庫全書本。
161.《桐江續集》，方回著，文淵閣四庫全書本。
162.《圖畫見聞志》，郭若虛著，文淵閣四庫全書本。
163.《晚唐五代詠史詩之美學意識》，賴玉樹著，秀威信息科技股份有限公司，2005 年。
164.《晚唐詠史詩》，張豔撰，河北大學碩士學位論文，2000 年。
165.《晚唐詠史詩研究》，金昌慶撰，北京大學博士學位論文，1998 年。
166.《晚唐詠史詩研究》，李宜涯撰，中國文化大學博士學位論文，1989 年。
167.《晚唐詠史詩與平話演義之關係》，李宜涯著，文史哲出版社，2002 年。
168.《王安石的〈明妃曲〉》，漆俠撰，《中國文化研究》，1999 年春之卷（總第 23 期）。
169.《王安石的詠史懷古詩》，羅家坤撰，《晉陽學刊》，2005 年第 4 期。
170.《王國維遺書》，王國維著，上海古籍書店，1983 年。
171.《王荊公年譜考略》，蔡上翔著，上海人民出版社，1973 年。
172.《王荊公詩注補箋》，王安石著，李壁注，李之亮補箋，巴蜀書社，2002 年。
173.《王忠文集》，王禕著，文淵閣四庫全書本。
174.《圍爐詩話》，吳喬著，《清詩話續編》本，上海古籍出版社，1983 年。
175.《魏叔子文集》，魏禧著，胡守仁等校點，中華書局，2003 年。
176.《溫公續詩話》，司馬光著，《歷代詩話》本，中華書局，1981 年。
177.《文溪集》，李昴英著，文淵閣四庫全書本。
178.《文憲集》，宋濂著，文淵閣四庫全書本。

179.《文獻通考》，馬端臨著，中華書局，1986 年。
180.《文心雕龍譯注》，劉勰著，陸侃如、牟世金譯注，齊魯書社，1981 年。
181.《文選》，蕭統編，李善注，上海古籍出版社，1986 年。
182.《西京雜記校注》，向新陽，劉克任校注，上海古籍出版社，1991 年。
183.《西崑酬唱集注》，楊億等著，王仲犖注，上海書店出版社，2001 年。
184.《先秦漢魏晉南北朝詩》，逯欽立輯校，中華書局，1983 年。
185.《閒居編》，釋智圓著，《續藏經》本。
186.《香祖筆記》，王士禛著，上海古籍出版社，1982 年。
187.《小清華園詩談》，王壽昌著，《清詩話續編》本，上海古籍出版社，1983 年。
188.《筱園詩話》，朱庭珍著，《清詩話續編》本，上海古籍出版社，1983 年。
189.《謝啓昆〈樹經堂詠史詩〉校注》，曾志東撰，廣西大學碩士學位論文，2005 年。
190.《新安文獻志》，程敏政著，文淵閣四庫全書本。
191.《新唐書》，歐陽修、宋祁著，中華書局，1975 年。
192.《新五代史》，歐陽修著，中華書局，1974 年。
193.《續資治通鑒長編》，李燾著，中華書局，1979 年。
194.《宣和畫譜》，文淵閣四庫全書本。
195.《荀子集解》，荀卿著，王先謙集解，新編《諸子集成》本，中華書局，1988 年。
196.《養一齋詩話》，潘德輿著，《清詩話續編》本，上海古籍出版社，1983 年。
197.《野趣有聲畫》，楊公遠著，文淵閣四庫全書本。
198.《遺山集》，元好問著，文淵閣四庫全書本。
199.《以史爲鑒與道德評判——論司馬光的詠史詩》，王德保等撰，《南昌大學學報》，2004 年第 9 期。
200.《義門讀書記》，何焯著，中華書局，1987 年。
201.《蟫精雋》，徐伯齡著，文淵閣四庫全書本。
202.《隱居通議》，劉塤著，文淵閣四庫全書本。
203.《瀛奎律髓》，方回編，李慶甲集評，上海古籍出版社，1986 年。
204.《詠史詩注析》，降大任、張仁健編著，山西人民出版社，1985 年。

205.《玉海》，王應麟輯，廣陵書社，2003 年。
206.《御選宋金元明四朝詩》，文淵閣四庫全書本。
207.《御選唐宋詩醇》，文淵閣四庫全書本。
208.《豫章黃先生文集》，黃庭堅著，《四部叢刊》本。
209.《載酒園詩話》，賀裳著，《清詩話續編》本，上海古籍出版社，1983 年。
210.《湛園集》，姜宸英著，文淵閣四庫全書本。
211.《趙明誠、李清照夫婦年譜》，黃盛璋著，《山東省志資料》，1959 年第 3 期。
212.《浙江通志》，文淵閣四庫全書本。
213.《直齋書錄解題》，陳振孫著，上海古籍出版社，1987 年。
214.《致堂讀史管見》，胡寅著，《宛委別藏》本。
215.《中國方志學》，王德恒、許明輝、賈輝銘著，文化藝術出版社，1994 年。
216.《中國文學史》，袁行霈主編，高等教育出版社，1999 年。
217.《中山詩話》，劉攽著，《歷代詩話》本，中華書局，1981 年。
218.《忠雅堂集校箋》，蔣士銓著，邵海清校，李夢生箋，上海古籍出版社，1993 年。
219.《朱子語類》，黎靖德編，王星賢點校，中華書局，1986 年。
220.《燭湖集》，孫應時著，文淵閣四庫全書本。
221.《資治通鑒》，司馬光編著，中華書局，1956 年。
222.《醉翁談錄》，羅燁編，古典文學出版社，1957 年。